KB008126

꽃다지-반구대 암각화 이야기

초판 1쇄 발행 | 2021년 12월 30일

지은이 구광렬
발행인 한명선

편집 김종숙 **마케팅** 배성진 **관리** 박미실
디자인 모리스

주소 서울시 종로구 평창길 329(우편번호 03003)
문의전화 02-394-1037(편집) 02-394-1047(마케팅)
팩스 02-394-1029
전자우편 offcourse_book@daum.net
인스타그램 instagram.com/saeumbooks

발행처 (주)새움출판사
출판등록 1998년 8월 28일(제10-1633호)

ⓒ 구광렬, 2021
ISBN 979-11-90473-71-2 03810

이 책은 저작권법에 따라 보호받는 저작물이므로 무단전재와 무단복제를 금지하며,
이 책 내용의 전부 또는 일부를 이용하려면 반드시 저작권자와 새움출판사의
서면동의를 받아야 합니다.

• 잘못된 책은 바꾸어 드립니다.
• 책값은 뒤표지에 있습니다.

고래사치

반구대 암각화 이야기

새롱

1

아주 옛날 · 10

아이들 · 18

알 대신 얼음 · 26

겨울나기 · 36

큰어미 · 47

매발톱의 속내 · 62

기침과 가래 · 76

우두머리와 끄트머리 · 91

2

때 이른 사냥대회 · 110

새 으뜸과 새 버금 · 126

참돌 · 137

족제비눈 · 147

스무 척의 배 · 151

쓰르라미와 찌르레기 · 164

범굴 · 186

시끄러운 고요 · 190

외톨이야! · 203

큰주먹은 싫습니다! · 221

3

고래 고기 • 230

빠른 발 • 241

큰볕터 • 256

깃털 하나 • 278

빚진 눈물 • 294

살자, 살자구나! • 304

고래잡이 • 311

또 하나의 육손 • 320

참돌바늘 • 331

암각화 속 두 얼굴 • 344

작가의 말 • 350

1

뱀의 똬리처럼 사람 또한 둥글어지면
뉘 우두머리인지, 뉘 끄트머리인지 알 수가 없을 터,
크게 잘 어울림이란 그런 걸 두고 하는 말이다.

아주 옛날

    강은 서에서 동으로 흘렀으며, 남북으로는 야트막한 산들이 굽이져 있었다. 완만히 흐르는 물줄기를 따라 소나무, 대나무들이 빼곡했고, 붉은 해가 서산에 걸릴 즈음이면 발목이나 적시던 갈대들이 밀려오는 바닷물에 머리까지 헤쳐 씻었다. 그 밑둥치에는 숭어, 방어, 잉어, 장어…… 민물고기, 바닷고기 차별 없이 지느러미를 비벼댔으며, 사람들은 하나의 그물로 강, 바다, 두 물고기를 잡을 수 있었다. 들소, 노루, 사슴 등 들짐승 또한 물줄기를 따라 펼쳐진 들판에서 귀를 늘어뜨린 채 풀을 뜯고 있었으니, 방목하는 가축들과 다름없었고, 왜가리, 두루미, 학 등 날짐승들은 강바닥에 닥지닥지 달라붙은 소라, 고둥, 재첩은 물론이고, 붕어, 버들치 등 재바른 것들까지 바닥 훤한 수심 덕에 쉽게 낚아챌 수 있었다. 하지만, 봄여름가을과는 달리 온 세상이 꽝꽝 얼어붙는 겨울만은 넘기기가 쉽지 않았다.

첫얼음이 어는 날은 묵은해가 가고 새해가 왔음을 뜻하는 날이었다. 나이 한 살을 더 보탬을 '첫얼음이 언다' 했으며, 첫얼음 어는 날을 기리기 위해 새알 하나씩을 숨겼다. 하나의 새알을 땅의 신에게 바치면 다음 해 열을 얻을 수 있다는 믿음에서 비롯됐지만, 나이를 기억함은 그런 사사로운 이익보다는 집단적 이익이나 질서유지 차원에서 더 큰 의미를 띠었다. 나이는 사냥감의 배분 순서와 양을 정하는 것 외, 제사를 지낼 때 앉는 위치와 순서를 정하는 기준이 되었다. 하지만 스무 살만 넘으면 가물가물해지는 게 그들의 나이였다. 땅에 묻어 두었던 알들이 족제비나 들쥐들에 파 먹히거나, 얼음이 녹을 즈음 묻은 알들 중 땅의 열로 인해 부화가 돼, 꿩 새끼나 들 병아리들이 삐악거리며 튀어나오기도 했다. 그래서 언제부턴가 알을 묻은 뒤 남정네들은 말린 칡으로 가락지를 만들어 각자의 나이에 해당하는 손가락이나 발가락에 끼었으며, 여인네들은 손톱이나 발톱에 꽃물을 들였다. 가락지 끼움과 꽃물 들이기는 왼쪽 새끼손가락부터 시작해 오른쪽 새끼발가락에서 끝났다. 사람의 손가락, 발가락의 합은 스물이니 곧 스물은 한 사람을 뜻했으며, 그들이 만든 통나무배에는 스무 사람이 탈 수 있었으니 결국 한 배는 스물 곱하기 스물인 사백을 뜻했다. 스물의 배를 땅이라 불렀으며, 한 땅은 팔천을 의미했고, 스무 땅을 하늘이라 했으니 한 하늘은 십육만을 가리켰지만, 그 수는 오로지 상상 속에서만 존재하는 것이었다. 평균 한 사람과 열 얼음(30세)을 살았다. 당골레(무당) 중 하나가 네 사람(80세)을 살았다는 이야기가 전해오지만, 병과 재난으로 인해 그들의 수명은 두 사람(40세)을 넘기기가 힘들었다. 아이들은 더 그랬다. 전염병에는 물론, 늑대나 호랑이에게 잡아먹히거나 심지어 잠든 어미의 젖무덤에, 아비의 발길질에 눌려 죽거나 차여 죽었다. 열 중 여섯이 세 살을 넘기지 못했다.

족장 하는 세 여인을 거느리고 있었다. 첫 번째 부인 매발톱은 부족의 큰어머니 역을 맡고 있었지만, 대를 이을 자식을 낳지 못했다.

하의 세 번째 부인인 마타리로부터 나온 아이는 돌이 채 안 돼, 유난히 커 보이는 손 때문에 큰주먹이라 불렸다. 하의 관심 밖에 놓였던 두 번째 부인인 개미취로부터 나온 아이는 통상 족장의 아이들보다 몇 해 뒤인 다섯 살을 먹고서야 그리매*란 이름을 얻을 수가 있었다.

큰주먹은 이름처럼 제 얼굴을 가리고도 남을 주먹으로 또래 다섯 아이를 단번에 때려눕혔다. 그리매의 손은 작았지만 매웠다. 겨우 네 살에 모래사장이나 돌판 위에다 손가락이나 곱돌로 사슴, 멧돼지 등을 그럴싸하게 그려내, 당골레인 얼을 깜짝 놀라게 만들었다.

* 집게벌레의 옛말.

적게는 넷, 많게는 열세 살 정도의 아이들이 물장구를 치고 있었다. 발가벗고 있었지만 머리카락이 치렁치렁 허리까지 내려져, 조금만 멀어져도 성 구별이 힘들었다.

눈여겨보면 열세 살 여자아이의 관심을 읽을 수 있었다. 그 아이의 표정에는 걱정이 서려 있었다. 송진처럼 눅진한 버짐이 뒤 꼭지까지 번진 예닐곱 남자아이가 서투른 헤엄으로 강바닥을 누비며 잡은 재첩, 다슬기를 내밀자, 빙그레 웃으며 근심스레 말했다. '됐어, 잘 했어. 그러니 인제 그만…….'

한여름의 태양은 거북의 등짝 같은 산등성이 위로 솟아나 있었지만 병풍처럼 쳐진 바위벽의 그림자가 강 중앙까지 늘어져 있어, 아이들의 머리 위를 곧바로 내리쬐진 못했다. 열한 살 남자아이만이 강 저편 뙤약볕에 있었다. 아이는 사슴 가죽을 걸치고 있어 보기에도 더워 보였다. 자꾸만 얼굴을 덮는 머리카락이 성가신지 머리를 쓸어 올리곤, 뭔가를 열심히 모래사장에 그렸다.

해가 서편으로 기울자 강물이 반짝였다. 그 반짝반짝 물비늘 끝에서 여자아이는 남자아이를 힐끔 훔쳐봤다. 거리가 있었지만 시선이 마주친다 싶으면 양손을 펴서 가슴과 아래 부위를 가렸다. 남자아이는 병아리가 물을 넘기듯 암벽 쪽을 쳐다보곤 머릴 숙이는 동작을 반복했다. 아이는 그 동물의 꼬리 부분을 그릴 때 가장 신이 났다. 그림을 완성해간다는 성취감에서도 그랬지만, 그 동물의 등 부분이 지닌 굴곡의 부드러움을 좋아했다. 모래사장에 그려진 동물은 언젠가 아이가 잡은 한 아름 숭어보다 몇십 배 더 크게 그려졌다. 끝으로 아이가 그 동물 앞에다 거북 세 마리를 그려 넣자, 이제 동물은 세 마리 거북의 호위를 받으며 헤엄쳐 나가는 듯 보였다. 아이는 어른처럼 헛기침을 하곤 백사장에다 한참 동안 머리를 박은 채 일어날 줄 몰랐다. 아이의 머리는 거북 한 마리가 넙죽 엎드린 형상을 한, 둥그스레한 산 끝자락에 있는 깎아지른 듯한 절벽 쪽으로 향해 있었으며, 암벽에는 아이가 모래사장에 그렸던 그 동물이 새겨져 있었다. 어른들은 그곳을 반구대라 불렀다. '거북 한 마리가 넙죽 엎드린 형상을 하고 있는 곳'이라는 뜻으로 말 그대로 산의 모양새가 한 마리 거북을 닮아 있었다. 바다에 산다는 그 동물을 직접 눈으로 확인하는 게 아이의 소원이었지만, 큰 배를 타는 일은 어른들만의 일이었다. '움집보다 몇 배나 커!' 마을의 소식을 전해주는 알리미 탁 아저씨의 말에 아이의 가슴은 거대한 파도를 만난 쪽배보다 더 흔들렸다. 아이는 상상만으로도 흥분했다. 같은 크기로 그려내기 위해선 집채보다 몇 배 큰 바위를 찾아 나서야 할 것이며, 찾는다 해도 손에 쥔 곱돌이 다 닳도록 끝점과 시작점을 잇기가 힘들 것이었다.

해가 서산 봉우리에 걸리자, 길고도 찬 그림자가 강물에 여울졌다. 여자아이는 마지막 자맥질로 제법 큰 조개를 건져 올렸다. 깨금

발로 강바닥을 딛고 있는 아이의 젖가슴은 찰랑거리는 물결에 잠 겼다가 봉긋 떠올랐다. 마침내 여자아이는 물 밖으로 나왔다. 나무 껍질을 벗겨 꼬아 짠 치마를 걸치고 있었다.

"뭘 그린 거야?"

꽃다지는 미소를 지으며 말했다.

"고래!"

그리매는 자신 있게 답했다.

고래라고? 꽃다지는 놀라며 몇 발짝 뒤로 물러섰다.

"멀찍이 봐야겠네. 잘 안 보여."

꽃다지의 눈에 들어온 건 모래 위에 희미하게 그어진 끝 모를 곡 선뿐이었다.

"그렇게 크다며 왜 그리 작게 새겼을까? 거북보다 조금 더 크게 새겨놓곤 움집보다 몇 곱절 크다 말하는 건 거짓이야."

"저기 봐, 사람 있지?"

그리매의 말에 꽃다지는 강 언저리에서 그물을 던지고 있는 한 사내를 가리켰다.

"손가락을 들어봐, 이렇게."

꽃다지의 말에 그리매는 팔을 쭉 뻗곤 두 번째 손가락을 세웠다.

"어느 것이 커? 손가락……? 사람?"

꽃다지의 물음에 그리매는 당연하다는 듯 재빨리 답했다.

"손가락."

15

꽃다지는 조용히 그리고 천천히 말했다.

"멀리 있으니…… 작게 보이는 거야."

돌창을 휘두르거나, 활을 쏘는 시늉을 하거나, 뜀박질을 하다가 팩, 쓰러지는 등 멀리서도 큰주먹의 등장은 요란스러워 보였다.

큰주먹이 다가오자 꽃다지는 두 손으로 치마를 추슬렀다. 시선을 따갑게 느낀 꽃다지는 손바닥을 펴 젖가슴을 살짝 가리며 한 발짝 물러섰다.

"사슴 같은 놈. 계집애처럼 호작질은……. 이렇게 쑤셔야지."

큰주먹은 들고 있던 돌창으로 거북이 그려진 모랫바닥을 마구 찔렀다. 모래가 튀어 그리매의 눈으로 들어갔다. 정말이지, 그리매는 한 마리 사슴처럼 눈을 깜빡였다. 사내아이에게 사슴 같다는 말은 수치와 모욕이었으며, 그 반대가 멧돼지 같다는 말이었다. 거기에다 애써 그린 거북들은 목과 다리만 남았으니, 그리매의 속이 끓을 수밖에 없었다.

"이건 또 뭐야."

마침내 큰주먹의 눈에 그 곡선이 들어왔다. 선을 따라 녀석의 머리가 왼편으로 굽어선, 제자리로 돌아왔다.

"뭘 그린 게야?"

두 손을 움켜쥐고 부들부들 떨고 있는 그리매 대신 꽃다지가 답했다.

“고래……”

“제법인데? 하지만 난, 그리지 않고 잡으러 갈 거야.”

어른들로부터 귀가 따갑도록 들어온 호랑이보다 더 성스러운 고래를 사냥하겠다는 건, 조개무지 깊숙이 묻힌 송장을 끄집어내 패대기치겠다는 것보다 어처구니없이 무례한 일이었다.

“네 주먹이 아무리 크다 해도 안 될걸. 하하……”

애써 웃으며 말했지만 그리매는 속으로 울고 있었다. 갑자기 큰주먹이 주먹을 날렸다. 피하지 못한 그리매는 가슴을 맞고선 꼬꾸라졌다. 물러서 있던 꽃다지가 달려와 그리매를 안아 일으키자, 큰주먹은 꽃다지의 머리 뭉치를 쥔 뒤 번쩍 들어 모래사장에 던져버렸다. 순간 아랫도리에 감겼던 나무껍질 치마가 떨어져 나가고 꽃다지는 벌거숭이가 됐다.

“너네 둘, 앞으로 함께 있음, 죽여버릴 테야.”

큰주먹은 돌창으로 모랫바닥을 마구 찔렀다. 꽃다지의 눈에서 눈물이 흐르고 그리매의 주먹은 풀어졌다.

붉은색이 서쪽 하늘에 가득 차고 구름 사이로 햇살 몇 줄기 내리 뻗치자, 강 수면에 황금 물결이 일었다. 학과 갈매기 몇 마리가 제 둥지를 찾아 동녘, 서녘으로 날자 손을 잡은 두 아이는 아무 일 없었다는 듯 움집을 향해 발길을 돌렸다.

아이들

어른이 되려면 열세 살은 먹어야 했다. 남자아이의 경우 도끼, 활, 창, 낚시, 그물 등 사냥이나 낚시 도구를 다룰 줄 알아야 했고, 여자아이의 경우엔 가락바퀴나 뼈바늘 만들기, 토기 빚기, 그물 짜기 등은 할 줄 알아야 했다.

그리매는 가늘고 긴 손가락으로 여인네들 일까지 곧잘 해냈다. 그물을 촘촘히 짜고 토기를 매끈하게 빚었으며, 화살촉을 정교히 만들었다.

"넌 왜 다른 아이들처럼 창던지기, 도끼 던지기를 하지 않는 거니?"

꽃다지는 흙덩이를 두 손으로 짓이기며 말했다. 진흙이 물컹거리며 손가락 사이로 삐져나왔다.

"재미없어."

그리매는 마치 묻기를 기다렸다는 듯 재빨리 답했다.

"그럼 이런 건…… 재미있어?"

꽃다지는 눈 아래 달라붙은 진흙붙이를 손등으로 훑어 내렸다. 진흙 자배기가 한쪽 볼에 붉은 줄을 남기며 떨어졌다.

"응, 재미있어. 없는 것을 있는 것으로 만들잖아. 있는 것을 없는 것으로 만들어버리는 사냥이나 고기잡이와는 달라."

그리매는 아가리가 넓고 밑이 뾰족한 그릇의 겉면에다 멧돼지의 앞니로 만든 무늬 새기개로 빗살을 그었다. 사선으로 내리는 비, 수직으로 꽂히는 햇살, 빗살들은 같은 간격으로 가지런해 보였다.

꽃다지는 잠시 망설이다가 입을 열었다.

"너, ……사냥하다 쫓겨난 거…… 아냐?"

그리매는 만들고 있던 그릇을 놓치고 말았다. 그릇은 덕지덕지 모래알을 박은 채 다시 흙덩이가 되어 있었다. 그리매는 달려오는 멧돼지가 무서워 창을 던지고 도망간 바위새김이 이야기를 떠올렸다. 돌에다 멧돼지 그림이나 새기고 있을 것이지……, 다들 그렇게 그를 비웃었다.

그리매가 당황해하자 꽃다지는 괜한 소릴 했나, 후회했다. 그리매는 미소 지으며 답했다.

"맞아, 사냥 솜씨도 없어."

그리매의 얼굴에 어른티가 묻어 나왔으며, 꽃다지의 마음은 다시 편해졌다.

"있는 것이 없는 것으로 되진 않아. 네가 곱돌로 사슴을 바위에다 그리면 곱돌은 닳아 없어지지만, 바위 위에 그림이 남게 되지.

19

네가 사슴을 사냥해서 그 고기를 먹으면 사슴은 없어지지만, 네 살점은 도톰해지지."

당골레 얼로부터도, 큰어미 매발톱으로부터도 못 들어본 말이었다.

"없던 것이 있는 것으로는 되잖아. 이 그릇들처럼 말이야."

그리매의 말에 꽃다지는 차분히 답했다.

"틀렸어……. 그 또한 생김새만 바뀔 뿐……. 흙덩이로 그릇을 만들었고 그 그릇이 막 땅에 떨어져 다시 흙덩이가 됐을 뿐이야."

그리매는 꽃다지의 얼굴을 바라보며 빙그레 웃었다. 볼에 남겨진 황토 자배기의 붉음이 봉숭아 꽃물만큼이나 고왔다. 일그러졌던 그릇은 그리매의 손에 의해 다시 모양새가 잡혀갔다. 빽빽이 빗살무늬만 새겨지면 또 하나의 토기가 완성될 참이었다. 하지만 며칠 전 있었던 멧돼지 사냥을 떠올리자, 터무니없이 굵고 비뚤비뚤한 빗살이 그릇에 새겨졌다.

그날, 사냥 무리는 산비탈 습한 곳에서 멧돼지의 서식처를 발견했다. 널브러져 있던 칡뿌리에 이빨 자국이 선명했으며, 아직 칡에 물기가 남아 있는 것으로 봐, 간밤에나 먹은 것이 틀림없었다. 멧돼지는 주변에 있었으며, 발자국을 통해 멧돼지의 심경을 읽을 수가 있었다. 발뜨기*가 시작됐다. 이내 무리 중 하나가 발자국을 발견

---

* 발자국을 보고 동물의 종류, 크기, 언제 지나갔느냐를 알아내는 안목. 그중 묵발은 오래된 발자국을, 새발은 반나절 이내의 발자국을 뜻한다.

했지만 아쉽게도 묵발(오래된 발자국)이었다. 다들 실망의 눈빛을 보일 때, 몰이꾼 우두머리인 갈만은 눈알을 꼿꼿이 했다. 묵발이 있어야 새발이 있을 것이기에 그는 곧 새발을 만날 것을 기대했다. 마침내 새발을 만났으며, 그 새발이 가 닿는 끝 지점에는 멧돼지가 목욕한 자리가 있었다. 물기가 찍힌 새발은 산의 중턱에까지 있었다. 갈이 오른손으로 땅을 지긋, 누르는 시늉을 하자 무리는 침도 삼키질 않았다. 마침내 찍은 발*이 나타났다. 찍은 발은 대충 화살의 힘이 미치는 곳에 멧돼지가 있음을 뜻했다. 갈은 손 하나를 높이 들었다. 다들 둥글게 퍼져 중턱 너머까지 올랐으며 마름 즉, 부족의 살림살이를 맡은 작은 몰이패들과 함께 옆구리에 창을 낀 채 그 자리에 엎드렸다. 예상대로 멧돼지는 비탈 옆 나무 아래에서 쉬고 있었으며, 새끼 들소보다 컸다.

치몰기가 시작됐다. 워워 하는 소리와 함께 몰이가 시작되고 큰 주먹과 그리매, 그 또래 아이들은 몰이꾼들의 뒤를 쫓았다. 갈을 비롯한 나머지 창잡이들은 멧돼지의 도주로로 예측되는 부분에서 조용히 기다렸다. 그때 비탈을 타고 올라가던 멧돼지가 나무 뒤에 숨은 창잡이를 발견하곤 뒤돌아 다시 계곡 쪽으로 내달렸다. 갑자기 치몰기에서 내리몰기로 변했으니, 창잡이가 몰이꾼이 되고 몰이꾼이 창잡이가 돼버렸다. 비탈에서 내려오는 멧돼지의 속도는 상상

---

* 멧돼지가 잠자리로 들 때 흔적을 남기지 않기 위해 발을 세운 채(꼬두발) 땅을 찍듯 나아간 발자국을 뜻한다.

을 초월했다. 문제는 열다섯 살 내외의 신출내기 창잡이들이었다. 멧돼지는 씩씩거리며 바위처럼 굴러 내렸으며, 몰이만 하면 되는 것으로 생각한 아이들은 혼비백산 달아났다.

　정면 공격은 안 될 일이었다. 작고 단단한 두개골을 찌른다 해도 돌창이 부러질 뿐, 치명상을 입히긴 힘들었다. 다른 방도가 없음을 안 작은 서둘러 활을 당겼다. 작이 쏜 화살은 멧돼지의 목덜미에 맞았으며, 멧돼지는 화살을 매단 채 앞으로 돌진했다. 그중 한 아이를 덮치니 뚜두둑, 뼈 부서지는 소리 들리고 이내 아이의 몸에서 피가 솟구쳤다. 광경을 지켜본 그리매와 큰주먹은 대조적인 반응을 보였다. 큰주먹은 이내 창을 들고 뛰어들 기세였으며, 그리매는 정신을 잃은 듯 멍하니 서 있기만 했다.

　창잡이들은 멧돼지의 혼을 뺏기 위해 오른쪽 왼쪽 번갈아 돌았다. 멧돼지가 어리둥절해하자, 찌르기가 시작됐다. 바로찌르기, 가로찌르기, 올려찌르기, 막찌르기, 비껴찌르기, 치받아찌르기. 마침내 멧돼지는 숨이 넘어가는 듯 보였다. 충분히 찔렀다고 생각한 갈은 멧돼지의 죽음을 확인코자 창끝으로 머리를 두드렸다. 그때 멧돼지가 코를 땅에다 박고선 달아나기 시작했다. 부러진 앞발을 대신해 코끝을 끌고 간 것이다. 다시 추격이 시작되고, 척추 아래 신경이 끊어진 멧돼지는 결국 주저앉아 버렸다.

　다가서지 말라는 갈의 손짓을 무시한 신출내기 창잡이 하나가 바로찌르기를 하려고 멧돼지 머리 부분에 섰다. 실낱같은 숨결이 남아 있을까 말까 했던 멧돼지는 콧등으로 꿀밤나무 키 높이로 그를 떠올려버렸다. 붕 떠올라선 뾰족한 바위에 머리를 박곤 즉사했다. 갈의 던짐창찌르기가 있고 와! 하는 함성과 함께 피투성이가 된 멧돼지 위로 돌창들이 날아들었다. 마지막 찌르기는 신출내기 어린 창잡이들의 경험을 위한 몫이었건만, 그리매는 젖은 손으로 창을 쥔 채 부들부들 떨고 있었다. 큰주먹의 죽어가는 멧돼지를 향한 무지막지한 창질을 주시하던 갈의 눈빛은 펼쳐진 광경이나, 포악해 보이는 그의 얼굴과는 대조적이었다. 따스했다. 족장 하가 그리매를, 아니 큰주먹을 바라보는 눈길보다 더 살가웠으며 정다웠다. 아무튼 그날 그리매는 몰이 중 다리가 칡에, 나무뿌리에 감겨 넘어지거나 엎어졌으며, 막판 찌르기마저 못해 아버지 하를 비롯해 다른 어른들로부터 호되게 야단맞았다.

"뭘 그리 생각하기에……."

꽃다지는 그리매로부터 토기를 넘겨받았다. 비뚤게 새겨진 빗살들을 걷어 내고 새로 새기기 시작했다. 그리매의 얼굴이 환해졌다. 토기에 닿는 꽃다지의 손길을 머리에서도 느낄 수가 있었다. 포근했다. 사르르 잠이 왔으며, 그렇게 해가 저물었으면 했다.

그리매는 다슬기 껍데기와 칡넝쿨로 목걸이를 만들었다. 꽃다지 몰래 토기에다 걸어두었다. 토기는 얼굴 없는 흉상처럼 보였지만, 얼굴이 있고 입이 있었다면 웃었을 것이다.

꽃다지는 또래 여자아이들과 강에서 먹을 감고 있었다. 물에서 일어서자, 몸에 붙은 물방울들이 수정알처럼 빛났다. 열넷 살 소녀의 몸이라곤 믿기지 않았다. 어깨와 엉덩이는 둥실했고 가슴은 크고도 맑았으며, 허리는 잘록하니 반 아름도 채 못 됐다. 얼굴 또한 그녀의 어머니 마타리를 닮아 예뻤으니, 콧날은 오뚝했건만 날카롭지 않았고, 눈동자는 팔월의 포도처럼 검고도 둥글었다.

골짜기에서 들려오는 뻐꾸기 노랫소리가 파르르 수면 위로 번졌으며, 그 소리는 물속에서까지 울렸다. 큰주먹은 나무 뒤에 몸을 숨겼다. 대가리에 검댕으로 일곱 개의 점을 칠한 구렁이를 움켜쥐고 있었으며, 물리는 날엔 일곱 걸음을 채 못 떼고 죽는다 해서 칠점사라고도 불리는 까치살무사 모양을 하고 있었다. 큰주먹은 구렁이 대가리를 잡고선 물속에다 밀어 넣었다. 뱀은 머리를 곧추세워 수면 위를 미끄러져 가는 듯했지만, 몸통을 비틀어 다시 뭍으로 돌아왔다. 큰주먹이 발아래 나뭇가지를 주워 수면을 내리치자, 구렁이는 다시 몸통을 비틀어 그가 원하는 방향으로 나아갔다. 꽃다지를 비롯해 여자아이들이 옹기종기 모여 있는 곳이었으며, 거기엔 부부족장인 갈의 딸 얼레지도 함께 있었다.

한 아이가 뱀 대가리를 봤다. 소스라치게 놀라 까치배암! 소릴 치니, 다들 물 밖으로 기어 나왔다. 늘 그렇듯, 꽃다지는 다른 애들을 살피느라 빠져나오질 못했다. 대가리의 일곱 점을 확인한 그녀는 잠수했다. 뱀은 뿌연 배 바닥으로 스르륵, 그녀의 이마를 문지르며 지나갔다. 큰주먹은 걸치고 있던 사슴 가죽을 벗어 던지곤 물속으로 뛰어들었다. 초여름의 햇살은 물그림자와 함께 은은하게 흔들렸다. 큰주먹은 강바닥에서 치올려 봤다. 꽃다지의 발목, 종아리, 허벅지가 보이고 허리와 가슴이 보였다. 순간 큰주먹의 얼굴은 물속에서도 화끈거렸다. 가슴이 뛰기 시작했다. 큰주먹은 자신도 모르게 두 손을 뻗어 꽃다지의 허벅지를 잡았다. 소스라치게 놀란 꽃다지는 비명을 지르곤 있는 힘을 다해 몸을 흔들었다. 큰주먹은 꽃다지의 허리를 잡고선 물속으로 끌어당겼다. 둘은 거대한 물고기처럼 엉겨 붙었다. 잠시 뒤, 둘 다 숨을 고르기 위해 물 밖으로 얼굴을 내밀자, 어디서 사내아이의 날카로운 목소리가 들려왔다.

"뭐 하는 거야, 둘이서!"

큰주먹은 푸욱, 물을 뱉으며 가소롭다는 듯 껄껄 웃었다.

그리매는 큰주먹의 상대가 되질 못했다. 그리매는 코, 입술이 터져 목덜미까지 피를 묻힌 채 몽돌 위에 뻗어버렸다. 꽃다지가 달려와 그리매를 부둥켜안곤 어쩔 줄 몰라 했다. 그때였다. 얼레지가 뛰어와 꽃다지를 밀쳤다. 서로 머리카락을 쥐어 뜯고 얼굴을 할퀴며 싸웠건만 그리매에겐 일어날 힘마저 없었다. 하늘을 향한 그의 눈속으로 고래를 닮은 뭉게구름이 희미하게 스며들었다.

알 대신 얼음

사냥감 분배는 작의 몫이었다. 당골레인 얼에게 멧돼지의 가브리살을 떼어주면, 얼은 그 고기를 제사상에 올렸다. 나머지 부위는 사냥 공과에 따라 나누었다. 어린 창잡이 중에서는 큰주먹이 가장 많이 가졌으며, 그리매가 가장 적게 가졌다. 하지만 그리매는 불만이 없었다. 당연하다. 아니, 과분하다 생각했다.

어른들 틈에 끼어 산신에게 절을 올리던 그리매의 머리는 복잡했다. 멧돼지 한 마리를 잡기 위해 두 사람이 죽었다. 그 고기를 백 사람과 하나의 신이 나눠 먹었다. 그리매는 물가 바위 위에 죽어간 멧돼지 한 마리와 두 사람을 그렸다. 주먹에 쥐어진 곰돌이 그만큼 닳아 있었다.

그리매는 하를 찾았다. 그리매가 움집에 들어서자, 하는 덮고 있던 사슴 가죽을 걷어내곤 벌떡 일어났다. 얼마 전까지만 해도 지척에 두고도 눈길 한번 주지 않았던 아버지 아닌가. 하지만 아들은 여전히 아버지의 눈치를 봤다. 좁은 움집 안 어디 마땅히 시선 둘

곳 없어 아버지가 덮고 있던 사슴 가죽의 끝자락을 보고 있었다. 몇 해 전, 열 살이 채 못 된 큰주먹이 잡은 사슴의 가죽이었으며, 하는 더운 날에까지 그 가죽을 곁에 두고 있었다.

"무슨 일이더냐?"

그리매는 우물쭈물, 용기를 내질 못했다. 평소의 하라면 이 시점에서 '사슴 같은 새끼, 그래도 멧돼지 고기는 처먹지!' 불호령을 내렸을지도 몰랐다. 그리매가 말을 꺼내기 힘들어하자 하는 화덕 위에 놓인 고기 한 점을 건네며 말했다.

"먹어. 사냥도 못해 배불리 먹지도 못했을 테니……."

놀랍게도 그의 말에는 빈정거림이 없었다. 아비가, 아니 족장이 부족 사람들에게 내리는 최소한의 아량이 곁들여진 말투였다. 그리매는 예상치 못한 고기 한 점에 말머리를 꺼낼 힘을 얻었다.

"으뜸 님……."

그리매는 쉽게 말을 잇지 못했다. 역시 평소라면 하의 입에서 '큰주먹을 닮아라!' 불호령이 떨어졌을 것이다. 하는 다음 말을 기다려주었다.

"몇 날 앞에……."

"그래, 몇 날 앞"

"멧돼지 사냥에…… 두 사람이 죽었습니다. 멧돼지 한 마리와 사람 둘을 바꾼 셈이지요. 저는 뭔가 잘못되었다고 생각합니다만"

"뭣이, 그리고 어떻게 잘못되었단 말이냐"

하는 손가락을 갈퀴 모양으로 세워 머리를 아래로 빗어 내리며 말했다. 속알머리(소갈머리) 빠진 정수리가 스머드는 햇빛에 반질거렸다.

"이대로 사냥이 이어진다면⋯⋯."

그리매는 다시 하의 눈치를 봤다. 그리매의 다음 말을 기다리는 하의 표정은 예상 밖으로 진지해 보였다. 그리매는 그런 하의 눈빛에 용기를 얻어 말을 이었다.

"머지않아 남아날 사내가 없을⋯⋯ 듯합니다."

하는 알면서도 되물었다.

"이대로의 사냥이라니?"

늙은 아비의 귀에 어린 아들의 말은 신통방통 어질고도 슬기롭게 들렸다.

"네 어미하고는 무척 다르구나."

하는 마치 자식은 어미만을 닮는다는 듯, 자신은 제 아비가 아니라는 듯 말했다. 게다가 코앞에 서 있는 저 아이가 정말 개미취, 그 속 좁고 질투 많으며 이기적인 여인네로부터 나온 아인가, 의구심이 들었다.

"걱정하지 마라. 굶어 죽는 무리에 비하면 아무것도 아니다. 멧돼지 한 마리를 잡기 위해 둘 죽을 수 있다면, 멧돼지를 한 마리도 잡지 않는다면 한 배(400), 아니 한 땅(8,000)이 죽을 수도 있다."

그렇게 말을 하면서도 하는 내심 그리매의 자애로움에 감탄했다.

"어쨌든 토끼, 사슴 사냥을 겨우 익힌 어린 창잡이들이 쉬 목숨을 잃는다는 건…… 크나큰 문제입니다."

하의 입가에 미소가 번졌다. 처음이었다. 제 아들의 얼굴을 찬찬히 들여다봄은. 태어나던 날, 보자마자 제 어미에게 던지듯 건넸던 아이 아니었나. 눈, 코, 귀, 입 세세히 뜯어봤다. '그래, 다들 날 닮아 간다 하지 않는가.' 그런 하의 시선이 부담스러운지 그리매는 눈을 아래로 깔았다.

"혹, 네가 목숨을 잃을까 두려워 그런다면 너만 빠지면 되지 않느냐. 온 마을에 네 몸과 마음의 가냘픔을 일러두었다. 네가 멧돼지 사냥에 나아가지 않는다 해도 탓하는 이는 없을 것이다."

그리매는 답답한 듯 가슴을 문지르며 말했다.

"아닙니다. 결코…… 저만을 위해서라면 으뜸 님을 찾지도 않았을 겁니다. 언제부턴가 제 마음이 바뀌었습니다……. 계집아이들과 함께 그릇이나 빚고 고둥 목걸이나 만들고……. 재미는 있지만 사내로서 할 짓이 못 된다고 생각합니다. 차라리 저 혼자 사냥에 나서는 한이 있더라도 다른 아이들은 빠지는 게…… 나을 것 같습니다."

그리매를 바라보는 하의 눈빛이 갈수록 온화해졌다.

"오호, 열댓 살 네 마음이 마흔 살 내 마음보다 낫구나. 하지만 너도 알다시피 나 혼자 풀 문제가 아니다. 부족 회의를 열어 다른 어른들의 말씀도 들어야지. 그 앞에 당골레 어른이나 마름 어른과 이야기를 나눠보려무나."

하의 말에 그리매는 귀를 의심했다. 귀로 얻은 의심은 눈으로 풀렸다. 하의 눈빛은 그렇게 따뜻했다.

"이제 날 아비라 불러도 좋다."

돌아서는 그리매의 눈에 눈물이 돌았다. 움집을 나서자, 세상은 그가 좋아하는 온통 연둣빛이었다. 꿀밤나무, 대나무, 소나무……강물까지.

❀

"참 잘했구나, 잘했어……. 이제 우리도 짐승의 대가리만 파먹지 않고 다리, 몸통도 뜯을 수 있겠구나."

개미취는 그리매의 말을 듣고 흥분했다.

"그래, 내 새끼 한번 보자."

개미취는 그리매의 얼굴을 잡고 찬찬히 들여다봤다. 이마엔 아직도 흐릿하나마 부족장의 자식임을 나타내는 석묵 자국이 있었다.

"이렇게 으뜸의 아들인데……. 늙은 짐승, 이제야 지 새끼를 알아보는구나. 하기야, 검정 돌가루도 찍다가 말았지. 사슴보다 못한 놈. 까치배암보다 모진 놈……."

개미취는 항아리에서 산딸기를 꺼내 그리매의 입에 넣으며 말을 이어나갔다.

"이제 실컷 아비라 부를 수 있겠구나. 물에서 들판에서, 어디서든. 그리고 사슴의 생간도 먹을 것이며, 누치, 갈겨니, 새코미꾸리 등 물고기를 구울 땐 맨 앞줄에 서겠구나. 그래, 내가 너라면 푸성귀를 뜯을 때도, 물을 마실 때도, 똥을 누고 오줌을 쌀 때도, 아비! 하고 싸겠다. 아니다, 아니야. 그 사슴보다 못한 쭈글랑방탱이가 뭐 좋다고……. 아무튼 큰주먹보다는 이만치 더 먹어라."

개미취는 굽실굽실한 겨드랑이의 털이 시커멓게 드러나도록 팔을 벌렸다.

"아비를 모르는 아이들이 많건만, 제 아비를 아는 것만으로도 좋습니다. 하지만 그런 아이들에게는 온 마을 어른들이 아비지만, 이제 제 아비는 하나뿐입니다."

그리매의 말에 개미취는 코를 실룩, 입을 삐쭉거리며 답했다.

"이 사슴 같은 놈아! 그 아비가 그냥 아비냐? 으뜸이야, 우두머리란 말이야! 활도 쏘지 않고 사슴피를 마시고, 그물을 던지지도 않고 갯장어를 통째로 구워 먹는."

"짐승의 대가리도 다리, 몸통 못지않게 맛있으며, 고기도 활을 쏜 다음 맛있고, 누치, 갈겨니, 새코미꾸리도 그물을 던진 다음에야 맛있습니다."

그리매의 대꾸에 개미취는 눈을 부라리며 소리쳤다.

"이 얼음을 묻을 놈아, 넌 싫어도 으뜸이 돼야 해. 내가 으뜸의

31

어미가 되고 싶으니깐."

"그렇다면 어른이 되지 않으렵니다. 알 대신 얼음을 묻고* 싶습니다. 어미께선 더 그러고 싶지 않습니까?"

개미취는 주먹으로 가슴을 치며 안타까워했다.

※

그리매는 얼을 찾아 나섰다. 예상대로 그는 거북 세 마리의 호위를 받으며 나아가는 한 마리 고래가 새겨진 암벽 앞에 있었다. 하지만 바위새김이 단은 몰라도, 작과 함께함은 예상 밖이었다. 그리매는 공손히 머리를 숙여 인사했다. 하늘에는 까마귀가 맴돌았고 아래 너럭바위 위에 놓인 멧돼지 머리에는 한쪽 귀와 아래턱 살점만이 남아 있었다.

"어르신들을 찾아 여기까지 오게 되었습니다."

그리매는 얼을 찾아왔건만 다른 두 사람이 무안해할까 봐 그렇게 말했다.

"왔구나."

평소 친하게 지내던 단이었다. 바위새김에 관심이 컸던 그리매

---

* '얼음을 묻다'는 말은 어리석은 짓거리를 일컬음이다. 어떤 바보가 자신의 나이를 기억하기 위해 알 대신 얼음 조각을 묻었는바, 늘그막에 나이를 알기 위해 땅을 파 보니 얼음 조각이 하나도 없어, 한 살도 먹지 않았다며 기뻐했다고 한다.

는 곧잘 부락을 떠나 그곳에 머물다 가곤 했다. 곱돌로 바위그림을 그리게 된 것도 단의 영향이 컸다. 말하자면 단은 그리매의 그림 선생인 셈이다.

"드릴 말씀이 있습니다."

그리매는 전날 하 앞에서와는 달리 첫마디 말부터 당차게 뱉어냈다. 얼을 보고 말했건만, 작이 답했다.

"그래, 무슨 일이더냐?"

그리매는 계속 얼을 보며 말을 이어나갔다.

"멧돼지 사냥에 어린 창잡이들이 함께함은 좋지 않습니다."

그리매의 나직하지만 강건한 어조에 작은 미간을 찌푸리며 되물었다.

"왜 그렇다고 생각하는가?"

그리매는 계속 얼을 보며 답했다.

"멧돼지 한 마리에 어린 창잡이 둘이 목숨을 잃었습니다."

"그래서?"

역시 물음은 작으로부터 나왔으며, 얼은 뒷짐만 지고 있었다. 하지만 얼은 둘의 대화를 앞질러 표정으로 속내를 드러냈다. '기특하다, 어른들 마음보다 어질구나…….'

"하지만 멧돼지 한 마리로 살릴 수 있는 사람들은 헤아리지 않느냐?"

작의 핀잔에 그리매는 말을 더듬기 시작했다. 까마귀 소리 잦아지고 너럭바위 위 멧돼지 머리는 허연 해골이 돼 가고 있었다.

"둔한 머리로 사람의 목숨……, 그것도 저처럼 어린 것들이…… 목숨을 잃지 않고도 멧돼지 잡을 방법이 있을 거라 여겼습니다."

작과 얼 동시에 고개를 끄떡였지만, 까닭은 서로 달랐다.

"사냥하기 싫으면 안 먹으면 되지."

작이 매몰차게 뱉었다. 얼굴에 서리가 깔린 듯 보였다.

"일찍이 찬 어른께선 힘이 세지 않았음에도 여섯 살에 사슴 사냥, 열 살에 멧돼지 사냥에 나섰으며, 열여섯 살에 으뜸창잡이가 됐다. 멧돼지에 허벅지가 뜯겨 나가도 줄곧 최고 창잡이요, 활잡이였다. 왜 그럴 수 있었겠나. 일찌감치 사냥 솜씨를 익혔기 때문이다."

작의 말에 그리매는 더 이상 말을 잃곤 고개 숙여 인사를 올린 뒤 뒤돌아섰다. 그때, 뾰족한 부리로 멧돼지 해골의 눈 안쪽을 헤집는 까마귀 한 마리가 눈에 들어왔다. 그리매는 다시 돌아섰다.

"왜 사람도 먹기 힘든 고기를 저렇게 너럭바위에 널어놓고, 느티나무 꼭지에 걸어두는지요?"

물론 알면서 능청을 부린 것이었다. 이번엔 얼의 입이 열리기를 고대했다. 하지만 다시 한번 작이 가로채듯 답했다.

"이런…… 얼음을 묻을. 정말 몰라서 묻는다 말이냐?"

"네……."

냉랭한 기운이 흘렀지만, 미소를 곁들인 얼의 한 마디에 차가운 침묵은 깨졌다.

"엊그제 잡은 사슴이 어디서 나온 것이라 여기느냐?"

얼마나 기다렸나. 그리매는 얼의 물음에 기뻐하며 답했다.

"어미가 낳은 것입니다."

"그럼 어미는 어디서 나왔을 거라 여기느냐?"

"그 어미의 어미가 낳았을 것입니다."

"그럼 그 어미의 어미는 어디서 나왔을 거라 여기느냐?"

한마디, 한마디 또렷이 답했지만 계속하다간 끝이 없을 터, 그리매는 답하기를 그만두었다.

"돌아가서 헤아려보아라."

얼은 좌충우돌, 불안하기 그지없는 큰주먹을 떠올리곤 또 한 번 고개를 끄덕였다. '참으로 다르구나. 그래, 내 생각이 맞을 거야. 그렇지 않고서야……'

그리매는 돌아오는 길에 사슴의 어미들에 관해 생각했다. 마지막 어미는 과연 어디서 나왔을까? 아무리 생각해봐도 그 어미의 어미만 되풀이될 뿐, 맨 첫 번째 어미를 알 길이 없었다. 발에 걸리는 돌멩이 하나를 집어 던지자, 돌멩이 떨어진 언덕배기에서 꼬꼬댁, 들닭 소리가 들려왔다. 불현듯 없는 것이 있는 것으로 되지 않는다던 꽃다지의 말이 떠올랐다.

겨울나기

겨울나기는 족장 하에게 어려운 문제였다. 물고기들은 창끝도 닿지 않는 물속 바위 틈새에 숨어버리고, 멧짐승들도 더 깊은 골짜기로 빠져드니 먹을거리가 턱없이 부족할 수밖에 없었다. 신불산 아래 큰벌터 쪽으로 사냥을 나가면 허탕은 치지 않았으나, 행여 그쪽 사람들과 부딪혀 싸움이 벌어지는 날엔 무리 전체의 생명이 위태로울 수 있었기에, 사슴 한 마리에 수십 명의 목숨을 거는 건 어리석은 짓이었다.

저마다 새알 하나씩을 묻기 위해 일찌감치 눈을 뜬 아침, 바다 쪽에서 떠오른 해는 멀리 높고 낮은 산들을 비추다가 강가에 놓인 검푸른 바위 하나를 내리쬐고 있었다. 웅성대는 소리가 들려왔다. 강변에서 시작된 사람들의 작고 큰 수런거림은 벼랑 끝 움막에까지 닿았다.

고래였다. 귀신처럼 나타났다가 귀신처럼 사라진다 하여 훗날 귀신고래라는 별명을 갖게 될 쇠고래. 등짝에는 따개비들이 붙어 있다가 떨어져 나간 흰색의 작고도 둥근 자국들을 지녔으며, 가슴지느러미와 꼬리지느러미는 검은색, 입가의 수염은 붉은빛이 도는 회백색, 등지느러미는 없었으며, 목에 세 개의 주름이 있는 거로 봐, 암컷임이 틀림없었다. 사람 열하나가 누운 길이였으며, 천 사람의 무게, 그러니 태화강 전 부족원의 몸무게보다 더 나갔다. 고래는 고통스러운지 눈에 눈물을 괴고 있었다. 분기공에서 슈욱, 바람 빠져나가는 소리 들리고 획획 가쁜 숨을 몰아쉬기 시작했다. 남녀노소 모두 물가에 모였다. 그리매의 눈이 감기질 않았다. 그리도 보고파 했던 암각화 속 그 동물. 크기대로 새긴다면 몸통 반만으로도 암벽이 가득 찰 것이었다.

가락바퀴와 뼈바늘을 쥔 아낙들, 보습, 곰배괭이를 든 사내들, 어른들을 따라 나온 코흘리개 아이들까지, 우두머리 하가 엎드리자 따라 엎드렸다. 다들 다리가 저려와, 족장이 그만 일어났으면 했지만 하는 머리를 백사장에다 박은 채 꿈쩍도 안 했다. 같은 머리를 비스듬히 해서 하를 살폈다. 그는 분명 흡흡, 마른기침을 하고 있었다. 옆구리에 길게 매달린 돌도끼 자루가 그때마다 흔들렸다.

하가 머리를 들고 손에 뼈낫을 쥔 맨 뒷줄의 사내가 머리를 들기까지, 한 마리 솔개는 하늘을 반 바퀴 돌았다. 하는 얼에게 점을 칠 것을 명했다. 얼은 딩각(오동나무로 만든 나팔)을 분 뒤, 꿩의 깃털에 사슴의 피를 적셨다. 잠시 뒤, 그는 고래를 바다로 돌려보낼 수만 있다면 나쁜 징조가 아닐 것이라고 말했다. 하는 명을 내렸다. 남녀노소 힘을 합쳐 고래를 물속으로 밀어 넣기 시작했다. 수백의 개미들이 죽어가는 한 마리 누에를 옮기는 광경과 비슷했지만, 고 래의 몸통이 강변과 수직으로 놓여 있었기에 머리 부분만을 떠밀 수밖에 없었던바, 불행히도 귀신고래는 몸통에 비해 머리가 작았 으므로 그 부분에 많은 사람의 힘이 가해질 수가 없었다. 마침내 작은 하에게 밀물이 들이닥칠 때까지 기다려볼 것을 제안했다.

밀물이 들고 고래의 꼬리지느러미까지 물이 차올랐다. 다시 힘 을 합쳤다. 지극히 숭배하는 그 동물이 단 한 번만이라도 가슴지느 러미를 퍼덕여준다면, 그들은 안도의 한숨을 내쉬며 얼어붙은 손 들을 화덕에 녹일 수 있을 것 같았다. 하지만 고래는 육중한 몸무 게로 인해 폐에 압박이 가해져 숨을 제대로 쉴 수 없는지 가르릉 가르릉, 가래 끓는 소리만을 뱉어냈다. 와와와와……, 앞사람은 앞 사람을 밀고 또 앞사람은 앞사람을 밀어 마침내 제일 앞에 선 사람 들은 밀리고 밀려 고래의 머리에 붙은 따개비들에 살점들이 찢겨 져 나갔지만, 고래는 꿈쩍도 하지 않았다. 탁은 긴 밧줄을 만들어 꼬리지느러미에 건 뒤 고래와 줄다리기하듯, 저쪽에서 당겨 보자 고 했다.

해가 중천에 떠오르고 밧줄이 거의 강폭만큼 만들어질 때쯤 쑤 욱, 분기공에서 마지막 바람이 빠져나왔다. 하는 무릎을 꿇고 고래 를 향해 마지막 경의를 표했다. 다들 족장을 따라 무릎을 꿇었다.

밤이 되어서야 각자의 움집으로 돌아갔으며 한 마리 고래의 죽음으로 온 마을이 근심에 빠졌다. 불길한 징조라는 당골레 얼의 최종적인 점괘 때문이었다. 물론 그 나쁜 징조는 마을 혹은 으뜸과 관계될 것이었다. 그믐밤은 길고도 검었다. 새벽녘까지 늑대, 여우, 삵 등 짐승들끼리 어찌나 싸움을 하는지 높고 낮고 길고 짧은 울부짖음으로 온 부락이 잠을 설쳤다.

다음 날 아침, 실로 놀라운 광경에 하는 넋을 잃고 말았다.

"밤을 새워서라도 지켰어야 했는데……."

그 추위에 밖에서 밤을 새웠다면 곰 가죽을 뒤집어썼다 한들 얼어 죽었을 것이건만, 얼 역시 하의 말에 맞장구쳤다.

"이제 어찌할 것인가……?"

하는 두려움에 말을 잇지 못했다. 그들의 발 앞에는 산채만 한 바다의 신이 온몸에 구멍이 난 채 덩그러니 솟아있었으며, 하늘엔 솔개 대신 까마귀가 맴돌고 있었다. 여간 극성스럽지 않은 까마귀 떼. 갈이 활을 쏘자 그중 한 마리의 날갯짓이 시작되고 순간 쪽빛 하늘은 숯덩이처럼 돼버렸다. 고래의 몸통에는 크고 작은 생채기가 나 있었으며, 그 생채기들은 고래의 살점을 탐내던 온갖 새와 들짐승의 입과 부리를 닮아 있었으니, 구멍이 좁다랗고도 깊게 난 것은 여우나 독수리 혹은 매의 짓일 테고, 넓게 양쪽으로 펼쳐진 건 늑대나 들개 짓일 것이었다. 생채기에서 흘러나온 피로 강은 붉었으며 다들 난생처음 맡는 냄새에 코를 킁킁거렸는바, 붕어, 잉어, 갈치,

꽁치…… 비늘이 있거나 없거나, 쓰거나 달거나 짜거나, 갖은 맛의 물고기와 사슴, 멧돼지, 토끼, 고라니…… 고린내가 나거나 말거나, 뿔이 있거나 없거나, 사납거나 순하거나, 온갖 들짐승의 생고기를 하나 절구통에 짓이긴 듯한 내음이 풍겨 나왔다.

⟨⟩

다들 엎드렸다. 달에게, 해에게, 봄날 파릇파릇한 땅에게 올리던 제사와 비슷했지만, 사슴 머리나 멧돼지 가브리살 같은 제물은 올리지 않았다. 그 대신 얼의 입에서 정성 어린 주술어가 쏟아져 나왔다.

"오메, 세오디 서노바살……(제발, 용서해주옵소서……)."

납작 엎드려 얼굴을 들지는 않았지만 다들 코만은 벌렁거렸다. 피가 빠져나왔던 구멍들에서 고소한 기름이 새 나와 붉은 강물이 번질거렸으니, 어떤 사냥감이 저런 때깔과 맛깔을 지닐 수 있을까. 강은 마치 멧돼지, 사슴, 고라니, 꿩, 토끼…… 수천 마리의 짐승들을 삶아서 낸 육수처럼 보여 '오메, 세오디 서노바살'을 외치면서도 침을 꼴깍 삼키는 자들이 있었다. 하지만 곧 그들 중 몇몇은 큰 죄를 지은 양 얼굴을 붉히며 어쩔 줄 몰라 했다.

보초를 세웠다. 활, 돌도끼, 돌칼 등을 쥔 사내 몇몇이 밤을 샜다. 하지만 그다음 날, 새로운 구멍들이 나 있었으며, 그 구멍들은 사람 팔뚝이 들어갈 만큼 넓고도 깊었다. 그 다음다음 날엔 돌칼로 헤진 구멍을 넓게 도려낸 부위까지 눈에 들어왔다. 갈을 비롯해 사냥에 자신 있는 몇몇은 인간의 소행이라고, 인간이 감히 성스러운 바다 신의 육신을 먹었음에 엄벌할 것을 주장했다.

⑳

"일찍이 아비에게서 들은 이야기요. 윗대 어른들이 모시던 큰얼 가운데에서도 큰얼이 고래의 할아비라 했소. 땅바닥에 찍힌 우람한 발자국(공룡 발자국)이 월아산, 석대산 저편에만 있는 것이 아니오. 다들 아는 바처럼 바로 이 강가에도 있소. 고래의 거룩한 살을 노리는 놈들은 한 땅의 얼음(8,000년), 한 하늘의 얼음(160,000년) 동안 제 살점으로, 제 새끼들의 살점으로 갚아야 할 것이오."

진지하게 들리는 갈의 말에 하는 긍정의 눈빛을 보냈건만, 얼은 시큰둥해 있었다. 그렇다고 얼이 갈의 말에 동의하지 않는 건 아니었다. 단지 자신이 하고자 하는 말을 갈이 가로챘다고 생각했으며, 갈의 두툼하고도 번지르르한 입술과 거기서 새 나온 말이 결코 어울리지 않는다고 생각했다.

"당골레, 그렇지 않소……? 오늘은 어찌 말이 없소?"

갈은 얼이 맞장구를 쳐주길 바랐지만 얼은 애써 움집 밖에다 눈길을 뒀다. 밖에는 아낙 몇몇이 나무껍질로 그물을 짜고 있었다.

"맞소. 우리가 독풀을 먹지 않는 것과 다를 바가 없소. 굳이 예로부터 먹지 않던 것을 목숨을 걸고 먹을 까닭은 없소."

탁이었다. 갈의 말에는 대꾸하지 않던 얼이 탁의 말에는 입을 열었다.

"맞소. 하지만 이건 먹을 것, 먹지 못할 것의 문제가 아니오. 독풀은 먹는 자에게만 나쁠 뿐이지만 우리 가운데 하나라도 큰얼의 살을 해친다면 온 마을이 좋지 않을 것이오."

그 말을 듣고 갈이 인상을 쓰며 거친 말투로 시비를 걸어왔다.

"같은 말이건만…… 어찌 내 말에는 대꾸하지 않소? 내 입에서 나오는 말들은 죄다 거짓 같소?"

얼은 뜨끔했다. 흠흠, 헛기침한 뒤 조용히 입을 열었다.

"거짓말 같진 않소. 단지 뭉툭한 멧돼지 주둥이처럼 생긴 입에서 간드러진 여우 소리 같은 게 나오리라 짐작하지 못했소. 아무튼 그렇게 해야겠지요."

갈은 자리에서 일어나 얼을 보며 씩씩거렸다. 당장이라도 얼의 멱살을 잡고 주먹을 휘두를 기세였다. 침묵을 지키던 하가 입을 열었다.

"그만들 하시오. 같은 말 아니오? 고래의 살점을 떼어 간 자들을 찾아 어떻게 하자는……."

하는 말끝에 기침을 했다. 콱, 목에 걸렸던 가래를 토기에 뱉어 냈다. 하의 말에 갈은 제자리로 가 앉았지만 실은 토기 속을 들여

42

다보기 위해서였다. 거기엔 녹색이 맴도는 누런 가래가 뿌연 침과 함께 붙어 있었다.

"마침내 우린 거북들보다 못하오. 그들은 마음과 힘을 다해 고래를 받들기에 한 배의 얼음(400년)을 살 수 있는 것이오."

탁은 암벽에 새겨진 고래를 호위하는 거북 세 마리에 관해 장황히 설명했다. 지겨웠는지, 하는 움집 밖으로 시선을 옮겼다. 어느새 아낙들은 가고 없고 한 번도 던져진 적이 없는 그물만이 나뭇가지에 걸려 있었다. 비둘기 한 마리가 그 속이 궁금한지 그물코를 쪼며 잠시 앉았다가 날아갔다. 짧은 해는 서쪽으로 기울어 찬 기운이 움집 안으로 스며들었다. 얼은 장작 몇 토막을 화덕에다 넣었다. 이어 당골레로서 엄숙히 경고했다.

"고래는 뭇 물고기들의 어미, 아비요. 물고기들을 몰고 저 너머로 가버리면 어떡할 것이오. 그렇게 되면 피라미조차 잡히지 않는 날이 올지도 모르오. 한 번은 숨길 수 있을지 몰라도 두 번은 숨길 수 없을 것이오. 비록 죽은 것이긴 하지만 큰얼의 살점을 캐 먹은 사실만은 꼭꼭 덮어야 하오."

그날 부족 회의에서 작은 한마디도 하지 않았다. 고개도 끄떡이지 않았다. 하지만 가로저은 적은 있었다. 갈의 말을 들은 직후였다. 그의 입에서 나온 말을 얼처럼 거짓이라 믿었다. 아니, 그게 정말 거짓이었으면 했다.

다들 물러간 뒤, 하는 생각 끝에 어릴 적 할머니 흰진교로부터

들은 이야기를 떠올렸다. 흰진교는 수렵의 제왕, 부족의 영원한 영웅 대족장 찬의 여인 중 하나였으며, 그녀가 어린 하에게 들려준 이야기는 다름 아닌 곰처럼 신성한 동물 대접을 받던 구렁이를 잡아먹은 장님 아메에 관한 것이었다. 어린 시절, 부모를 잃고 고아가 된 아메는 배고픈 나머지 손에 잡히는 모든 것을 입으로 가져갔다. 그 후 아메를 본 사람들은 그들의 생각과는 달리 그의 안색이 갈수록 좋아짐을 느끼고 원인을 알아보던 차, 아메의 움집 화덕 주변에서 시커멓게 탄 구렁이 대가리를 보게 된 것이다. 신성한 동물을 잡아먹었건만 하늘로부터 벌을 받기는커녕, 더욱 건강해져 가는 아메를 보곤 그들 또한 쉬쉬해 가며 구렁이를 잡아먹었다는 이야기다.

그날 이후부터 짐승들의 으르렁대는 소리는 들려오지 않았지만 쏴아, 흐르는 밤공기 속에서 들쥐 새끼들이 앞니로 칡뿌리를 쏠아 대는 듯한 소리가 들렸다. 그러던 어느 날, 밤새 들려온 소리만큼 고래의 살점이 뜯겨 나가 있었으며, 불룩했던 배는 꺼져 있었고 갈비뼈까지 드러나 있었다. 어떤 짐승이 죽은 고래의 서늘한 자궁을 갈라 새끼를 꺼내 갔을까? 족장 하가 눈, 입을 감고 닫으며 모른 척하니 다들 주저했지만, 당골레 얼만은 목소리를 냈다. 짐승 짓이 아니라, 사람 짓이라고. 마침내 고래는 앙상한 뼈만을 남겼으며, 얼마 뒤 뼈마저도 조금씩 사라져갔다. 결국 한 달이 채 못 돼, 고래는 형체도 없이 사라졌으며, 몸통에 붙어 있던 따개비, 굴 껍데기만이 땅바닥에 뒹굴었다.

움집마다 몇 근의 말린 육포를 보관하고 있었다. 몇 모타리 안 되는 사슴, 고라니, 멧돼지 고기 사이에 고래 고기를 푸짐하게 끼워 넣었다. 그렇게 그들은 고래 고기를 늦은 봄까지 먹었다. 고래가 사라지고 집마다 구석엔 뼈가 쌓여 갔지만 머지않아 보습으로, 곰배괭이로 모습이 바뀌어 다시 움집 밖으로 나왔다. 갈의 딸 얼레지가 사슴 가죽 대신 걸치고 나온 치마는 얼음을 묻을 바보가 아닌 이상 고래수염이라는 걸 눈치챌 수 있었다. 아무튼 그해 겨울은 찬의 시대를 떠올리게 했다. 얼어 죽은 이도, 굶어 죽은 이도 없었으며 곧 죽을 것 같던 늙은이, 병든 이들까지 땅에 새알 몇 알 더 묻을 듯 보였다.

고래의 몸통이 매일 조금씩 해체되어 갔기에 하루도 거르지 않고 관찰해온 그리매는 심장과 뇌의 위치, 심지어 갈비뼈, 꼬리뼈의 개수까지 셀 수 있었다. 곱돌을 움켜쥐고 그리기 시작했다. 구멍이 숭숭 뚫린 고래는 얼굴을 찡그리며 아파했다. 배가 갈라져 새끼까지 빼앗긴 고래는 눈물을 흘렸다. 마침내 살점이 다 발라진 고래는 깨진 바위처럼 널브러졌다. 하루바삐 어른이 되어 곱돌로 그려내지 않고 새김칼로 새겨, 신성한 동물의 마지막 모습을 반구대 암벽 위에 드리우고 싶었다.

큰어미

솔나리와 함께 매발톱은 열댓 살 계집애들을 모아 놓고 뭔가를 가르치고 있었다. 아이들 손에는 회청색 편암으로 만든 둥근 돌이 들려져 있었으며, 폭은 가운뎃손가락 길이 정도, 두께는 새끼손가락 굵기였다. 매발톱이 움켜쥐고 있던 칡덩굴 속껍질인 청올치에서 가느다란 섬유질이 갈라져 나왔다.

"먼저 이렇게 가운데 구멍에다 나무 꼬챙이를 끼운다. 그리고 이렇게 비빈다. 그러고선 또 몇 가닥 잡아서 살짝 꼰 다음, 다시 이 작은 구멍 안으로 밀어 넣는다."

매발톱은 가락바퀴 가장자리에 있는 두 개의 작은 구멍 중 하나에다 청올치 가닥을 밀어 넣으려 했다. 하지만 콩알 굵기의 중간 구멍과는 달리 깨알만 한 구멍이어서 침침한 눈으로는 힘들었다. 뒷줄에 앉아 있던 꽃다지가 일어나 매발톱을 도와주러 나왔다.

"고맙다. 꽃다지야."

매발톱은 웃으며 꽃다지의 머리를 쓰다듬어주었다. 그 광경을 목격한 얼레지의 눈이 찢겨 올라갔다. 그 눈매만으로도 그녀의 아버지가 누군지 알 수 있을 듯했다.

"그러고선, 음…… 이렇게 한쪽을 치면 된다."

매발톱은 가락바퀴의 한쪽 둘레를 손가락으로 쳤다. 그러자 동그란 석편은 팽그르르 내려갔으며, 석편이 돌면서 내려가자 청올치 가닥이 저절로 꼬였다. 가락바퀴가 다 돌아 반대 방향으로 돌려고 할 때쯤, 매발톱은 다시 꼬인 청올치 가닥을 위쪽 꼬챙이에다 감았다. 두둑이 감고 있는 꼬챙이는 마침내 실패처럼 보였다. 뼈바늘 귀에 실 집어넣는 일은 얼레지에게 부탁했다. 얼레지는 찢어질 듯 입을 벌리며 달려 나왔다. 초가을 선명한 햇살 아래, 그녀의 얼굴에 다닥다닥한 주근깨들은 막 볶은 깨알처럼 보였다.

"고맙다, 얼레지."

매발톱이 고맙다는 말만 하고 자신의 머리는 쓰다듬어주지 않자, 얼레지는 머리를 매발톱의 손 쪽으로 가져갔다. 매발톱은 웃으며 들고 있던 가락바퀴를 솔나리에게 건네곤, 얼레지의 머리를 쓰다듬어주었다.

매발톱의 손에 들린 바늘은 수사슴의 허벅지 뼈를 갈라 만든 것으로 하가 잡은 사슴 중 가장 큰 놈에게서 나온 것이었다. 매발톱은 실이 꿰어진 바늘을 높이 들곤 아이들을 모았다. 바늘에는 바느질 바늘과 삿바늘이 있었다. 나무나 동물의 뼈를 깎아 만든 삿바늘은 옷감을 짤 때 쓰던 것으로, 길이는 가운뎃손가락보다 좀 더 길었으며, 너비는 손가락 두 개를 합친 정도였다. 바느질 바늘은 큰 물고기의 가시 뼈나 사슴 등 짐승의 뼈로써 만들었는바, 보관을 위해 바늘통을 사용했다. 바늘통은 새의 다리뼈를 잘라 그 내부의 구멍을 이용한 것으로 길이가 한 뼘 정도였으며, 새의 종류에 따라 차이가 있었지만 대충 왜가리나 학 등의 것은 엄지손가락 굵기였다.

매발톱을 중심으로 아이들은 둥근 원을 그리며 모여들었다. 매발톱이 손짓하자, 솔나리는 사슴 가죽 두 쪽을 그녀에게 건넸다. 매발톱은 사슴 가죽들을 잇기 시작했다. 듬성듬성 시침질부터 했다. 바늘땀의 크기가 손가락 한 마디 정도였지만 두 조각의 가죽이 금방 하나로 돼버렸다. 매발톱은 연결된 모양을 살펴보곤 손으로 가죽의 양쪽을 당겨 보였다. 몇 땀을 넣지 않았건만 두 편의 가죽은 가지런히, 단단히 이어져 있었다. 내내 산만한 아이들도 있었지만 많은 아이의 눈이 휘둥그레졌다. 얼음이 서너 번 더 언 뒤면 그녀의 나이 세 사람(60세)이 될 터, 그녀의 손을 스쳐 간 사슴 가죽들은 과연 몇 마리 분량일까. 다시 바느질이 시작됐다. 이번에는 바늘땀의 크기가 손가락 반의반 마디 정도였다. 마침내 두 개의 가죽은 본래 하나가 아니었냐는 듯, 그 이음새가 자연스러워 보였다. 아이들은 제각기 사슴, 토끼, 족제비…… 동물의 가죽을 하나둘, 들고나왔다. 둘을 들고나온 아이는 그냥 둘을 기우면 됐지만, 하나를 들고나온 아이는 어떡하나? 망설였다. 꽃다지가 반으로 접어 가장자리를 맞대어 기우면 되지 않겠냐고 했다. 그 말을 들은 매발톱은 빙그레 웃었다.

샷바늘로 옷감 짜는 연습을 했다. 솔나리가 긴 막대 두 개를 들고 나왔다. 막대에는 개미 한 마리 길이 구멍들이 촘촘히 뚫려 있었으며, 간격은 세 마리 개미의 길이쯤 됐다. 수백의 구멍들엔 이미 실이 꿰어져 있었지만, 막대의 마지막 한 개 구멍만은 비어 있었다. 매발톱의 손짓에 솔나리는 실패에서 실을 풀곤 막대의 구멍에다 실 끝을 밀어 넣었다. 쭉 뽑아선 아래 막대의 구멍에다 다시 밀어 넣곤 수백의 다른 실과 같은 길이로 매듭을 지었다. 씨줄이 완성된 셈이었다. 매발톱은 샷바늘을 쥐고선 파도를 타듯 씨줄의 위아래를 넘나들게 했다. 실패의 실이 다 풀리고 날줄이 두 막대의 반 정도로 차니, 마침내 두 개의 막대 사이에서 칡베(갈포) 형상이 보이기 시작했다. 얼레지는 입을 다물 줄 몰랐으며 꽃다지는 꼭 다문 입으로 연신 고개를 끄떡였다.

매발톱이 여자아이들에게 바느질을 가르치는 동안 단은 남자아이들을 모아 놓고 반구대 암벽 앞에서 석기 만드는 법을 가르쳤다. 아이들은 각자의 차돌판 위에다 그럴싸한 돌조각들을 올려놓고 갈았다. 따르륵, 스르륵…… 창날, 화살촉, 낫, 괭이, 그물추, 보습. 각자 만들고자 하는 것들에 따라 다른 소리를 냈다. 하지만 그리매의 손으로부터는 아무런 소리가 들려오지 않았다. 단지 한 방향만을 바라봤으며 암벽이었고 멧돼지가 새겨져 있는 부분이었다.

"뭘 그리 보나?"

그리매는 단의 말을 듣지 못했다. 아니, 그가 곁에 서 있는지도 몰랐다.

"지난 사냥에서 으뜸의 화살에 맞은 놈이다. 가슴 한가운데에……"

그리매는 깜짝 놀라 하며 차돌판에다 돌조각을 갈기 시작했다. 기다랗고도 뾰족하니 칼 모양새였건만 칡덩굴이나 고깃살을 자르는 것과는 확연히 달라 보였다.

"새김칼을 만들고 있구나."

그리매는 단을 올려 봤다. 단은 그리매의 눈에 바위 그림들의 잔상이 떠돌고 있음을 느꼈다.

"물음이 있는 게로구나."

그리매는 머뭇거리다가 입을 열었다.

"테두리만을 파내도 모양이 나오지 않습니까. 왜 힘들게 모두 떼어내는지요?"

그리매는 손가락으로 암벽 쪽을 가리키며 말했다. 암벽 위 그림들은 하나 같이 음각으로 새겨 있었다. 먼저 곱돌로 윤곽을 그린 뒤 그림 안쪽을 떼어내는 방식*이었다.

"부싯돌로도 깊게 파내기는 힘들다. 그렇다고 얕게 파내면 곧 희

---

* 면각, 면 새김, 면 쪼아내기 등으로 불린다. 면을 쪼거나 갈아서 모두 떼어내는 방식으로, 단순히 선을 긋거나 선을 파내는 선각 혹은 선 새김과 구별된다. 시대적으로는 면각이 앞선다.

미해진다."

단은 들고 있던 새김칼로 내리 쪼는 시늉을 했다.

"부싯돌보다 더 단단한 돌은 없나요?"

반짝이는 그리매의 눈망울이 단을 미소 짓게 만들었다.

"그런 돌만 있다면 멧돼지 가슴에 박힌 화살 그림은 줄 하나 긋는 걸로 넘치겠지…… 신불산 너머엔 그런 돌이 있다 하더라만."

단은 손으로 그리매의 머리를 흩뜨리며 돌아섰다. 그리매의 손에서 한참 동안 돌 가는 소리가 새 나오지 않았다.

⌖

바다 고기를 잡기 위해선 많은 준비를 해야 했다. 겉으로 보기에 튼튼해 보이는 배라도 금이 가 있거나 구멍이 나 있을 수 있기에 면밀히 살펴야 했으며, 심하게 부서져 있거나 바닥이 갈라져 있는 경우에는 새로 만들어야만 했다. 스무 명 정도 오를 수 있는 크기의 배를 만들기 위해선 최소한 세 아름 둘레의 나무를 잘라야 했다. 반으로 갈라 나무의 중간 부분을 돌도끼로 찍고 돌삽이나 돌보습 등 굴지구로 들쳐낸 뒤, 돌칼이나 돌낫으로 거친 부분을 마무리했다. 스무 명이 쉬지 않고 일을 해도 한 달은 족히 걸렸으며, 만들다가 부서져 나가는 돌도끼, 돌칼 등이 셀 수 없을 정도로 많았기에 한쪽에서는 배를 만들고 또 한쪽에서는 그 도구들을 만들어야만 했다. 어른이 되기 위해서는 배 만드는 일에 참여하고 또 익혀야만 했는데, 남자아이들은 돌도끼나 돌삽으로 나무를 찍고 들쳐내는 일을 도왔으며, 여자아이들은 돌도끼나 돌칼의 날을 세우거나, 마무리 작업을 위한 허드렛일을 도왔다.

새 배를 띄우는 날은 부족의 축젯날이었다. 제물로 쓸 멧돼지를 사냥하는 대회를 열었으며, 고래의 탈을 뒤집어쓴 당골레의 주재하에 바다의 신에게 제사를 올린 뒤 머루 원주에 사슴 피를 섞어 마시며 춤을 췄다.

바다 고기잡이에는 많은 사람이 동원됐다. 노 저을 힘만 있으면 남녀노소 차별 없이 배에 올랐으며, 또 올라야만 했다. 강물 고기잡이가 시원찮거나 사냥이나 조, 피 등 땅으로부터의 수확이 적어 빈궁할 때는 더욱 그랬다. 여인네들은 남정네들을 도와 그물을 던지거나 던져진 그물을 건져 올리기도 했지만 주로 자맥질로 전복, 소라, 해삼, 멍게 등을 따 올렸다. 그녀들의 발목에는 뱃전에서부터 길게 덧 이어진 넌출이 묶여 있었는바, 상어 밥이 되지 않기 위해서였지만, 이따금 팔다리 하나 없이 올라오거나 더한 경우에는 발목만이 올라왔다.

✍

두 사람 키 길이에 열 사람 몸무게를 지닌 청상아리, 큰주먹의 관심은 그 푸른 악마를 보는 데 있었다. 그리매 역시 고기잡이에는 관심이 없었는바, 거북 세 마리의 호위를 받으며 바닷물을 헤쳐 나가는 암각화 속 고래를 보기 위함이었다. 높고도 푸른 하늘이었으며, 새털구름이 명주실처럼 풀어지고 있었다. 아래엔 더 깊고도 푸른 바다가 있었으며, 거기엔 한 무리의 배가 수평선에 여린 주름을 자아내고 있었다. 그중 한 배는 갓 만들어진 것으로, 한 패의 신출내기 어부들을 싣고 있었는바, 그들은 난생처음 사슴의 허벅지 뼈를 깎아서 만든 작살로 가오리를 찍으려 들 것이며, 난생처음 멧돼지 어금니를 뾰족하게 갈아 만든 낚싯바늘에 물메기 살점이나 새우를 꿰어 방어, 농어, 도미를 낚으려 들 것이었다. 난생처음 그물을 쳐, 대게나 정어리를 잡으려 들 것이며, 난생처음 자맥질로 소라, 멍게, 해삼을 따서 올리려 들 것이었다. 하지만 그들에게 숙련을 필요로 하는 낚시질은 무리였으며, 자맥질도 어른들을 따라 숨 참는 연습을 하는 게 고작이었다. 그런데도 어른 못지않게 숨을 오래 참으며 한두 번 자맥질에 멍게, 해삼, 전복을 건져 올리는 아이가 있었으니, 꽃다지였다.

겁도 없지만 경험도 없는 큰주먹이 작살을 잡고서 물속으로 뛰어든 건, 가오리만을 잡기 위해서가 아니었다. 청상아리를 보기 위함이었다. 하지만 가오리도 잡지 못하고 청상아리도 만나지 못한 큰주먹은 시무룩해져 있었다. 배 위에서 마른 대나무 장대에 들닭의 꽁지 털로 고등어, 꽁치를 잡기 위해 훌리게 낚시를 하고 있던 그리매 역시 조황이 신통치가 않았다. 둘은 마침내 작으로부터 그물 던지는 법을 배우기 위해 뱃전에 섰다. 둘이 동시에 그물의 양끝을 잡아 올렸지만 그물은 평형을 잃고선 그리매 쪽으로 쏠려버렸다. 그쪽으로 고기들이 빠져나가는 걸 본 작이 그리매를 밀치곤 그물의 끝을 바투 잡았다. 하지만 큰주먹의 힘이 워낙 세, 보조를 맞추려면 작 역시 있는 힘을 다해야만 했다. 파도가 심하지 않았건만 그물을 던지고 건져 올리느라 배가 좌우로 춤추듯 뒤뚱거려 마침내 그리매는 멀미를 하고 말았다. 꽃다지가 다가와 그리매의 등을 두드렸다. 아침에 씹은 멧돼지 고기와 푸성귀들이 뱃전에 더덕더덕 붙거나 바닷물 위로 풀어졌다.

"모랫바닥에 그림이나 그려. 멸치, 꽁치, 정어리……."

큰주먹의 비웃음에 그리매는 주먹을 불끈 쥔 채 일어섰다. 순간 배가 기우뚱 기울어 배 안으로 물이 들었다. 그리매의 불끈 쥔 주먹을 본 큰주먹의 눈에 광기가 휘돌았다. 엎드려, 이놈들! 목젖이 보이도록 작이 외쳤건만 소용없었다. 큰주먹은 그리매를 덮쳤다. 뜻밖에도 그리매가 먼저 주먹을 날렸고 큰주먹은 뒤뚱거리다가 뒤로 자빠졌다. 작을 비롯한 세 명의 어른들이 말렸지만 좁다란 배에서는 한계가 있었다. 마침내 배는 뒤집히려 했다. 그 직전에 큰주먹은 그리매를 바다 쪽으로 밀쳤고 그리매가 바다에 빠지자, 큰주먹 또한 배에서 뛰어내렸다. 그리매가 그림을 그리는 것 외, 잘하는 게 있다면 헤엄치는 것이었다. 바다 깊숙이 들어갔다. 문어, 소라, 말미잘······. 온갖 해초 사이를 비집고 다니는 물고기 떼. 태화강 부족의 바다는 강 못지않게 잘 어울렸다. 그날만큼은 육손 주먹이 무섭지가 않았다. 아니, 무서웠지만 맞을 각오로 바닷속 구경에 나섰다. 결국 큰주먹은 그리매를 따라잡지 못한 채 허우적거리다가 배 쪽으로 방향을 틀었다.

언제 그랬는지 꽃다지가 물속에 뛰어들어 있었다. 꽃다지는 그리매의 손을 잡고 무작정 내려갔다. 둘이서 손을 잡고 간 곳은 금빛 모래밭이었다. 초록실, 납작솜털, 굽은붉은털 등 각양각색의 해초들이 굴절된 햇살에 일렁였다. 그렇게 앞으로 나아가 탁의 배에 오르자, 수백의 상괭이(토종돌고래)들이 군무를 펼쳤다. 상괭이들이 만든 물거품 사이로 무지개가 비쳤다. 검게 그을린 꽃다지의 얼굴에 일곱 빛깔이 어른거렸다. 목에 걸린 다슬기 목걸이가 띄엄띄엄 빠져 있어 추루해 보였다.

큰어미 매발톱은 지아비 하와의 자식은 없었지만 온갖 아이들의 어미 역할을 하느라 바빴다. 특히 고아가 된 아이들 때문에 그랬으며, 꽃다지는 거의 매발톱 밑에서 자랐다. 큰주먹의 경우는 달랐다. 마타리가 사라진 뒤 매발톱이 거둬들였지만 발자국을 뗄 정도 나이에 이미 온 마을을 돌며 먹고 잤다. 다들 으뜸의 아들이라 귀엽구나 했으며, 배짱 있고 넉살 좋아 어디서든 잘 지냈다. 그중에도 갈이 반겼다. 갈의 반김만큼 그의 여인 비비추의 푸대접도 적잖았다. 얼레지야 딸이니 그렇다 쳐도 세 살 터울의 아들, 늑대귀가 태어난 뒤에도 갈은 여전히 큰주먹을 반겼다. 늑대귀가 열 얼음이 되어 제법 사내자식의 테두리를 갖추었음에도 큰주먹만큼은 예뻐하지 않았다. '늑대귀가 육손이 아니라서 그러나? 큰주먹이 아들 같나? 아니야, 아들보다 더 고운갑제.' 큰주먹을 제 자식보다 더 살갑게 대하는 갈을 보며 비비추는 빈정거렸다. 그녀의 말에 갈은 히죽 웃기만 했지만, 웃기만 해도 충분할 정도로 큰주먹이 갈을 닮은 건 아니었다. 다섯 살 전까지만 해도 육손이라, 혹시? 하고 다들 고개를 갸우뚱거렸지만 그 뒤부터는 어찌 보면 하를 닮은 구석도 있어 보였는바, 바로 코 때문이었다. 코만 닮았건만 얼굴 중심을 잡는 게 코인지라 얼핏 첫눈에 닮아 보였다. 하의 코는 콧마루에서부터 코끝까지 요철 굴곡이 없었으며 앞에서 보았을 때 어느 쪽으로도 휘어짐이 없었고, 곰의 쓸개를 매달아 놓은 모양새에 대나무 쪽을 엎어 놓은 모양새, 거기에다 코볼의 크기가 균형을 이루었으며 살집 또한 도톰했다. 갈의 코는 큰 얼굴에 비해 작았으며 콧등에 요철이나 반점, 가로 주름이 많았고 코끝에 살집이 없어 매의 부리처럼 날카로워 보였다. 큰주먹의 코를 본 사람들은 그들의 육손을 잊었다. 갈은 큰주먹의 코가 하와 판박이라는 말에 '그렇다면 내 코는?' 하고 여러 차례 샘가로 달려갔다. 샘물 속 그의 코는 볼록거울 속의 것처럼 그들의 코 못지않게 컸으며 끝도 날카롭게 보이지 않았다. 바람이 불어 물결이 일 때도 그랬고 바람이 불지 않아 잔잔할 때도 그랬다. 오히려 어떤 날은 샘 위에 코만 덩그러니 떠 있는 느낌이었으니, 갈은 자기 코 역시 그들의 코처럼 크고도 오뚝한 것으로 여겼다.

＊

한 무리의 아낙들이 개울물이 졸졸 흐르는 골짜기 초입에서 냉초, 두릅, 바위취, 속속이풀 등을 다듬고 있었다. 매발톱이 나타나자 아낙들은 하던 일을 멈추곤 일어섰다. 그들은 하 앞에서도 그렇지는 않았다. 그녀들 사이에서는 여전히 큰어미가 으뜸보다 위세 높았다. 큰어미가 반드시 으뜸의 여인네여야 한다는 법은 없었다. 정확히 누가 아비인지는 몰라도 누가 어미인지는 알았기에 큰아비란 말은 애당초 없었으며, 으뜸이 존재하지 않던 시절부터 큰어미는 존재했었다.

매발톱의 등장에 개미취와 비비추도 일어났지만 둘은 슬그머니 뒷자리로 물러섰다. 개미취야 매발톱과는 성격상으로도 맞지 않았기에, 그리고 이인자와 일인자 사이의 껄끄러움 때문에도 그랬지만, 비비추의 경우엔 순전히 매발톱에 대한 외경심이 작동한 것이

었다.

"이건 독풀이야!"

매발톱은 그녀들이 푸성귀라고 뜯어온 걸 보고 꾸짖었다. 어떻게 한눈에 독풀인지 알 수 있을까? 비비추의 매발톱에 대한 외경심은 바로 이런 것으로부터 유래했다.

매발톱은 언제부터인가 산토끼를 길렀다. 그 산토끼들은 말하자면 하의 선물이었다. 어느 날, 토끼 굴을 발견한 하는 새끼토끼 아홉 마리를 댕댕이바구니에 담아선 그의 여인들에게 나눠줬다. 개미취는 토끼들의 귀가 빳빳해지기도 전에 잡아먹었으며, 매발톱은 어미를 잃은 것들이 오물오물 젖니로 애처로이 풀을 뜯는 모습에, 나무 기둥을 박고 사리를 엮어 울타리를 쳐주었다. 늑대나 족제비들의 열 뜀박질에도 바위나 굴속으로 달음박질칠 정도로 뒷다리가 튼실해질 무렵 산에다 풀어줄 요량이었다. 하지만 날이 갈수록 정이 들어 하루도 그 사랑스러운 것들을 보지 않으면 제 새끼를 다른 여편네에게 맡겨놓은 어미처럼 불안해했다. 아이를 낳아본 적 없는 매발톱은 그제야 낳은 어미의 심정을 이해할 것 같았다. 개미취가 왜 그리도 그리매를 감싸고, 비비추가 왜 그리도 얼레지와 늑대귀를 달래는지. 이어 그녀는 큰주먹에 대한 기른 정, 그 애정의 깊이에 관해 생각했다. '저 애가 내 배 속에서 나왔더라면⋯⋯.'

매발톱이 하로부터 받은 세 마리 토끼 중에는 암컷 한 마리가 있었으며, 그것은 이내 다섯 마리 새끼를 낳았고 그 다섯 마리는 곧 한 사람(20)의 토끼가 되었다. 낳고 또 낳았으며, 잡아먹고 또 잡아먹어도 쉬 한 배(400)의 토끼가 될 터였다. 매발톱이 먹거리인 토끼를 보고 예쁘다고 한 건 그 옛날 개미취가 역시 먹거리인 참꽃, 개나리꽃을 보고 예쁘다고 한 것과 상통했다. 하지만 토끼를 보고 기특하다 한 데는 그보다 더 큰 연유가 있었다. 토끼들에게 여러 가지 풀을 뜯어 먹인 결과 그중 몇몇을 남겼는데, 삿갓나물, 앉은부채, 요강나물 등 죄다 독풀이었다. 그 후 처음 보는 풀들은 무조건 토끼의 입에다 대보았다. 그렇게 그녀가 독풀임을 알게 된 것들에는 산괴불주머니, 미치광이풀, 꿩의바람꽃 등 여럿 있다. 하지만 토끼와 독풀 간의 관계에 관해 그녀는 입을 닫았다. 늙어가는 큰어미는 그 정도 비책쯤은 간직할 필요가 있지 않을까 생각했다.

매발톱의 속내

갈, 작, 탁이 모였다. 얼은 보이지 않았다. 탁은 빗방울이 추적거리는 입구 쪽을 보며 말했다.

"당골레 어른은…… 부르지 않았습니까?"

"내가 부른다고 오겠소?"

갈은 탁의 말에 퉁명스레 답했다.

"어쩐 일로 모이라고?"

탁만 갈에게 말을 던졌지, 탁보다 늦게 움막에 도착한 작은 이야기를 끝낸 사람처럼 입을 다물고 있었다. 갈은 눈을 감고 잠시 생각하다 입을 열었다.

"음…… 큰벌터로 잡혀간 그 두 창잡이 말이요."

"네……. 족제비눈과 여우주둥이."

"언제 누가 가서 데리고 와야 하지 않겠소?"

"그 이야기라면 벌써 으뜸어른 그리고 당골레 어른과 이야기가 끝나지 않았습니까? 우리가 그쪽으로 넘어간 게 잘못이라고. 우리

메의 사슴도 저쪽 메로 넘어가면 저쪽 사람들 거라고. 거꾸로 저쪽 메의 사슴이 우리 쪽으로 넘어와도 마찬가지고……."

탁은 이미 결론이 난 이야기를 새삼스럽게 하는 갈을 둥근 눈으로 쳐다봤다.

"그걸 몰라서 묻소? 사람 목숨이 달린 일이니 하는 말 아니요."

갈은 탁의 말에 짜증이 난다는 듯 얼굴을 찡그렸지만 탁은 무심코 말을 이어나갔다.

"하지만 그런데도 안 될 일이라고 두 어른께서 말하지 않았습니까? 그 옛날 창잡이, 뭐냐……, 그래, 들개코와 맞바꾸려 했더니 놈들이 멧돼지 열, 사슴 스무 마리를 달라 해서 안 줬고, 둘이면 그 곱을 줘야 한다고……."

말끝에 탁은 손가락을 셌다. 발가락까지 조몰락거렸지만 고개를 갸우뚱거리곤 셈을 멈췄다. 밖에는 비가 더 세차게 내리고 있었다. 천장으로부터 빗물 몇 방울이 갈의 머리 위로 떨어지자 갈은 찢어진 눈을 부라리며 손으로 물방울을 훔친 뒤 엉덩이를 움직여 뒤로 물러앉았다. 낙숫물은 마침내 셋의 중간에 떨어졌으며 그 떨어짐이 조금씩 급해지자 잠자코 있던 작이 입을 열었다.

"지난해 큰바람 불고 비 억수로 퍼부어 많은 움집의 보꾹이 날아가고 기둥이 무너졌소. 미리 막아야겠소. 쓸데없이 보꾹을 높인 집이 많으오. 겨울에도 더 추울 텐……데 말이요……."

작은 말끝에 갈의 눈치를 봤다. 스스로 말머리가 주제로부터 벗어나고 있다는 걸 눈치챈 그는 끝말을 흐렸다가 다시 하던 이야기로 돌아갔다.

"잘 모르지만…… 그만큼이면 온 부락이 몇 날 먹고도 남을 치입니다. 그 두 사람 남은 목숨 동안 그 둘이 잡을 수 있는 멧돼지와 사슴들을 헤아려봐도 그렇고……. 한번 기다려 보는 겁니다. 저쪽에서도 사냥을 하다 우리 쪽으로 넘어올 수 있으니, 그때를 기다렸다가…… 아니, 사슴을 잡지 않고 사람을 때려잡으면 되지 않습니까……? 까짓것, 그러고선 맞바꾸는 겁니다."

"어허, 그때까지 그 둘이 살아 있겠나!"

작의 말에 갈이 화를 벌컥 내자, 작은 자신의 머리를 주먹으로 치며 아이쿠, 사슴 같은 놈! 하곤 곧바로 머리를 조아렸다. 작의 말에 탁도 어이가 없다는 듯 고개를 절레절레 흔들며 한마디 던졌다.

"그래도 그렇지, 사람 목숨을 어이 사슴 목숨과 견주오?"

갈의 말에는 마치 순한 개처럼 귀를 내리던 작이 탁의 말에는 늑대처럼 눈알을 부라렸다. 뭣이라도 잡히면 곧바로 집어던질 기세였다. 그때 갈이 손사래를 치며 말렸다.

"그만들 하시오. 어찌 둘은 세 살배기 아이 같으오……. 아직도 늦지 않으니 어떡하면 그 두 사람을 데려올 수 있을지 헤아려봅시다……. 음…… 그건 그렇고……."

갈은 뭔가를 말하려다 뜸을 들였다. 그 뜸의 정도로 봐선 그 뭔가는 앞의 이야기와 직접적인 연관이 없을 듯 보였으며, 그 뭔가는

분명 앞의 이야기보다 더 중요할 것 같았다. 천장에서 떨어진 낙숫물이 흩어져 다람쥐 모양을 황토 바닥에 그려내고 있었다. 마침내 갈은 웃으며 입을 열었다. 웃음은 비열해 보였고 자신의 다음 말에 탁이 동정을 보이거나 동의해주길 바라는 마음에서 웃었지만, 갈은 과연 한 해에 몇 번 웃을까? 좀처럼 웃지 않는 그가 웃으니 둘러쳐진 풍광, 심지어 늘 보는 화덕마저 얄궂은 흙덩이로 보였다.

"요즘 들어 으뜸어른이 기침을 많이 하오."

입 주변 근육이 굳어서인지 갈은 미소 짓는 표정을 유지하는 데 퍽 힘들어했다. '근데 무슨 뚱딴지같은 소리. 으뜸이 기침을 하다니?' 갈의 말에 탁은 뜬금없다는 표정을 지었지만 작은 마치 갈의 입에서 뱉어질 다음 말을 알고 있다는 듯 태연해했다. 탁의 의아해 하는 표정을 읽은 갈은 흠흠, 헛기침을 몇 번 한 뒤 다시 입을 열었다.

"가래가 개암 빛깔을 넘어 파래 빛이었소. 끈적끈적하기는 아귀 풀 같았으며……"

갈은 자신에 찬 눈빛으로 탁을 노려봤다. 탁은 적잖이 당황스러워했다. 그들의 으뜸이 저리도 심하게 기침을 할 것이라 생각지 않았기에, 그의 말처럼 뱉어진 가래가 녹색이라면 무엇보다 심각한 병일 수 있기 때문이었다.

"나도 봤어. 짙은 붉음마저 돌았어. 비둘기 핏빛 같은……"

작마저 갈을 거들고 나섰다. 작의 말에 갈은 빙그레 웃었다. 그 웃음은 비교적 자연스러워 보였지만 곧 경직된 입 근육으로 인해

가셨다.

"그래서 말인데……, 음…… 미리 마련해야겠소."

갈은 여전히 탁을 노려보며 말했다. 그의 말투는 탁의 표정에 따라 달라졌다. 탁의 표정이 심각해 보이거나 근심스러워 보이면 의기양양해서 그다음 말을 이어갔지만, 반대로 탁이 황당해하는 표정을 짓거나 의아해하는 표정을 지으면 말꼬리를 내렸다.

"마련이라면 무엇을, 어떻게 함을 뜻하오?"

탁은 갈의 의도대로 심각한 표정으로, 걱정스러운 표정으로 물었다. 갈은 속으로 사슴 같은 놈, 그러면 그렇지……, 하곤 어떠한 토도 허용치 않겠다는 듯 짧고 강한 어투로 답했다.

"으뜸을 뽑아야겠소."

탁과 작은 실로 오랜만에 같은 표정을 지었다. 둘 다 의아해할 것임은 예견됐지만 작은 탁이 갈의 날벼락 치는 듯한 소리에 별로 놀라지 않았기에, 가는 귀까지 먹은 탁은 정말 잘 알아듣지 못했기에 의아해한 것이었다.

"뭐라고 했소, 막?"

갈은 탁이 무슨 말을 하고 있는지도 모르겠다는 표정을 짓자 역시 사슴 같은 놈이로구나 하고 자신 있게 말을 이어갔다.

"이런 얼음을 묻을! 으뜸이란 말도 모르오? 우두머리 한 말이오. 뽑는다는 말은 골라낸다는 말이오. 우리가 피 씨앗을 들판에 뿌리기 전에 훅, 입으로 불어 그 자리에 남는 놈만 고르듯이……."

67

"내가 어찌 다섯 살도 안 되는 아이들까지 아는 그 말씨들을 못 알아먹겠소. 한이란 으뜸을 말하며 으뜸에는 하 어른이 있고 그 어른이 있으니 다시 뽑을 까닭이 없다는 말이지……."

"허허, 어찌 이리 사슴…… 아니, 흐릿하기 짝이 없소. 정말 답답하구려. 지금 으뜸을 말하는 게 아니라, 다음 으뜸을 말하는 것이라오."

듣고 있던 작이 혀를 끌끌 차며 갈을 거들고 나섰다.

"아니, 마름은 그걸 어떻게 아오?"

"아니, 보면 모르오. 지금 으뜸어른이 큰 탈이 나 언제, 어떻게 될지 모르니 다음 으뜸을 미리 뽑아두자는 거 아니오. 추우나 더우나 움집 화덕에 불씨를 살려놓고 있듯 말이오……."

바닥엔 빗방울이 제법 떨어져 축축이 젖은 부분이 커져 다람쥐 모양에서 너구리 모양으로 변해 있었다. 갈이 일어나 더 가장자리로 옮겨가니 작과 탁 역시 그를 따라 움직였다. 이제 작과 탁의 등 뒤쪽으로 빗물이 떨어졌다. 입구 쪽과 더 멀어져 서로의 얼굴을 겨우 분간할 정도로 어둑했다. 밖에는 비가 갈수록 세차게 퍼부어 바람이 불 때면 움집 벽에 빗방울 부딪는 소리가 후두둑 났다. 갈은 다시 흠흠, 헛기침을 했다. 그의 헛기침 뒤에는 껄끄러운 말들이 숨겨져 있었으며, 그 헛기침은 주저함을 감추기 위함이었고 그 껄끄러운 말들을 끄집어낼 용기를 다지기 위함이었다.

"큰 으뜸 찬 어른이 이 자리에서 나왔소. 그 후 만, 하에 이르기까지 그의 곧은 피붙이들이 그냥 그의 뒤를 이었소. 마치 마을의 우두머리는 앞 우두머리의 새끼가 되어야만 한다는 듯 말이오. 그건 아니오. 뭔가 잘못되고 있소……. 그래서…….”

갈이 말을 채 끝내기도 전에 도무지 이건 아니라는 듯, 탁이 끼어들었다.

“그렇다 치더라도 하 어른이 살아 있지 않소. 살아 있는 동안 다음 으뜸을 뽑을 일이라면 먼저 그 어른과 이야기를 나누는 게 맞소. 그리고 당골레 어른과도…….”

탁의 말에 갈은 또다시 헛기침을 했다. 작이 또 한 번 갈을 거들고 나섰다.

“이런 얼음을 문을……. 어찌 그리도 사슴 같소? 그 두 사람이 있으면 이야기가 될 것 같소? 얼 그 사람, 하는 말 가운데 맞는 게 뭐가 있소? 고래만 해도 그렇소. 그해 추위는 도무지 머리 내밀고 처음이었소. 그것의 살점을 뜯지 않았더라면 마을은 굶주림과 추위에 쉬 죽어갔을 것이오. 꽤도 그렇지. 내 참, 당골레라는 게 뭐 맞히는 게 있어야지. 고래의 살점을 먹지 않은 이, 그 누구요? 나도 먹었소. 그것도 아주 맛있는 염통과 가슴살을. 그쪽도 먹었을 것 아니오……. 얼의 말이 맞는다 하면 지금쯤 우린 조개무지 아래 썩어 문드러져 있어야 할 것이오. 하긴…… 으뜸만이 그렇게 될 수도 있는 일이긴 하지만…….”

사슴 같다는 말에 불끈 쥐어졌던 탁의 주먹은 고래의 살점을 취

하지 않았냐는 말에 힘없이 풀어졌다. 거기에다 으뜸만이 흥조를 맞을 수 있다는 말에 더욱 고분고분해졌다.

"그렇다면 누가 으뜸이 되어야 한다고 헤아리는지……."

흠흠, 갈이 또 헛기침을 했다. 갈의 헛기침이 멎자 작이 입을 열었다. 마치 둘은 말과 헛기침을 분담한 듯 보였다.

"으뜸은 힘이 세야 하오. 활을 잘 쏘고 창을 잘 던지고 작살을 잘 찍고……. 그래야만 다른 이들이 보고 배우며, 따르오. 그리고 무엇보다 튼튼해, 쉬 탈이 나지 않아야 하오. 우린 지금 큰 으뜸 찬의 때에 있지 않소. 안팎으로 아슬아슬한 삶을 살고 있소. 메 너머에는 우리보다 훨씬 센 마을들이 있소. 언제 우리의 사슴, 멧돼지, 물고기, 여인네들을 노략질하기 위해 쳐들어올지 모르오. 때에 걸맞은 센 우두머리를 뽑아야 하오."

작이 침을 튀겨 가며 웅변을 하자 갈은 얼굴을 붉히며 헛기침을 더 크게 했다. 엉덩이 아래가 축축해지자 탁은 일어서서 뒤돌아봤다. 너구리 크기만 했던 빗물 자국이 번지고 번져 늑대만 하게 되어 있었다. 탁은 그 와중에도 시장기를 느꼈다. 빨리 움집으로 돌아가 화덕 구석에 숨겨 놓은 멧돼지 발목을 뜯고 싶었다.

"오늘 나눈 말들은 우리끼리요. 사내답게 함부로 입을 놀리지 말기요."

작의 말에 움막을 빠져나오던 탁이 한마디 보탰다.

"큰어미…… 매발톱의 속내는 어떨 것 같소?"

탁의 말에 두 사람은 어찌 장님 아메 때 이야기를 하느냐며 껄
껄 웃었다.

⊛

매발톱은 토끼들에게 먹이를 주고 있었다. 들풀을 씹는 토끼들
을 애정 어린 눈빛으로 바라보는 그녀를 보며 하는 물었다.

"아이들보다 귀엽나?"

"어찌 짐승이 사람보다 더 값질 수가 있겠나. 단지, 하루도 빠짐
없이 보건만 흐뭇한 마음 떨칠 수가 없을 뿐이다."

"뭣이 그리도 대견하나?"

"저들이 우리 사람들과 함께하는 삶이다. 언제 먹힐지도 모르건
만 저토록 착한 눈알들을 굴리며 느릿느릿 노니는 걸 보고 있노라
니…… 한편으로는 가슴이 아프다. 하지만 언젠가는 멧돼지나 사
슴들도 사냥치 않고 저들처럼 길러 비가 오나 눈이 오나 그 고기를
먹을 수 있을 거라 여기니 가슴 벅차다."

"멧돼지는 사납고 사슴은 재발라서 여리고 느린 우리로는 어림
없다. 그들은 본디 우리와는 어울릴 수 없는 치들이다. 우리가 얼
마나 많은 그들의 할아비, 아비들을 죽여 왔나. 그런 그들이 이런
우리와 함께 저토록 눈알들을 풀어놓고 지낼 수 있을 것 같나? 그
리고 그들도 먹어야 사는데 어디서 그 먹이를 구해준단 말인가. 차

71

라리 그들에게 줄 먹이를 우리가 먹고 그들 또한 잡아먹는 게 낫지……."

"하지만 그들의 먹이는 우리의 먹이가 아닌 것들이 많다. 우리가 먹지 않는 것들을 그들에게 주는 것이니 아까워할 일도 아니다."

"듣고 보니 그렇기도 하네. 허허……. 하지만 그건 몇 배 얼음(수백 년) 뒤의 일일 수 있으나, 냉큼 골짜기가 오롯이 멧돼지, 사슴 울타리나 마찬가지니 그럴 까닭이 없지 않겠나. 허허……."

하는 매발톱의 슬기로움에 감탄했다. 그러한 그녀를 큰어미로 모심은 마을에 큰 행운이라 생각했다. 그는 그녀를 찾아온 이유이기도 한 다음의 물음에도 속 시원히 답해줄 것을 기대했다.

"다름 아니라, 이야기를 들어보고자 왔다. 나도 이제 늙었다. 죽기에 앞서 내 뒤를 이을 치를 뽑아야겠기에……."

매발톱은 그렇게 말하는 하의 얼굴에서 서글픔보다는 후련해함을 느꼈다.

"어떻게 헤아리나. 큰어미로서……. 내 아들 가운데 어느 아이가 좋을는지."

하의 말을 듣고 있던 매발톱은 그 말이 나오기를 기다렸다는 듯 토끼 입에 풀을 집어넣으며 조용히 답했다.

"먼저, 죽음을 이야기하자면 내 죽음부터 이야기해야지……. 내 나이 한 손 하고도 두 손가락이 임자의 것보다 많아……. 그리고 모든 일은 하고 싶어 하는 사람이 잘한다. 그 애들의 마음속은 살펴봤나?"

매발톱의 말에 하는 즉각 답하지 않았다. 그는 자신의 나이가 그녀의 오른 발가락들을 넘어 개미취의 오른손 중지에 가 있음을 알았다. 거기에다 그는 일곱을 더했다. 매발톱의 나이는 개미취의 왼쪽 엄지발가락 그러니, 쉰다섯이었다.

"아니, 우두머리가 뭔지도 모를 텐데……."

"그렇지 않을 것이다. 둘 나름대로 우두머리가 뭐 하는 사람인지 알고 있을 것이다. 모르고 있다면 가르쳐줘야 할 것이고 잘못 알고 있다면 고쳐줘야 할 것이다. 그다음, 우두머리가 되고 싶은지 물어보라."

"듣고 보니 그러하다. 하지만 난 이렇게도 여긴다. 큰주먹은 힘이 세나 머리가 좋지 않고 그리매는 머리는 좋으나 힘이 세지 않으니 둘 함께 우두머리가 되면 어떨까 하고 말이다."

하의 말에 매발톱은 깜짝 놀랐다. 토끼의 입 속으로 집어넣던 풀을 독풀인 양 잡아당겼다. 난생처음 듣는 기괴한 말에 황당함과 부당함을 느낀 터라, 그녀의 입에서 곧바로 대척이 튀어나왔다.

"안 된다. 결코 우두머리는 둘일 수 없다. 벌이나 개미들까지 우두머리는 하나다. 우두머리가 둘이면 무리는 둘로 갈라진다."

"그럼 둘 가운데 누가 됐으면 하나?"

"머릿속에 든 힘은 쉽게 알 수 없다. 우리는 그리매가 똑똑하고 어질다는 걸 알지만 다른 사람들은 그렇게 여기지 않는다. 큰주먹

73

은 튼튼한 팔다리를 지니고 있어 거기에서 나오는 힘은 쉽게 알 수가 있다. 멧돼지잡이나 물고기잡이에서 힘을 보여줄 수 있는 아이가 무리의 마음도 움직일 수가 있다. 하지만 그건 겨우 열댓의 무리 앞에 서는 으뜸창잡이나 으뜸몰이꾼 이야기다. 한 배(사백), 나아가 한 땅(팔천)의 으뜸이 되기 위해서는 몸, 머리, 가슴…… 모두가 튼실해야 한다."

"그렇다면 그 가운데에서도 뭐가……."

이야기가 길어지자 하는 빨리 결론을 듣고파 조바심을 냈다.

"가슴이다. 가슴 속 따뜻함은 눈앞에 보이지는 않지만 때가 지남에 따라 다른 이들의 가슴으로 파고든다. 어차피 몸, 머리, 가슴, 이 모두 튼실한 이가 없다면 가슴이 따뜻한 이가 으뜸이 돼야 한다. 그 가슴으로는 한 하늘(십육만)의 무리도 이끌 수가 있다."

"그렇다면 그리매를 두고서 하는 말이군. 나도 그렇게 여긴다."

"반드시 그렇다고 할 수는 없다. 그 둘은 서로 도와야만 한다. 그리매는 큰주먹의 팔다리에, 큰주먹은 그리매의 머리에. 그렇지 않고서는 크게 잘 어울릴 수 없다."

하는 고개를 끄떡이며 혼잣말로 지껄였다. 그래, 속은 보이지 않으니 무섭기까지 하다. 사슴 가죽 아래 숨겨진 돌칼처럼.

"하지만 누리마루의 속마음도 가벼이 여겨선 안 된다. 으뜸의 아들이 이어서 으뜸이 되었다. 으뜸의 아들만이 으뜸이 될 수 있다면 다른 치들의 아들은 결코 으뜸 될 수 있는 바람을 지니질 못한다.

힘세고 똑똑한 사내들은 얼마든지 있다. 메 너머 잡혀 있는 들개코가 그러하다. 얼마나 활을 잘 쏘는가. 얼마나 똑똑하고 어진가. 몸, 머리, 가슴, 모두가 튼실한 사내다. 만약 그 치가 으뜸의 아들이라면 멧돼지 열, 사슴 스물이 문제였겠나……."

매발톱의 말에 고개를 연신 끄떡이던 하는 누리마루와 들개코 이야기가 나오자 굳은 얼굴로 대척했다.

"그렇지가 않다. 어느 놈의 씨를 받았는지도 모를 놈을 으뜸으로 내세울 수는 없다. 으뜸의 새끼들에게 검댕을 먹이고 봉숭아꽃물을 찍는 까닭이 뭔가? 그것도 우리의 그지없는 큰 으뜸, 찬 할아비께서 맨 먼저 하신 일이다. 어찌 씨도 모를 새끼들을 으뜸으로……!"

큰주먹이 어른들을 따라 돌창, 돌칼을 들고 사슴, 멧돼지를 잡으러 산과 들판을 달리는 동안 그리매는 단과 함께 반구대 암벽에 붙어 있었다. 단은 새김칼을 그리매에게도 쥐여줬다. 언제부턴가 쪼아내기는 그리매의 몫이 되었다.

기침과 가래

    달의 크기로 보름임을 알았지만, 보름달과 그 하루 전후의 달 크기에 큰 차가 없었기에 보름이라 생각하고 보내면 그다음 날이 보름이거나, 그 하루 전이 보름이었다. 달거리의 주기로 보름을 집어내는 여인네들도 몇 달 정도만 그랬지, 그 후엔 터무니없이 상현, 하현달이 떠오르는 날에까지 달거리를 했으니 달거리로도 정확히 보름을 알 수 없는 일이었다. 그러나 보름에는 골짜기 늑대 울음이 가깝게 들렸으며, 횃불을 들지 않아도 강구천변이 대낮처럼 밝아서 먼바다로 빠져나가지 못한 돌게, 동남참게 등을 잡아서 보면 달빛에 놀라 재바르게 움직인 탓인지 살이 쏘옥 빠져 있었다. 아무튼 수령을 알 수 없는 샘터 상수리나무에서 첫 도토리가 떨어지는 날로부터 제일 가까운 보름날에 산신, 지신, 해신에게 감사제를 올렸다. 그날로부터 본격적으로 겨울나기 준비를 시작한바, 들에서는 조, 피를 거둬들이고 산에서는 도토리, 밤, 고욤 등 실과들을 따거나 주워선 초가을 따가운 햇볕에 말린 뒤 서늘한 곳에다가 보관

했다. 여인네들은 짐승의 가죽이나 여름 내내 짠 옷감으로 겨울옷을 지었으며, 남정네들은 산과 들에서 토끼, 멧돼지, 고라니, 사슴을 사냥하고, 작은 물에서는 잉어, 붕어, 장어를, 큰 물에서는 오징어, 명태, 농어, 그리고 강치(우리나라 동해안의 토종 바다사자)를 잡았다. 강치의 가죽은 털이 비단처럼 부드러워 여인네들 사이에서 인기가 좋았는바, 옷을 지어 입으면 몸에 쫙 달라붙는 것이 제 살처럼 편했으며, 옷을 지어 입고 남는 자투리로는 물 푸는 바가지나 먹거리를 담아 두는 부대로 만들어 썼다. 강치 고기는 먹고 나면 힘이 불끈 솟아올라, 창이 쭉쭉 뻗고 화살이 팽팽거렸으니, 사내들이 환장했다. 여인네들 또한 그런 사내들을 좋아하다 보니 자신들의 입에 가져갈 강치 고기를 그 치들의 입에다 넣어주는 것이었다.

보름 하루 전날에는 제물을 마련하기 위한 사냥대회가 열렸다. 그날만은 으뜸도 따라나섰다. 당골레는 직접 사냥에 나서진 않았지만 골짜기 아래서 제물의 목에 첫 칼을 꽂기 위한 피의 의식을 준비했다. 사냥대회를 위해 사내들은 며칠 전부터 창, 칼을 갈았으며 충분한 양의 화살촉을 만들고 활줄을 엮었다.

그날 밤 역시 동남참게들은 야위었으며 늑대들은 인간의 마을 가까이서 구슬피 울었다. 잠을 설치는 사내 몇몇이 있었던바, 늑대 울음소리 때문만은 아니었다. 사냥대회에서의 승리를 다짐하느라 잠 못 이루었는바, 그중에는 놀랍게도 하와 같이 끼어 있었다. 그 둘은 으뜸과 버금이 아닌가. 뭐가 답답해서 그랬을까? 이유는 달랐지만 서로가 노리는 건 같았다. 그 둘 외, 한 사내가 더 있었으니 알리미 탁이었다. 탁은 갈, 작과의 회동 후 고민에 빠졌다. 갈, 작과 행한 함구 약속을 지키자니 하, 얼을 배반하는 일이 될 터이고, 발설하자니 갈, 작으로부터의 보복이 두려웠다. 알리미의 역할은 으뜸의 소리를 마을에 전하는 것이지만 마을의 소리를 그에게 고하는 것이기도 하지 않는가. 결코 작지 않은 문제를 누군가와 상의하고 싶었던 탁은 그의 여인 은방울꽃에게 털어놓았다. 이야기를 들은 은방울꽃은 마을의 중대사인 만큼 으뜸과 당골레에게 알려야 한다고 했다. 탁은 누가 들을세라, 그녀의 입을 손으로 틀어막으며 그 누구에게도 발설치 말라고 했지만 은방울꽃은 큰 어미인 매발톱에게만은 말하겠노라고 했다. 탁은 그것마저 안 된다고 했지만 과연 은방울꽃은 그의 말을 들을까? 이래저래 탁은 밤을 홀딱 샜다.

보름인지 그 하루 전날 혹은 훗날인지 몰라도 날은 밝았다. 예정대로 사냥대회가 열렸으며 그 하루만은 창잡이, 활잡이, 몰이꾼의 구분이 없었으니, 산에 오르는 모든 치가 몰이꾼이요, 활잡이, 창잡이였다. 으뜸, 버금 또한 예외가 아니었다.

탁은 내내 하의 곁을 떠나지 않았다. 얼른 보기엔 으뜸을 가까이서 보살피기 위함인 듯 보였으나 실은 하의 코와 입을 살펴보기 위함이었다. 골짜기에 들어선 지 한참 동안 하는 가래는커녕 기침조차 하지 않았다. 그 후에도 탁은 하의 뒤를 바짝 쫓았다.

뛰어가는 멧돼지를 보고 누군가 활을 당겼다. 화살촉은 멧돼지의 귀를 살짝 스쳐 가기만 했다. 놀란 멧돼지는 달음박질쳤다. 그때 "비켜라!" 하는 고함이 들렸다. 갈이었다. 갈은 용감무쌍한 창수대장답게 선두로 멧돼지를 쫓았다. 다들 경외심을 숨기지 않았다. 으뜸창잡이란 말이 누군가의 입에서 튀어나왔으며, 와, 함성까지 울려 퍼졌다. 갈은 빨랐다. 오르막이었건만 전력을 다해 도망치는 멧돼지를 거의 따라잡았다. 그는 달음박질 중에도 시위를 당겼다. 보기 좋게 화살이 멧돼지의 옆구리에 꽂혔다. 또 한 번 와, 함성이 터져 나왔다. 작은 하를 보며 들으란 듯 '버금어른 하늘얼음!'을 외쳤다. 작의 장단에 맞춰 다들 '버금어른 하늘얼음!' 복창하니 온 세상이 갈의 천지가 된 듯했다. 하지만 하의 표정에는 변함이 없었다. 웃지도 화내지도 슬퍼하지도 기뻐하지도 않았다. 기침은 물론 그 누구처럼 헛기침도 하지 않았다. 멧돼지는 끝내 피를 쏟으며 기진맥진, 쓰러질 듯 보였다. 창을 빼든 갈은 바로찌르기를 하기 위해 멧돼지 앞으로 다가갔다. 창을 높이 들고 내리찍으려 할 때 갑자기 멧돼지가 머리를 치올렸다. 갈의 창은 한 줄기 마른 갈대처럼 부러지고 그의 가슴은 이빨이 숭숭 솟은 멧돼지 대가리에 박혀버렸다. 쿵, 나가떨어졌다. 다행인 것은 물 고인 웅덩이에 떨어졌기에 큰 부상을 입지 않았다는 것이며, 불행인 것은 좁은 웅덩이에 빠졌기에 멧돼지가 덮치는 날엔 머리부터 발끝까지 아스러질 참이었다. 불행이 시작된 듯했다. 멧돼지는 눈알을 부라리며 웅덩이로 뛰어들 태세였다. 그때, 아래에서 몇 개의 화살이 날아들었다. 서넛은 비껴갔으며, 하나는 멧돼지의 엉덩짝에 꽂혔다가 덜렁하고 떨어졌다. 하지만 나중에 날아든 화살 하나가 한 치의 오차도 없이 멧돼지의 오른쪽 눈을 뚫어버렸다. 한쪽 눈을 잃은 짐승은 꽥꽥 비명을 지르며 좌충우돌 온 세상을 들이박기 시작했다. 꿀밤나무를 박으면 꿀밤이, 개암나무를 박으면 개암이 떨어졌지만 사람을 박으면 핏덩이가 떨어졌다. 일제히 창을 던졌지만 천방지축으로 날뛰는 짐승은 하나 창도 허락하지 않았다. 그 사이 같은 웅덩이에서 빠져나올 수가 있었다. 작은 또 한 번 '버금어른 하늘얼음'을 선창했고 골짜기에는 다시 버금어른 하늘얼음이 울려 퍼졌다. 성원에 고취된 같은 누군가가 던져준 창을 들고선 찌르기를 시도했다. 누가 봐도 만용이었다. 이 세상에 남은 마지막 사냥감인 양 온 힘을 다해 창질을 해댔지만 눈 하나 잃은 멧돼지에게는 말 그대로 보이는 게 없었다. 멧돼지는 창을 와자작, 박살 내고 말았다. 같은 순간적으로 놀라 뒷걸음쳤지만, 멧돼지는 같을 향해 돌진했다. 정면으로 박히는 날엔 칼날 같은 멧돼지의 이빨에 치명상을 입을 것이었다. 그때, 작이 활! 활! 다급하게 외쳤다. 몇몇 활잡이들이 시위를 당겼다. 성급히 당긴 탓에 빗맞거나 딱딱한 두개골에 튕겨 나가거나 등 쪽에 겨우 박혔다가 떨어졌다. 모두 그 무지막지한 짐승의 한 뼘이나 되는 이빨이 그의 몸 어느 부분에 꽂힐 것인가, 지켜볼 뿐이었다. 그 순간, 그들 중 몇몇의 바람은 갈래로 나뉘었다. 무사했으면, 심장에 꽂혔으면, 그저 혼쭐이나 나게 살점 많은 엉덩이에나 꽂혔으면……. 하가 기침을 하는지, 가래 색은 어떠한지를 알기 위해 줄곧 그의 뒤를 밟던 탁의 시선 역시 갈의 몸통에 가 있었다. 그는 확실히 바라는 게 없었기에 되레 담담히 지켜볼 수 있었다.

눈 깜짝할 새였다. 죽겠다고 꽥꽥거리는 멧돼지 소리에 비로소 화살 하나가 더 날아들었음을 알았다. 화살은 멧돼지의 남은 눈마저 뚫어버렸다.

그날 저녁, 얼은 멧돼지의 목에 첫 칼을 대기 위해 눈에 박힌 화살들을 뺐다. 두 개의 화살촉 모두에 석묵이 들어 있었다. 잡고 보니 그리 큰 놈도 아니었다. 크지 않은 놈과 부딪혔기에 갈은 더욱 얼굴을 들지 못했으며, 크지 않았기에 그만큼 재발랐던 멧돼지 눈알들을 뚫은 하는 재삼 으뜸임을 확인시켰다. 온 골짜기에 으뜸어른 하늘얼음! 소리가 울려 퍼졌다.

둥근 달 아래 횃불을 켜고선 빙글빙글 춤을 췄다. 한 손을 앞으로, 다른 손을 뒤로 돌려 앞사람 뒷사람의 손을 잡고선 크게 잘 어울릴 것을 기원했지만, 갈과 작, 두 사람만은 그 자리에 없었다.

하늘에는 유난히 많은 별이 반짝였다. 낮에도 하늘의 끝이 안 보이더니 밤에도 그 끝이 안 보였다. 높고도 넓은 그곳에 해는 하나뿐이었으며, 달도 하나뿐이었다. 으뜸이 아직도 건장하다는 사실에, 버금은 아직 그의 상대가 못 된다는 사실에 탁의 심기는 편해졌다. 집에 돌아온 하는 온종일 참았던 기침을 마음껏 했다. 녹색 가래가 연이어 뱉어졌다. 매발톱은 화덕에다 물을 덥혔으며, 한

81

번 터진 하의 기침은 따뜻한 물로도 진정되지 않았다.

◎

여전히 아비란 말을 꺼내기 힘들어했다. 그 말은 강바닥에 머리를 박고 있는 모래무지처럼 아랫배 깊숙이 잠겨 있어, 통 나올 줄을 몰랐다. 그리매의 서먹해하는 눈빛에 하는 자신이 먼저 입을 열어야만 할 것 같았다.

"어떻게 지냈느냐?"

하의 말은 유순히 들렸다. 그리매는 웃으며 답했다.

"지냈습니다."

변성기를 맞은 그의 목소리는 웃음 짓는 표정과는 달리 퉁명스럽게 들렸다.

"지냈다니……, 핼쑥하니 잘 못 지내나본데?"

하가 그리매를 대하는 태도는 예전과는 확연히 달랐다. 복잡다단한 감정이 그의 눈빛에 담겨 있었다. 연민, 동정, 사랑, 근심, 미움……. 그것은 피붙이 사이에서만 느낄 수 있는 얼핏 모순돼 보이는 감정 덩어리였다.

"훌쩍 자랐구나. 이 아비보다도 훨씬 크다."

하는 그리매를 치올려 봤다. 아비란 말에 그리매는 소름이 끼쳐 옴을 느꼈다. 낯섦에? 두려움에? 기쁨에? 원망스러움에? 도대체 무슨 느낌인가······. 첫 번째 사슴의 옆구리에 돌창을 박던 느낌? 암벽에 새겨진 고래를 처음 만났을 때의 느낌? 잠결에 어미 개미취의 가슴을 더듬곤 육즙 좋은 소 양지 반 토막 같은 젖꼭지를 입 안으로 가져가던 느낌? 아니면, 아주 드물게 꽃다지의 야들야들한 손이 자신의 팔, 다리를 스쳐 갈 때의 느낌? 아무리 생각해봐도 그중에는 그런 느낌이 없었다.

"어쩐 일로 부르셨는지요?"

하는 콜록콜록 기침을 한 뒤 손등으로 입을 훑었다. 가래는 묻어 나오지 않았다.

"이제 기침도 함부로 못 하겠구나."

하의 말엔 믿음이 깔려 있었다. 나이 든 아비가 누군가에게 구박 받고는 큰아들에게 하소연하는 늙은이의 응석 같은 것이었다. 그리매의 귀에는 그러한 하의 말이 한없이 낯설게 들렸다.

"무슨 말씀이신지······."

그리매는 큰어울림가람 부족장의 생뚱맞은 저자세에 말을 잇지 못했다. 물음에 즉답을 하지 않거나 늦을 때면 불호령을 내렸건만, 그날의 하는 신출내기 활잡이에게도 염통을 표적으로 내줄 병든 사슴처럼 보였다.

"이제 이 아비, 늙었다는 말이다."

하는 아비란 말을 집어넣기를 고집했다. 그리매의 입에서 그 말이 나올 때까지 그러할 참이었다.

"제가 무엇을 헤드릴 수 있는지요……."

그리매의 말이 채 끝나기도 전에 하의 눈이 번쩍였으며, 거짓말처럼 늙은 사슴 같던 그는 막 굴을 뛰쳐나온 한 마리 호랑이처럼 보였다.

"으뜸은 뭣 하는 사람이냐?"

그리매는 섬뜩함을 느꼈다. 이제 그 앞에는 호랑이 아니, 태화강 부족의 부족장만이 서 있었다.

"으뜸은 마을의 우두머리입니다."

"우두머리는 뭣 하는 사람이냐?"

그리매는 잠시 망설였다. 어떻게 답할 것인가 생각해서가 아니라 앞에 서 있는 저 우두머리가 또 뭣이 마음에 안 들기에 저럴까, 생각했다.

"우두머리는 온 마을을 머리에 이고, 등에 지고, 어깨에 메고 갑니다."

순간 하의 입이 벌어졌다. 감탄은 기침으로 나왔다. 한참 동안 쿨룩거리다가 짓이긴 검은 깨알 같은 미세한 점들이 박힌 가래를 뱉어냈다. 당황한 그리매는 곁으로 다가가 괜찮냐고 물었다.

"걱정하지 마라. 큰 으뜸 찬 어른은 피를 뿜으면서도 세 사람 얼음을 살았다. 내 가래 빛깔이 그렇게 되려면 열 얼음 더 살아야 한다. 근데, 네 말 가운데 머리에 이는 건 뭣이며 등에 지는 건 뭣이고 어깨에 메는 건 뭣이냐……."

"슬기로움, 끈질김, 부지런함이 아닐까 합니다. 그것들로 온 마을을 이끌어야 할 것입니다."

"오호, 누가 그렇게 가르치더냐?"

그리매는 고개를 숙인 채 침묵했다. 하는 머리, 등, 어깨에 간지러움을 느꼈다. 정말 이 머리에, 이 등에, 이 어깨에 온 마을이 달렸단 말인가? 그는 자괴에 빠졌다. 근데 태화강부족의 으뜸인 날, 이토록 부끄럽게 만든 놈은 다름 아닌 내 어린 아들이 아니더냐.

"그렇다면 너는 또 어떠하냐?"

하의 말투가 또다시 강치의 털처럼 부드럽게 굽어들었다.

"저는 슬기롭지도, 끈질기지도, 부지런하지도 않습니다."

하는 마침내 누구처럼 헛기침을 했다. 그것은 곧 진 기침으로 번지고 말았다. 한참 동안 가래를 뱉더니 힘이 드는지 손을 내리곤 앉자고 했다. 그리매는 황토 바닥에 깔린 사슴 가죽을 피해 엉덩이를 좁다랗게 두었다. 가죽은 낡고 낡아 사슴 무늬가 흐릿하니 고라니의 것처럼 보였다.

"바닥이 차가울 텐데 다가와서 앉지 그러냐?"

사슴 한 마리의 가죽이 넓으면 얼마나 넓겠나. 하가 머리 부분에 앉고 그리매가 꼬리 부분에 앉는다 해도 서로 코가 맞닿을 텐데, 그냥 듣기 좋게 한 말이었다.

"괜찮습니다."

그리매는 미소를 지으며 답했다.

"음…… 왜 슬기롭지도, 끈질기지도, 부지런하지도 않다고 여기느냐?"

바닥은 하의 말처럼 차가웠다. 햇볕이 사위어가자 늦가을 저녁의 한기가 땅에 스며들었다. 그리매는 엉덩이를 들썩이며 답했다.

"슬기로움은 꽃다지보다 못하고, 끈질김은 큰주먹보다 못하며, 부지런함은 얼레지보다 못합니다."

하는 허허허, 실로 오랜만에 웃었다.

"그렇다면 슬기로움은 큰주먹보다 낫고, 부지런함은 꽃다지보다 나으며, 끈질김은 얼레지보다 나으냐?"

그리매도 웃었다. 둘이서 함께 웃는 건 처음이었다.

"으뜸이 되고 싶지 않으냐?"

그리매의 웃음이 멈췄다. 하의 웃음도 멈췄다. 그렇게 둘이서 서로 쳐다만 봤다. 밖에는 땅거미가 내렸으며 마침내 상대방의 이목구비가 흐릿해져 갔다.

"되고 싶지 않습니다."

"되고 싶지 않다는 것이냐, 될 수 없다는 것이냐?"

"모두입니다."

"왜 그렇게 여기느냐?"

"많은 까닭이 있습니다."

"그 가운데 몇이라도 말해보라."

그리매는 눈을 아래로 깔곤 한참 생각했다. 그중 하나로서 이야기를 끝내고 싶었다.

"바위새김이가 되고 싶습니다."

"막 뭐라고 했나?"

하는 그리매 쪽으로 바짝 당겨 앉았다. 거의 사슴 가죽 꼬리 부분에 그의 엉덩이가 놓였다.

"바위새김이가…… 되고 싶다고…… 했습니다."

"허허, 이런…… 얼음을 묻을……."

하는 다시 기침을 했다. 가래를 뱉었지만 주위 어둠으로 색을 분간키 힘들었다.

"묻겠다. 토끼의 꼬리는 있느냐, 없느냐?"

"있습니다만 짧습니다."

"맛이 있느냐, 없느냐?"

"맛을 떠나 먹을 게 없습니다."

"예부터 토끼 꼬리는 바위새김이의 몫이란 말이 있다. 그래도 좋으냐?"

하는 자신 있게 말했다. 그리매는 하의 생각처럼 쉬 답을 못했으며 하는 속으로 그럼 그렇지, 하고 말을 이어나갔다.

"사냥은 즐거우냐?"

"즐겁지 않습니다."

하는 또다시 그럴 줄 알았다며 그다음 말에도 그리매가 낚싯바늘을 삼킨 붕어처럼 딸려 올 것을 예견했다.

"사슴 고기는 먹고 싶으냐?"

"예."

"음…… 그중에서 어느 살점이 먹고 싶으냐?"

하는 자신의 물음에 그리매가 순순히 딸려 옴에 여유를 부렸다. 손바닥을 펴, 드문드문해진 턱수염을 당겼다.

"가슴살입니다."

"먹고 싶지 않으냐?"

"먹고 싶습니다."

"먹고 싶은데, 사냥은 하기 싫은 것이냐?"

"예, 그렇습니다."

하는 질문을 계속했다. 그가 원하는 답이 그리매의 입속에서 맴돌고 있음을 느꼈다. 아마 그다음 질문에 그가 원하는 답이 튀어나올 것을 기대했다.

"으뜸이 되면 사냥을 하지 않고도 사슴의 가슴살, 아니 생간까지 먹을 수가 있다. 이래도 으뜸이 되기 싫으냐?"

어디 한번 답해 보아라, 하는 자신 있게 물었다. 그는 그리매의 입을 주시했다. 답은 그리매의 눈에서 먼저 튀어나왔다. 사위가 어두워져 단지 그 눈빛을 읽을 수가 없을 뿐이었다.

"싫습니다. 먹고 싶은 걸 먹지 않고 하고 싶은 걸 하겠습니다."

하는 현기증을 느꼈다. 기침은 현기증과는 별도였다. 걷잡을 수 없을 정도로 터져 나오자, 당황한 그리매는 다가가 손바닥으로 하의 가슴을 문질렀다. 가래의 일부가 튀어 그리매의 손등에 옮겨 붙었다.

"쉬어야겠습니다. 으뜸어른······."

그리매는 하를 부축해 사슴 가죽 위에 눕혔다. 누우면서도 하는 날카로운 눈빛으로 그리매를 쏘아보았다.

"난, 네 아비다······. 맞느냐?"

"네, 그러합니다."

마침내 하의 눈은 흰자위가 반이었다.

"으뜸 앞에 아비이기에······ 넌, 날 아비라······ 불러야 한다."

"······."

"아비라······ 불러라!"

"······."

하는 다시 기침을 했다. 좀처럼 멎지 않았으며 그리매는 곧장 매발톱에게 달려가야만 했다. 손등에 들러붙은 가래가 달빛에 붉어 보였다.

우두머리와 ㄲㅌ머리

움집에 들어서자마자 큰주먹은 화덕 쪽으로 갔다. 정확히 말하면 그 오른편, 하가 가끔 매발톱과 함께 몸을 누이는 곳, 개미취와는 십여 년 전에나 누웠던 곳, 마타리와는 지금도 꿈속에서 눕는 곳. 그곳은 바로 그 낡고 낡은 사슴 가죽이 깔린 곳이었다. 큰주먹은 사슴 가죽의 앞발이 있는 벽에 난 구멍 속으로 손을 넣었다. 손끝에 잡히는 건 팔뚝 길이, 손바닥 너비의 강치 가죽으로 만든 부대였다. 큰주먹은 뭔가를 꺼냈다. 그 뭔가는 수시로 달랐으며 그 뭔가가 무엇이냐에 따라 그의 기분도 달라졌다. 그날은 어포였다. 멧돼지 넓적다리를 말린 건 아니더라도 왕새우 말린 거라도 됐으면 그렇게까지는 기분이 나쁘지 않았을 것이었다. 부대를 구석 쪽으로 홱 던진 뒤 벌러덩 사슴 가죽 위에 누워, 천장에 붙은 똥파리가 앞 다리를 비빈 뒤 머리까지 뒤트는 걸 지켜봤다. 그러다 깜빡 잠이 들었다. 매발톱이 들어왔다. 그녀의 손에는 사슴 고기가 들려져 있었으며, 핏물이 빠진 고기는 동백꽃 색에서 배롱나무꽃 색으로 변해 있었다.

"사슴이다. 맞지? 사슴. 가슴살인가⋯⋯?"

큰주먹은 눈을 비비며 말했다. 맨발톱은 대꾸하지 않고 화덕 쪽으로 갔다. 그녀는 그가 던질 다음 말을 알고 있었다. '그냥 먹지. 싱싱할 때⋯⋯.' 큰주먹은 어릴 때부터 손에 잡히는, 눈에 보이는 모든 걸 자기 것으로 만들려 했다. 맨발톱은 그런 큰주먹에게 내 것과 네 것을 구별하는 법부터 가르쳐야 했다. 맨발톱은 고기를 돌칼로 썰었다. 굵기는 엄지손가락 정도였으며 길이는 손바닥 길이부터 팔뚝 길이까지였다. 맨발톱은 썬 고기들을 화덕 위 돌판에다 올렸다. 그렇게 널어놓으면 그다음 날 아침 꾸덕꾸덕해져 있을 것이며, 사리나 갈대, 키버들의 가지들로 얼기설기 엮은 채반에다 올려놓고 반나절 더 말리면, 맛있는 육포가 될 터였다.

"손버릇을 고쳐야 할 텐데⋯⋯. 너도 이제 어른이야."

큰주먹은 언제 슬쩍했는지 생고기를 씹고 있었다. 무슨 일을 하던 그는 한 손에 먹을 것을 쥐어야만 안심했다. 고깃살의 끝이 그의 여섯 번째 손가락에 돌돌 말려 있었다. 그 버릇 역시 먹거리를 남에게 빼앗기지 않으려는 지독한 식탐으로부터 비롯되었다.

하가 들어섰다. 먹을 감았는지 머리에서부터 젖어 있었지만 이마와 빰이 뽀얀 것이 생채기 뒤 새살 돋은 것처럼 보였다.

"왔구나."

하의 인사말에 큰주먹은 고기를 질겅질겅 씹으며 고개만을 끄떡였다.

"그렇게 기침하면서 뭘 먹을 감는다고……."

매발톱은 고깃살을 돌판 위에 굴리며 쯧쯧 혀를 찼다. 매발톱의 말에 하의는 하지 말라는 짓을 한 어린아이처럼 그녀의 눈치를 봤다.

"이제 여엉, 물이 차가워……. 근데, 고맙다. 주는 숨* 먹고 숨 살렸다. 언제 때 것이냐?"

하의 아양 섞인 말에 매발톱은 눈을 흘기며 답했다.

"몇 얼음 것이냐고? 아니면 언제 캔 것이냐고?"

매발톱의 물음에 하의는 웃기만 했다.

"몇 얼음 것인지는 큰얼만이 알 것이고, 언제 캔 것인지는 나도 모르겠다."

숨넘어가는 사람도 살린다 하여 그 풀을 숨이라 불렀다. 진하면서도 연하고 달면서도 쓰고, 씹고 나면 그 화한 맛이 오래도록 입 안에 남아 목마름을 몰랐다. 반양지 반습지, 심심유곡에서 자라는 그것은 심지가 깊다 하여 훗날 심이라 불렸다. 숨이 있는 곳엔 빛이 새 나왔다. 밤에 산을 오르다 빛나는 곳에 화살을 꽂아두곤 날이 밝으면 다시 찾아와선 조심조심 캐냈다. 숨을 캐기 위해서는 가끔 목숨을 걸어야만 했다. 숨이 있는 곳 가까이에는 열 중 일고여덟 샘이 있었으며, 그 샘물은 영물인 호랑이의 것이었다. 그런데도 숨

* 채소 따위의 생생하고 빳빳한 기운.

을 캐려고 한 데는 그만한 이유가 있었다. 하의 아비 만은 나이 마흔에 숨 몇 뿌리를 먹고선 회춘하여 열 가까운 여자로부터 열댓 자식을 얻을 수가 있었다. 한동안 석묵과 봉숭아 꽃물 찍힌 아이들이 한 움집 건너 하나씩 나왔다.

매발톱은 손가락으로 고깃살을 눌러보았다. 고기는 조금씩 배롱나무 꽃 색에서 금등화 색으로 변해 갔다. 큰주먹은 또다시 화덕 쪽으로 가선 고깃살을 집으려 했다. 매발톱은 손바닥을 펴서 맵디맵게 팔목을 내리쳤다.

"이놈은 거웃이 시커멓도록 내 것, 네 것을 모른단 말이야."

찰싹, 소리에 하가 큰주먹을 두둔하고 나섰다.

"내버려두지. 지금 먹으나, 나중에 먹으나 매한가지 아닌가."

하의 말이 끝나기 무섭게 큰주먹은 돌판 위 고기 한 점을 집었다. 이번에는 매발톱 또한 보고만 있었다.

"그래, 날 부른 까닭이 뭐요?"

큰주먹은 고기를 질겅질겅 씹으며 물었다.

"으뜸이 뭐냐?"

"우두머리."

큰주먹은 그것도 물음이냐는 듯 짧게 답했다. 하의 다음 질문은 우두머리가 뭘 하는 사람이냐? 묻는 것이었건만 망설였다. 그에게 이 기분은 낯설지가 않았다. 갈과의 대화에서도 그와 비슷한 기 눌림을 받았다. 때맞춰 매발톱이 하를 거들고 나섰다.

"우두머리가 뭘 하는 사람이냐?"

큰주먹의 시선이 매발톱 쪽으로 옮겨갔다. 그의 말투는 여전히 괄괄했다.

"사냥하지 않고 사슴의 생간을 먹고, 낚시 않고 새눈치를 구워 먹는 사람."

하는 어이없어했다. 매발톱은 눈 하나 깜짝 않고 말을 이어나갔다.

"끄트머리는 뭣이냐?"

큰주먹은 답을 못했다. 그렇게 한참 동안 서 있었다. 밖에서 여자아이들 웃는 소리가 들려왔다. 사이사이 철새가 끼룩대는 소리가 겹쳐 들렸다.

매발톱이 소리쳤다.

"뭣이 끄트머리냐고 묻지 않느냐!"

매발톱의 눈에서 불이 튀었다. 한밤중, 유곡에서 불현듯 켜지는 호랑이 눈알 같았다. 큰주먹은 깨갱거리며 아랫배에 꼬리를 감춘 들개 새끼인 양 몸을 낮췄다. 급하게 답했다. 급한 답치곤 평소 끄트머리에 관한 그의 생각이 드리워져 있었다.

"끄트머리는…… 도마뱀 꼬리…… 같은…… 겁니다. 우두머리가 살기 위해…… 도망칠 때…… 버리고 가는 것……."

하의 한숨이 더욱 깊어졌다. 꺼져라, 소리치고 싶었다. 매발톱은 의외로 빙그레 웃었다.

"그럼, 마을의 끄트머리는 누구냐?"

매발톱의 눈매가 한결 부드러워졌음을 눈치챈 큰주먹은 주저 없이 답했다.

"으뜸과 누리마루 어른들을 빼곤 모두 끄트머리입니다."

"그 가운데에서도 끄트머리가 있다면 뉘며, 뭘 하느냐?"

"눈 없거나, 있어도 못 보거나, 팔다리 없어 사냥 못하거나, 고기 또한 못 잡으면서 얻어먹으려 드는 연놈들입니다."

"네 말이냐? 아님, 누가 그렇게 가르치더냐?"

"버금어른, 마름어른의 뜻이 그러하며, 나 또한 그렇다고 여깁니다."

하의 얼굴이 붉으락푸르락해졌다. 매발톱은 손짓으로 그를 진정시켰다.

"그들도 그렇게 되고 싶어 그렇게 된 게 아니다. 불쌍한 사람들이다. 멀쩡한 팔다리로 놀고먹는 치들이 나쁘지……."

"바위새김이 단처럼 말이지요?"

큰주먹의 말에 매발톱은 움칠거렸다. 그녀의 손이 돌판 위에서 잠시 멈췄다.

"그렇지가…… 않다. 비록 사냥도, 낚시도 하지 않지만…… 나름대로 마을을 위해 일을 한다. 해, 달, 별, 고래…… 그 밖에 눈으로도 볼 수 없는 큰얼들을 새기고 그려서 볼 수 있게 만든다."

"하지만 내 눈에는 먹고 노는 것처럼 보입니다. 그리매 놈 또한 그렇습니다."

매발톱의 손이 다시 한번 돌판 위에서 멈췄다. 큰주먹은 들린 매발톱의 팔 사이로 손을 집어넣어 고깃살을 집었다. 매발톱은 한참 동안 입을 열지 못했다. 돌판 위 고기들이 꾸덕해져갔지만 뒤집거나 끄집어내지 않았다.

"하고픈 일이…… 있다는 건 좋다. 그리매는…… 그리기, 새기기를 좋아한다. 하지만 살다 보면 좋아하는 일이 싫어지기도 한다. 너희들 나이 땐 많은 일들을 겪어보아야 한다. 네가…… 좋아하는 일은 뭣이냐?"

"……."

잠시 찾아든 고요에 매발톱은 평정을 되찾았다. 돌판 위에는 새 고깃살이 얹혔고 그녀의 혀끝은 다시 깔깔해졌다.

"으뜸은 어떠하냐?"

큰주먹은 무슨 소린가, 어리둥절한 표정을 지었다.

"으뜸이 되고 싶지 않으냐 말이다."

갑자기 큰주먹의 얼굴이 환해졌다. 번쩍 떠진 눈을 감을 줄 몰랐다.

"예. 되고…… 싶습니다."

"왜 되고 싶으냐?"

이제 매발톱의 어조에선 천길 아래 노니는 들병아리를 보곤 낚아챌 시점을 노리는 한 마리 독수리의 숨결 같은 게 묻어 나왔다.

"먹고 싶은 것, 아니…… 갖고 싶은 계집을 가질 수 있으니까요."

하의 몸이 헝클어졌다. 참기 위해 이를 꽉 물어야만 했다. 매발톱의 눈 또한 그 말에는 번쩍 떠졌다.

"그래, 갖고 싶은 계집이 있느냐?"

큰주먹은 망설이지 않고 답했다.

"꽃다지."

"꽃다지?"

"예."

마침내 하가 벌떡 일어났다. 매발톱은 손짓으로 그를 진정시켰다.

"꽃다지는 널 좋아하느냐?"

"……."

잠시 침묵이 흘렀다. 침묵이라지만 하와 매발톱의 가슴속은 시끄러웠다.

"계집은 사내와 다르다. 꽃다지에게 조개 팔찌라도 해줘 보았느냐?"

"아니요."

"계집은 사내와 달리 큰 것보다는 작은 것, 거친 것보다는 부드러운 것을 좋아한다. 계집은 소라를 보고 속 알맹이를 생각지 않는다. 예쁜 껍질을 좋아한다. 계집은 아름드리 참꽃을 보면 입보다는 코로 가져간다."

"……."

"뱀의 똬리를 본 적 있느냐?"

"예."

"어떻더냐?"

"머리에서부터 꼬리까지 뱅글 감고 있더이다."

"쉬 꼬리가 보이더냐?"

"아니요."

"그렇게 둥글어지면 사람 또한 뉘 우두머리인지, 뉘 끄트머리인지 알 수가 없을 터. 크게 잘 어울림이란 그런 걸 두고 하는 말이다."

조곤조곤, 차근차근한 매발톱의 말에도 큰주먹은 고깃살을 뜯으며 퉁명스럽게 대꾸했다.

"아니요. 머리를 보살피기 위함이오. 들개, 고라니, 두루미 모두 머리를 지키기 위해 뒷다리와 꽁지를 씁니다. 모든 게 머리를 위해 있소."

큰주먹의 입에서 침이 흘러내렸다. 육손으로 흘러내리는 침 줄기를 훔쳤다. 비로소 매발톱의 입가에 미소가 번졌다.

"네 말도 맞다. 하지만 꼬리, 꽁지, 뒷다리가 차고 시릴 때는 머리로 녹여줘야만 한다. 뒷다리, 꼬리, 꽁지…… 그 가운데 하나라도 아프면 머리 또한 아프다. 알겠느냐?"

"예……"

매발톱의 눈은 다시 바람이 잦아든 호수처럼 잔잔해졌다. 하의 눈은 막 물수제비가 떠진 강물 같았다. 큰주먹에 대한 실망, 그리매에 대한 희망과 그 배가 넘는 안타까움과 애처로움. 그는 자신의 여인 매발톱에게서 새삼 경외를 느꼈다.

ꘐ

하는 웃었다. 움집 밖 잡새들도 울지 않고 웃었다. 하늘은 더 높고 푸르렀으며 단풍 든 나무들은 호박, 비취, 자수정보다 더 아름다웠다. 사내로서, 아니 으뜸으로서 다시 태어난 느낌을 받은 그는 샘물에 비치는 자신만만해하는 낯선 사내를 향해 속삭였다. 다음 으뜸을 점지할 까닭 있나? 나, 아직 이렇게 젊은데⋯⋯.

숨이 숨만을 살린 게 아니었다. 숨은 남성 또한 살렸다. 남자임을 포기했던 그의 눈에 여자들이 들어왔다. 여인네들의 젖가슴과 엉덩이가 그 어떤 과실보다 탐스럽게 보였다. 매발톱은 모든 걸 예견했다는 듯 담담해했다. 심기 불편해하는 이들은 갈을 비롯해 작, 그리고 그들을 따르는 몇몇 창잡이, 활잡이들이었지만 얼, 탁 등, 하의 추종자들은 크게 안심했다. 멧돼지 사냥에서도 하는 보란 듯 쏘고 찌르고 던졌다. 큰 물고기잡이에서도 손수 노를 저어 저 멀리 방어, 농어는 물론이고 강치까지도 잡아 왔다. 온 마을에 생기가 돌았다. 생기는 또 다른 생기로 이어졌다. 마을의 많은 여인네가 하의 움집을 들락날락했다. 하는 지난날 마타리의 경우처럼 이름을 외지 못하는 여인네들을 택했으며, 그런 여인네들은 마을에 넘쳐났다. 초경을 맞은 열셋 살의 여자아이부터 마흔 살 원숙미 넘치는 여인네들까지, 말 그대로 나잇대별로 있었다. 갈라진 암탉 배 속을 들여다보면 그날 혹은 그다음 날 나올 예정이었던 보통 크기의 알부터 점점 작아져 콩알 크기의 알까지 순서대로 줄지어 있듯, 그녀들의 배는 한두 달 터울로 불러 갔다. 그런 여인네들이 열댓이었으니 그녀들은 멧돼지 고기, 사슴 고기를 부위별로 즐길 수 있었으며, 알찬 꽃게와 전복까지 통째로 구워 먹을 수가 있었다. 그녀들 중 몇몇은 머잖아 멧돼지 가브리살을 배불리 뜯은 뒤 둥근 배를 쓰다듬으며 강가로 마실을 나올 터였다. 그런데도 매발톱은 숨을 하에게 먹이려 했다. 은방울꽃으로부터 갈, 작의 모략에 관한 말을 전해 들은 직후였다. 매발톱은 강치 가죽부대에 한두 뿌리 이상의 숨을 남겨둔 채 산을 올랐다. 동행한 이들은 물론 하와 잠자리를 함께하는 여인들이었다. 그렇게 삼 년이 지나고 마을엔 하의 자식들이 연이어 나왔다. 매발톱과 그녀들은 석묵과 봉숭아 꽃물을 먹이고 들이기에 바빴으며, 그 아이들 중 절반 이상은 살아남아 그 수가 여자아이 넷, 남자아이 일곱에 이르렀다. 하의 자식들만 그렇게 많이 나온 게 아니었다. 아이 낳는 게 유행이라는 듯 집마다 갓난쟁이 울음이 그치질 않았다. 사내들은 본능에 충실했으며 본능에 충실치 못한 혹은 충실하기를 거부하는 여인네들은 수난을 겪었다. 그중에서도 어여쁜 여인네들이 그랬다.

살랑살랑 바람이 불었다. 푸른 강을 사이에 두고 노랑, 빨강, 자주…… 갖은 꽃들이 만발해 있었다. 주위 풍경과 어울리지 않는 행색의 한 여인, 허겁지겁 쫓기듯 발걸음을 뗐다. 치마 한쪽이 찢겨져 가랑이와 한쪽 엉덩이가 드러나 있었으며, 얼굴의 생채기엔 핏방울이 마르지 않은 채였다.

"대체 무슨 일이냐?"

그리매는 어쩔 줄 몰라 했다. 곁의 단도 놀랐는지 한참 동안 둥근 눈을 감지 않았다. 꽃다지는 머뭇거렸다. 단이 머리를 긁적이며 숲속으로 들어간 뒤에야 그녀는 입을 열었다.

"죽고 싶다……."

그리매가 아는 꽃다지의 입에서는 그런 말이 나올 수가 없었다. 그 말이 나오기 전, 이미 죽어 있어야만 할 여자였다.

"무슨 일이 있었는지 말해봐!"

그리매 역시 평소의 그답지 않게 흥분했다.

"별, 달…… 해…… 다."

꽃다지는 헛소리하듯 그리매와 단이 바위 위에다 새겨놓은 것들을 보며 말했다.

"꽃다지, 얼차려!"

꽃다지의 입술이 마른 걸 본 그리매는 너럭바위 쪽으로 가, 물

항아리를 가져왔다. 미주알이 번쩍 들리도록 그녀는 들이켰다.

"어떻게…… 새기는 건가……?"

꽃다지는 지난가을 첫 보름날, 술을 바리바리 마시며 주정을 부리던 정신 나간 여편네를 닮아 있었다. 그녀 곁에 쌍결난 사내들이 땅에 떨어진 꿀 방울에 개미 꼬이듯 밤새 몰려들었다.

"언놈인지 말해!"

그리매가 소리치자 꽃다지는 그가 쥐고 있던 새김돌을 빼앗다시피 해선, 바위에다 금을 그었다. 바위는 차돌로 만들어진 새김돌에 저항 없이 생채기를 허락했다. 직선, 직각으로 내려와선 또 직선, 직선만을 줄곧 긋곤 마침내 울음을 터뜨렸다. 그리매는 어쩔 줄 몰라 했다. 그가 아는 그녀는 지금쯤, 마음을 새길 수 있는 돌도 있을까? 뭐, 이런 멋진 말 한마디 던지고 돌아갔어야만 했다.

"가져도 되나?"

별안간 그녀의 눈에서 광채가 휘돌았다.

"이걸 품어야만 할 것 같다."

그리매는 입술을 깨물며 고개를 끄떡였다. 눈물을 주체 못 하는 꽃다지를 보고 그리매는 결심한 듯 그녀의 손을 잡고 어딘가로 향했다. 그 옛날 범들이 살았다고 해서 범굴이라 불리는, 높지는 않았지만 꽤 넓은 동굴이었다. 돌가루 냄새가 진동했다. 돌도끼, 돌보습, 돌낫, 돌칼, 돌창, 화살촉…… 갖은 석기들이 즐비했으며, 구석에는 만들다가 그르친 것들인지 깨진 돌덩이들이 아무렇게나 포개져 있었다. 또 다른 구석에는 사슴 가죽 서너 장이 깔려 있었는바, 그 헝클어진 모양새로 여전히 온기를 품고 있을 듯 보였다. 그리매는 구석에서 버려진 석기 하나를 집어 들었다. 칼 모양을 하고 있었으며 손잡이만 부러졌지 칼날은 예리했다. 그리매는 차돌 갈판 위에다 칼날을 올려놓고 갈기 시작했다. 문지르자 불꽃이 튕겼다. 이마에 땀이 흐르고 꽃다지가 손바닥으로 땀을 훔쳐주었다. 그리매의 입가에 미소가 번졌다. 그리매의 현란한 손놀림을 바라보던 그녀는 그 옛날 그리매가 받았던 기분을 느꼈다. 그녀가 토기를 어루만지면 마치 자신의 머리카락을 그녀가 만져주는 듯했다. 노곤해지면서 야릇한 기분이 들었다. 모든 걸 잊고서 그녀는 그렇게 잠들고 싶었다.

마침내 석기가 만들어졌으며 전혀 새로운 것이었다. 한 뼘 남짓한 길이에 끝은 두더지 입처럼 뾰족하고, 자루는 도마뱀 꼬리처럼 빼빼한 돌송곳이었다. 그녀는 돌송곳을 그리매의 손에 쥐게 했다. 그리매가 당황해하자 그녀는 웃으며 그리매의 손 위에 자신의 손을 얹었다. 그녀는 말없이 또 다른 손으로 그리매의 머리를 쓰다듬었다. 놀란 사슴의 앞발처럼 그리매의 가슴이 뛰기 시작했다. 둘의 숨결이 가빠졌다. 그리매는 본성, 본능에 맡기려 했지만 어쩔 줄 몰랐다. 늑대들의, 사슴들의, 심지어 들닭들의 결합까지 떠올렸다. 그렇게 둘은 한 쌍의 들개처럼, 멧돼지처럼, 한참 동안 붙어 있었다.

꽃다지는 치마 안쪽 한 뼘 길이의 쌈지에다 돌송곳을 숨겼다. 이후 몇 사내가 엉덩이를 문지르거나 다리를 절뚝였다. 하지만 으뜸인 하, 버금인 갈이 덮친다면? 그들의 엉덩이와 허벅지 또한 그처럼 찔렸을까?

꽃다지는 입덧을 했지만 멧돼지 고기만 피하면 눈치를 못 챌 정도였다. 얼마 안 가 매발톱이 꽃다지의 임신 사실을 알게 되었다. 제 어미 마타리를 빼닮은 꽃다지에 대한 하의 각별한 애정을 잘 아는 매발톱은 꽃다지의 배 속 아이가 하의 자식만 아니라면 일 없다고 생각했다. 아니, 하의 자식이라 해도 어쩔 것이냐, 생각했다. 꽃다지에 관한 소문은 온 마을에 퍼졌다. 떠버리 사내들은 서로 그녀의 배 속 아이가 자기 것이라 주장했다. 그 소문에 한 번도 자신의 아이라 말한 적 없는 큰주먹이 역정을 가장 많이 냈다. 떠들어대던 사내들의 코뼈와 이빨이 한주먹에 부서지고 떨어져 나갔다. 그리매도 처음엔 화를 냈다. 하지만 갈수록 이상한 느낌이 들었다. 무엇보다 그런 소문이 나기 전, 꽃다지가 자신에게 달려와야만 했지 않은가? 달려와선 늘 그러하듯, 없는 것이 있는 것으로 되지 않는다는 말과 함께 기뻐해야 하지 않았는가? 마침내 소문은 그를 근심의 소용돌이 속으로 밀어 넣었다. 근심은 또 여러 갈래로 나뉘었다. 다른 사내의 애를 밴 건 아닐까? 그 사내에게 꽃다지를 영영 빼앗긴다면······.

온 마을이 그녀의 아이가 뉘 아이인지 궁금해했지만 알 길이 없었다. 아이가 나왔더라면 누가 아비인지 알 법도 했건만 꽃다지의 배는 부르다가 말았다. 바다 고기잡이에 따라나선 뒤였다. 극구 말렸건만 파도치고 배 요동치는 가운데 자맥질을 했다. 아이가 떨어져나가 슬펐다면 아이의 아비는 분명 그녀의 사랑이었을 건만, 그녀는 담담해했다. 그리고 근 한 달이 지난 뒤에야 그리매를 찾아왔다. 그리매는 꽃다지를 꼭 안아주었다. 눈물을 흘리며 그녀가 뭔가 말을 하려 했지만, 그리매는 그녀의 입을 입술로 막아버렸다.

암벽에는 한참 동안 새기다가 만 암고래가 걸려 있었다. 불룩한 배 속에는 곱돌로 테두리만 그려진 새끼 한 마리가 들어 있었으며, 그 윤곽이 희미해질 때까지 돌창과 돌화살만 속절없이 만들어졌다.

2

"돌만…… 만졌구나, 돌만…… 만졌더니……
온 누리가…… 돌로…… 뵌다.
너무…… 뾰족해 있지…… 마라.
뾰족하면…… 부스러지거나…… 깨진다."

때 이른 사냥대회

열아홉 살을 맞이한 그리매와 큰주먹의 반응은 상반되었다. 그리매는 하가 건강을 되찾아 다행이라 생각했으며, 큰주먹은 삼 년 전 매발톱이 던진 으뜸이 되고 싶지 않느냐란 말을 잊을 수가 없었다.

다시 하의 전성시대가 온 듯했지만 전성이란 먹을 것이 해결된 뒤에나 붙을 말이 아닌가. 아주 매서운 추위가 찾아들었다. 오줌을 누면 땅에 떨어지자마자 얼어붙었으며, 새들도 추위에 울지 않았다. 가을에 장만해둔 육포, 마른 푸성귀가 바닥날 때쯤, 눈은 또 그렇게 퍼부었다. 멧짐승들은 굴속에서 나오지 않았으며, 물고기들은 아무리 큰 돌로 때려도 금조차 가지 않는 두꺼운 얼음 아래, 그도 모자라 물속 바위틈 깊숙이 숨어버렸다. 움집의 천장까지 눈이 덮였으며, 달포 가까이 집안에 갇혀 흰 눈만 파먹고 살았다. 누리마루 치들과 그들의 수하 격인 몇몇 창잡이, 활잡이들은 그래도 꿍쳐둔 게 있어 견딜 만했지만, 그렇고 그런 치들의 뱃가죽은 말 그대로 등짝에 달라붙어 버렸다. 얼어 죽고 배고파 죽었다. 눈 멎고 쌓

110

인 눈 녹기 시작하자, 움집마다 눈 벽을 밀어내곤 시체 꺼내는 일부터 먼저 했다. 얼마 만에 보는 햇살인가. 살아남은 치들의 얼굴이 눈보다도 더 창백해보였다. 갈 일당은 그 모든 게 겨울나기 준비를 소홀히 한 으뜸 탓이라 소문을 냈다. 큰볕터에 잡혀 있는 궁, 창수들만 데려왔어도 겨울나기 사냥이 그리 어렵지 않았을 것이라고 했다. 비난이 자신에게 쏟아지고 있음을 의식한 하는 그 옛날 그날처럼 고래 한 마리만 떠내려왔으면 했지만, 바다로부터는 꿈에도 보기 싫은 얼음 덩어리만 떠밀려왔다. 불평, 불만이 터져 나왔다. 갈 일당은 쑥덕거린 뒤 으뜸이 창을 잡고 선봉에 나서야 할 것이라고 했다. 누리마루에서도 같은 결론이 내려졌다. 하는 당사자였기에 침묵할 수밖에 없었지만, 예상 밖으로 얼이 찬성하고 나섰다. 탁은 마냥 얼의 견해를 따랐으니 외견상으로는 만장일치였다.

때 이르게 사냥대회가 열렸다. 큰주먹과 그리매는 사냥에 참가하지 않았다. 아니, 참가하지 못했다는 말이 맞을 것이다. 둘은 마을을 지키고 있어야 한다는 갈, 작의 주장에 얼까지 찬성했기에, 그 또한 외견상으로는 만장일치였다.

허리 높이까지 눈이 쌓여 땅바닥이 저 먼데, 어찌 짐승들이 먹이를 찾아 여기까지 오겠는가. 힘없이 말하는 하의 얼굴에 수심이 가득했다. 사냥감을 찾기 위해선 결국 그 소굴을 찾아 나설 수밖에 없었다. 한 발짝 내딛기가 쉽지 않았건만 눈 위에 펼쳐진 오르막은 끝이 없었다. 눈만 파먹은 힘으로 고통스럽게 발을 뗐다. 이미 몇몇이 고꾸라졌건만 갈의 패거리들은 생생했다. 그들은 혀 밑에 육포를 숨기곤 눈을 손으로 퍼먹는 척, 씹어 삼켰다. 비몽사몽 간 산을 오르다, 칠 부 능선쯤에서 눈길을 헤치고 나아간 짐승의 자취를 발견했다. 둘레가 웬만한 움집만 한 소나무 아래였다. 쌓인 눈이 깊어 발뜨기가 쉽지 않았다. 멧돼지가 지나간 자리라 하기엔 폭이 너무 과장돼 보였다.

"아무래도 큰얼들의…… 몸짓 같소. 그만 돌아…… 갑시다."

턱수염에 고드름을 매단 채 탁이 말했다.

"뭔 소리요! 큰얼들이라면 되레 반겨야 할 것을……. 님들에게 빌고 또 빌면 오히려 불쌍타 여겨 먹거리를 내릴지 모르잖소."

갈이 치켜 올라간 눈을 부라리며 말하자, 탁의 입이 순식간에 들어가버렸다. 기가 죽은 탁은 슬그머니 고개를 돌려 하에게 동정의 눈빛을 구하려 들었지만, 평소 같으면 터무니없는, 말 같지도 않은 갈의 말에 인상을 쓰며 시선을 딴 곳에 둘 그였건만, 얼빠진 사람처럼 눈에 초점을 잃고 있었다. 탁이 한 줌 눈을 뭉쳐 그의 입으로 가져가자 그때야 화들짝 놀라며, 뭐 하는 짓이오! 하고 소리쳤다. 산행은 계속됐으며 헐떡거리던 하는 매고 있던 화살통을 탁에게 건넸다. 얼마 안 가, 들고 있던 창마저 또 다른 창잡이에게 넘겼다. 정말 오랜만에 기침이 나오려 했다. 손으로 입을 틀어막고선 배에다 힘을 줬다.

거대한 곰 서너 마리가 웅크리고 있는 양 보이는 바위 앞에서

족적은 끊어졌다. 발뜨기를 할 것도 없이 멧돼지의 것이었다. 묵발, 새발도 아닌 꼬두발이었으며 호랑이의 것 못지않게 컸다. 꼬두발은 짐승이 주변에 있음을 의미했고 바위더미를 넘어서는 더 이상 발자국이 없는 거로 봐선 그사이에 들어 있을 것이었다. 갈은 손을 높이 쳐든 채 둥글게 원을 그렸다. 다들 바위더미 주변을 둥그렇게 에워쌌으며, 갈의 패거리는 하의 반대편에서 반원을 그리며 서 있었다. 굴이 나 있었다. 창잡이 하나가 창으로 들쑤셨다. 닿는 것이 없었다. 칡 줄기를 잘라 두 개의 창을 묶어서 쑤셨다. 닿는 것이 없었다. 세 개의 창을 묶어 쑤시니, 깨액! 굉음이 들려왔다. 메아리가 울려 퍼져 나뭇가지 위 잔설에 보풀이 일었다. 짐승은 돌창 열댓이 부러지도록 나오질 않았다. 마른 나뭇가지, 억새 등을 꺾고 끌어 모은 뒤, 부싯돌로 불을 지펴 굴속에 집어넣었다. 반응이 없자 창잡이 하나가 바위 위에서 뛰어내려 불붙은 장작을 보다 더 깊숙이 집어넣기 위해 굴 앞에 섰다. 순간 짐승이 뛰쳐나왔다. 앞 이빨로 사내의 아랫배를 박고선 저만치 떠받아버렸다. 활! 활! 다들 활을 외쳤지만, 화살통을 탁에게 맡긴 하는 활을 당기는 시늉만 할 뿐이었다. 멧돼지는 목에, 가슴에, 허벅지에, 엉덩짝에 화살을 맞고선 이리저리 날뛰었다.

멧돼지만 화살을 맞은 게 아니었다. 하의 가슴에도 하나 꽂혔다. 다시 활! 활! 누군가의 외침이 있고 활잡이들은 다시 한번 시위를 당겼다. 마침내 멧돼지는 비틀거렸지만 멧돼지만 비틀거린 게 아니

114

었다. 하의 가슴 중앙에 또 다른 화살 하나가 꽂혔다. 탁을 비롯한 몇몇이 으뜸어른이……! 하고 외쳤지만 창! 창! 갈의 소리에 맞춰 터져 나온 와! 하는 함성과 함께 묻혀버렸다. 찌르기가 시작됐다. 치받아찌르기, 올려찌르기, 던짐찌르기. 마침내 멧돼지는 고꾸라 졌다. 함성이 멎고 비로소 탁의 목소리가 살아났다.

"큰일 났소! 으뜸어른이 화살을 맞았소!"

탁은 하를 일으키며 외쳤다. 건너 갈의 패거리는 보고만 있었다.

"화살…… 두, 두 개가…… 잘못…… 날아…… 들었어."

하는 힘겹게 입을 열었다. 양쪽 가슴에서 피가 솟구쳤다. 탁은 사슴 가죽을 벗어 하의 가슴을 눌렀다.

여섯이서 깍지를 끼고 들것 모양을 만들어 산을 구르듯 내려왔 다. 하는 눈을 감았다. 눈을 감아도 뜬 것처럼 생생했다. 예순 세월: 그의 할아버지 찬 시절의 대여섯 코흘리게 시절, 그의 아버지 만 시절의 열댓 시절. 그리고 태화강 부족의 으뜸으로서 가슴에 화살 두 개를 꽂고 있는 지금까지. 여인들이 스쳐 갔다. 환하게 미소 짓 는 구름송이, 강구천변에서 목 놓아 우는 마타리, 입을 씰룩대며 빈정거리는 개미취, 자상한 듯 무덤덤한 매발톱……. 그리고 돌송 곳을 힘없이 내리며 원망의 눈동자로 지켜보던 꽃다지.

제물의 목에 첫 칼을 먹이기 위해 기다리고 있던 얼은 어쩔 줄 몰라 했다. 웬만해선 평상심을 잃지 않는 그였건만 물 가져오란 말 을 불 가져오라 했으며, 화살들이 그의 가슴에 꽂힌 양 괴로워했다.

뽑아 보니 놀랍게도 화살촉에 석묵이 들여져 있었다. 하가 자신에게 활을 쐈다? 그것도 가슴에? 도무지 이해가 안 됐다. 모두의 시선이 탁에게로 쏠렸다. 하로부터 화살통을 넘겨받은 이래 줄곧 메고 있었기 때문이다.

"어찌 된 일이오?"

얼의 물음에 탁은 황망히 답했다.

"나도 모르겠소. 난 으뜸으로부터 화살통을 넘겨받은 뒤 이렇게 들쳐 메고만 있소."

"본디 몇이었소?"

얼은 작으로부터 화살통을 넘겨받아 화살 수를 세보았다. 열다섯이었다.

"본디 한 사람이었잖소…… 그렇다면 다섯이 모자라지 않으오."

매섭게 노려보는 얼을 보며 탁은 울상을 지으며 말했다.

"억울하오……. 난 으뜸을…… 쏘지 않았소. 믿어주오……. 하나 낱살도…… 쏘질 않았소."

"그렇다면 누가 쐈단 말이오?"

"다른 날과 달리 오늘은 으뜸이…… 화살을 한 사람에서…… 다섯 모자라게 마련했는지도…… 모르잖소."

"말도 안 되는 소리! 으뜸이 어떤 사람인데……. 아무튼 가슴에 꽂혔던 건 그의 화살이 틀림없잖소."

얼의 다그침에 마구 머리를 흔들어 대던 탁이 갑자기 눈을 부릅뜨며 소리쳤다.

"그러고 보니…… 화살통을 매고 산을 오르는데…… 누군가 뒤에서 손을 집어넣는 것 같았소. 잠시 묵직함이 느껴졌소. 뒤돌아봤더니…… 그래, 맞소……. 몇몇 활잡이들이 뒤에서 서성거렸소. 저쪽 치들이오!"

탁은 손가락으로 움집 문밖을 가리켰다. 밖에는 한 무리의 사내들이 머리가 떨어져 나간 멧돼지의 배를 가르고 있었다. 얼은 흠흠, 헛기침을 하며 알았다고 말한 뒤 말소리를 낮추라고 했다.

하는 정신이 오락가락했다. 큰주먹……, 그리매…… 둘의 이름을 연신 불러댔다. 매발톱은 숨 서너 뿌리를 항아리에 넣곤 끓였다. 달인 물을 식혀 하의 입에다 넣었지만 자꾸만 새 나왔다.

큰주먹이 달려왔다. 매발톱이 말렸건만 막무가내였다. 갈의 패거리로부터 이야기를 들었는지, 오자마자 육손으로 탁의 목을 무지막지하게 비틀었다. 주위에서 말리지 않았더라면 탁은 아마 숨을 거두었을 것이다. 이어 그리매와 개미취가 닿았다. 매발톱은 슬퍼도 몰래 눈물을 닦았건만, 별로 슬플 것 같지 않은 개미취는 땅바닥을 치며 통곡했다. 그리매는 하의 얼굴을 만지며 난생처음 아비라 불렀다. 그 말이 들렸는지 하의 눈에 눈물이 고였다. 자식은 아비의 손을 잡았다. 손들은 닮아 있었다. 작지만 섬세하고 야무져보였다. 그걸 본 큰주먹이 그리매를 밀쳐 내곤 육손으로 하의 손을 움켜쥐었다. 큰주먹의 손에 하의 손이 덮였다. 그의 눈에서 또 그만큼 눈물이 흘러내렸다.

개미취와 매발톱은 실로 오랜만에 자리를 함께했건만 딱딱하고도 흐린 장막이 둘 사이에 쳐져 있는 양 서로 못 본 척했다.

겨울 내내 동굴 속에서 돌칼, 돌낫, 돌도끼를 만들던 꽃다지는 하에 관한 비보를 접한 날에도 밖으로 나오지 않았다.

잠을 못 이루는 탁은 그의 여인 은방울꽃에게 억울타, 억울타 했다. 은방울꽃은 지난날처럼 매발톱에게 사건의 전말을 고했다. 그 말을 전해 들은 매발톱은 해가 질 무렵, 솔나리를 통해 그리매를 불렀다.

"다섯의 화살 가운데 셋이 보이지 않는다. 움직이는 짐승의 몸에 꽂혀 있지 않다면, 네 아비가 있던 그 뒤편 어딘가에 박혀 있을 것이다."

"먼저, 그 화살들이 으뜸의 것들인지 알아봐야 할 것입니다."

"그래, 네 말이 맞는구나. 누구나 검댕쯤은 먹일 수가 있지. 그것들을 단에게 가져가거라. 오늘 달이 밝다. 눈먼 박쥐도 눈치 못 채게 해라."

탁, 얼, 큰주먹과 함께 그리매는 그곳을 찾았다. 큰주먹을 데려

가자고 한 치는 다름 아닌 그에게 흠씬 두들겨 맞은 탁이었다. 큰
주먹은 산을 오르는 내내 씩씩거렸다. 탁에게 씩씩거리는지, 탁의
말대로 갈 패거리 짓이라 생각해서 씩씩거리는지, 아무튼 그의 코
에선 들소의 콧김만큼이나 센 바람이 들락거렸다.

예상대로 바위새김이 단의 손길이 담긴 화살들이 바위틈 사이
에 끼어 있었다. 하가 있던 자리로부터 열댓 걸음 뒤쪽이었다.

"그래, 빗맞은 것들이야……."

얼은 의미심장한 웃음을 지었다. 다섯 화살 중 넷을 찾은 셈이
었다. 하나는 어딘가에 꽂혀 있든지, 누군가가 지니고 있을 것이었
다. 그들은 그 길로 갈을 찾아갔다.

갈은 누리마루 움막에서 그의 아들 늑대귀와 작, 그의 수하들과
연회를 베풀고 있었다. 술 냄새, 짐승의 피비린내가 진동했다. 하의
자리에 앉은 갈은 으뜸보다 더 으뜸 짓을 했다. 움막에 들어서는 얼
을 본척만척했으며 탁을 한 마리 토끼, 그리매를 한 마리 사슴 보
듯 했다. 하지만 큰주먹을 보고선 벌떡 일어나 반겼다.

"어쩐 일이냐, 큰주먹."

평소라면 큰주먹 또한 그를 보고 반갑게 인사를 했을 테지만,
그날은 씩씩거렸다. 씩씩거렸지만 다른 치들 앞에서와는 달리 주
먹은 쥐지 않았다.

얼은 화살 두 개를 내놓으며 말했다.

"이것들은 그쪽 편에서 으뜸 있는 쪽으로 날아든 것들이오. 어찌

된 일이오?"

얼의 말에 갈은 흠흠, 헛기침만 했다. 그러자 작이 탁을 힐끔 보며 입을 열었다.

"옆의 알리미에게 물어보시오. 누구보다 잘 알 테니⋯⋯."

작의 말이 끝나기가 무섭게 쾅! 하는 소리가 들려왔다. 다들 작의 말에 화가 난 탁이 큰 돌로 화덕을 내리쳤나 생각했는데, 큰주먹이 맨주먹으로 두들긴 것이었다. 화덕 위에 놓여 있던 사슴의 생간, 피가 담긴 흙 그릇이 떨어져 깨졌다. 다들 갈의 반응을 주시했다.

"성깔 있구나⋯⋯. 그래, 언제 봐도 좋다."

갈은 웃었다. 얄궂은 표정으로 웃었지만 비웃음은 아니었다. 갈이 다시 헛기침을 하자, 이번엔 사슴 가죽을 뒤집어 걸친 보기에도 얼뜨기 같은 창잡이 하나가 입을 열었다.

"으뜸이 기침을⋯⋯ 많이 했소. 그러곤 화살로⋯⋯ 가슴을⋯⋯ 이렇게 마구 찔렀소⋯⋯."

그는 주먹을 쥐고 가슴을 치며 화살을 꽂는 시늉을 했다. 불콰한 그의 입에서 나온 거짓말은 그 누구의 귀에도 서툴게 들렸다.

"이런 얼음을 묻을 사슴 새끼⋯⋯. 뒈져버려라."

큰주먹이 손바닥을 펴서 얼굴에다 날렸다. 창잡이는 돌멩이 맞은 생쥐처럼 화덕 한구석에 쪼그라들었다. 큰주먹이 발을 들어 창잡이의 배를 밟으려는 순간, 누군가 뒤에서 몽둥이로 그의 머리를 내리쳤다. 늑대귀였다. 큰주먹이 피를 흘리며 쓰러지자, 늑대귀는 돌창으로 그의 가슴을 찌르려 들었다. 그리매가 늑대귀의 다리를 붙잡자, 늑대귀는 그리매의 얼굴을 주먹으로 쳤다. 두들겨 맞으면서도 그리매는 큰주먹이 일어날 때까지 늑대귀의 다리를 잡고 늘어졌다. 정신을 차린 큰주먹은 늑대귀의 배와 가슴을 도끼 모양으로 세운 발로 찍었다. 얼, 작, 탁까지 말렸다. 역부족이었다. 갈의 수하 모두 큰주먹에게 들러붙었다. 주먹질, 발길질, 몽둥이질, 하지만 그들 모두 합친 힘이 큰주먹 혼자의 힘을 당하지 못했다. 꽈당, 쾅, 벽에 부딪히고 땅에 고꾸라졌다. 갈은 흘레붙은 들개 떼 바라보듯 구레나룻을 만지며 웃고만 있었다. 큰주먹의 발길질, 주먹질은 그칠 줄 몰랐으며, 움막 밖 헐벗은 상수리나무 위 까치 한 마리가 자리를 옮겨가며 열댓 번 부리를 놀리는 동안, 늑대귀를 포함해 갈의 수하 모두 큰 대자로 뻗어버렸다.

큰주먹과 그리매는 갈 앞에 섰다. 큰주먹의 이마에서, 그리매의 코와 입술에서 피가 떨어졌다.

"아비를 죽이려 했소?"

큰주먹의 눈빛은 평소의 갈을 대할 때와는 딴판이었다. 큰주먹은 줄곧 갈을 잘 따랐으며 갈 역시 큰주먹을 특별한 애정으로 대해왔다. 그런 갈의 얼굴이 사색이 되었다. 그가 하를 살해하려 했음을 큰주먹이 알았기 때문이 아니라, 큰주먹이 뱉은 그 아비란 말 때문이었다.

"다시 말해보아라."

"왜, 내 아비를 죽이려 했냐 말이오!"

갈은 얼굴을 돌려야만 했다. 그리매가 한 말이었다. 갈은 무시한 채, 다시 큰주먹을 향해 말했다.

"다시 말해보아라."

갈의 어조에는 섭섭함과 애틋함, 큰 절망이 담겨 있었다. 갑자기 큰주먹의 표정이 굳어졌다. 탁 역시 예상치 못한 갈의 반응에 어리둥절해했지만, 얼만은 차분했다.

"왜, 아비를…… 죽이려 했냐 말이오? 지금, 내 아비……, 죽어가고 있잖소……."

큰주먹은 큰소리로 반쯤 울먹이며 말했다. 갈은 애써 껄껄거리며 웃었다. 그의 희끗희끗한 구레나룻이 잠시 치켜져 올랐다가 내려갔다. 화덕 아래 쏟아진 사슴피는 장작불을 반사하며 더 붉게 보였다. 큰주먹은 갈 쪽으로 한 발짝 다가갔다. 주먹을 불끈 쥐곤 몇 주먹 날릴 기세였다. 갈은 여전히 웃고 있었다. 큰주먹은 갈의 멱살을 잡았으며, 그리매 또한 그 답지 않게 주먹을 불끈 쥐었다. 그때였다. 갈이 날린 옆차기에 그리매가 쓰러졌다. 큰주먹이 발을 세워 갈의 허벅지를 내리찍었다. 갈이 주저앉자, 큰주먹은 그의 얼굴을 육손으로 몇 차례 갈긴 뒤 머리채를 잡았다.

"말해, 이 사슴 같은 노옴……. 왜, 내 아비를 죽이려 했느냐!"

갈은 쓸쓸히 웃었다. 사슴피보다 더 선연한 피로 범벅된 그의 부르튼 입술이 가볍게 떨렸다.

"네 애비는…… 이처럼 싱싱하게 살아 있다. 저 깊은…… 큰 물바닥의 청상아리처럼……."

갈의 말에 큰주먹은 얼빠진 영감탱이라며 깔깔댔다. 돌아서서 화덕에 기대어 배를 움켜쥐고 있는 늑대귀를 보며 소리쳤다.

"네 아비 널 부른다!"

늑대귀는 몸을 일으키는 시늉만 했을 뿐 일어나지 못했다. 그때, 갈이 새끼손가락 하나 더 붙은 오른손을 펴며 말했다.

"나도 육손, 너도 육손……."

순간 갈의 머리채를 잡고 있던 큰주먹의 왼손이 풀렸다. 갈의 머리채가 야마의 말총처럼 깔깔하게 출렁였다. 갈은 사슴 가죽을 벗곤 등을 돌렸다.

"네 이마의 점 또한…… 여기서…… 나왔다."

갈의 등 뒤엔 고만고만한 일곱 개의 점이, 풀어진 뱀 혹은 한 마리 용의 승천 모양새를 띠고 있었다. 지켜보던 얼이 한숨을 지으며 밖으로 나갔다. 갈을 향해 던지는 허튼 짓거리 마라는 큰주먹의 일갈이 등 뒤에서 들려왔다. 얼은 탁에게 손짓했다. 탁은 둥근 눈으로 얼을 따라 나갔다.

갈의 이야기가 시작되고 큰주먹의 움켜쥔 주먹이 조금씩 풀렸다. 자신도 모르게 귀가 순해지고 있음을 느꼈으며, 그럴수록 갈의 목소리는 커졌다. 그리매 또한 손으로 머리를 감싸곤 움막을 빠져

나왔다. 둥근달은 중천에 떠 있었다. 그 달, 서쪽으로 기울도록 큰 주먹은 나올 줄 몰랐다.

새 으뜸과 새 버금

탁은 그들에게 꼭 필요한 존재였다. 그는 으뜸의 말을 마을에 전하는 알리미였기에 사람들은 그의 말을 으뜸의 말로 받아들였다.

"하는 이제 얼마 못 갈 것이오. 하긴 막 죽은 목숨이나 마찬가지지⋯⋯. 새로운 으뜸이 뽑혔소. 온 마을에 새 으뜸이 나왔노라 일러주시오. 그러면 좋아하는 사슴피도 이어 마실 수 있을 것이오."

탁은 작의 말에 난감해했다. 곁눈질로 갈을 보니 자고 있는 듯 눈을 감고 있었다.

"죽음을 고를 거요?"

작의 말에 탁은 몸을 움츠렸다. 빙그레, 갈이 웃었다. 여전히 눈을 감은 채였다.

"당골레 어른은⋯⋯ 어찌⋯⋯ 할 참이오?"

"어허, 남의 일 아니오? 그 치는 우리가 알아서 할 테니⋯⋯."

"그럼 큰어미⋯⋯ 는?"

"이런, 얼음을 물을⋯⋯. 아니, 왜 자꾸 장님 아메 때 얘기를 하는 거요?"

탁은 다시 한번 갈을 훔쳐봤다. 이제 눈을 뜨고 있었으며, 그 눈
알들은 유난히 위로 치켜져 올라가 있었다.

"그렇게…… 하리다……. 끝으로 으뜸의…… 두 아들은……
어떻게……."

탁의 말이 끝나기도 전에 화덕 쪽에서 몽둥이가 날아왔다.

"이런 사슴 같은 놈, 뒈져 버려라! 두 아들이라니! 큰주먹은 내
아들이다!"

갈은 벌떡 일어나 탁의 멱살을 잡고 흔들었다. 작이 말렸지만
쉽지가 않았다. 결국 탁은 머리가 목이 되도록 움츠리며 빌었다. 작
은 나직이 탁의 사슴 가죽 매무새를 만져주며 말했다.

"계집 같은 놈이라 신경 쓸 것 없소. 돌칼 따위를 잘 만드니, 토
끼 꼬리나 떼 주고 죽을 때까지 부려먹으면 돼……."

작의 말이 채 끝나기도 전에 갈의 말이 덮쳤다.

"죽여버려라! 한 마리 들닭 비트는 것보다 쉽다. 아니, 내 아들
큰주먹에게 시킬 것이다. 내 뒤를 이어 으뜸이 될 터, 으뜸은 사람
사냥 또한 잘해야 할 테니."

탁은 누리알림터에서 새 으뜸이 뽑혔음을 알렸다. 다음 날, 얼
은 열 손가락이 잘렸다. 발목이 청올치로 만든 밧줄에 묶인 채 움
막 안에 갇혔다. 이틀 사흘 간격으로 한두 뼘 길이의 사슴 창자 토

막 혹은 서너 쪽의 멧돼지 껍질, 푸성귀 이파리들이 작은 구멍을 통해 들어왔다. 물그릇만 주었지. 물은 넣어주지 않았기에, 눈 오거나 비 내리면 생쥐 한 마리 겨우 빠져나갈 정도 크기 구멍으로 손가락 없는 손을 내밀어 눈, 빗물을 핥아먹었다.

하는 여전히 혼수상태였다. 매발톱이 아낌없이 숨을 달여 먹였지만 소용이 없었다. 제 남자가 으뜸이 된 비비추는 큰어미 자리를 넘보려 했지만, 어림없었다. 으뜸은 몰라도 큰어미는 매발톱이 돼야 한다는 게 마을의 생각이었다. 개미취는 큰주먹이 버금이 된 사실에 배 아파했다. 하가 사경을 헤매든 말든 관심이 없었다. 하가 화살을 맞던 날 대성통곡했던 이유는 그리매를 그의 후계자로 점지했었기 때문이었다. 하지만 모든 게 끝나버렸다. 개미취는 그리매의 가슴을 마구 치며 아이구, 이 사슴 같은 놈아, 한탄했다. 그 외하의 여인들과 그들의 열댓 자식들의 운명은 희비가 엇갈렸다. 갈의 눈에 든 여인네들은 자식들까지 고깃살을 뜯을 수 있었지만, 눈밖에 난 이들은 푸성귀만 씹어야 했다.

⚫

새 사슴 가죽을 걸친 새 버금 큰주먹이 제일 먼저 한 일은 포족 회원들과 누리마루 화덕에다 엉덩이를 걸친 게 아니었다. 그리매를 죽이려고 졸개 둘과 반구대를 찾는 일이었다. 꽃사슴 가죽의 알록

달록한 무늬 부분을 도려내 만든 발싸개에 쌓인 그의 발은 가벼웠다. 다음 으뜸은 너다. 바라는 계집은 네 것이다. 전날 갈이 한 말을 떠올리며 빙그레 웃었다. 오른손에는 보기에도 섬뜩한 돌칼이, 새끼손가락 하나가 더 붙은 왼손에는 울긋불긋 들꽃들이 다발로 들려 있었다. 그래, 꽃은 코를 위한 것이야. 꽃망울들을 코로 가져가며 중얼거렸다. 하지만 개울을 건너 골짜기에 들어서자 시장기를 느꼈는지 입에다 몇 송이를 털어 넣으며 중얼거렸다. 암컷들이란…… 대체 모르겠어…….

그리매는 단과 함께 호랑이를 새기고 있었다. 호랑이를 타고 산신처럼 내려왔다는 갈의 증조부 난을 기리기 위한 것이었으며, 머지않아 보기 좋게 고래 곁에 웅장한 모습을 드러낼 참이었다. 마을은 또 그를 위해 제를 올릴 것이며, 제는 또 새로운 당골레 탁의 주재하에 올리어질 것이었다. 새 알리미 늑대귀는 새로운 영물 하나를 암벽에 모시게 됨을 고하게 될 것인바, 마을은 먹을 것을 내려주라, 푸성귀보다는 고기를, 작은 물고기보다는 큰 물고기를……, 이마가 닳도록 읊조릴 것이었다.

그냥 호랑이를 주문한 게 아니었다. 앞발을 치켜든 채 입을 한껏 벌리며 포효하는 호랑이를, 그것도 이틀 만에 새겨라 했다. 기일 안에 끝내지 못하면 내장을 파서 호랑이 밥으로 던져버리겠다는 갈의 분부를 전하던 탁도 불가능한 일이라 생각했는지 말꼬리를 흐렸다.

129

상단에 새겨놓은 고래보다도 더 높은 곳에 새겨야 했으니, 아주 긴 사다리가 필요했다. 길고 굵은 통나무 둘에다 세로로 세 뼘 간격으로 구멍을 낸 뒤, 다시 그 구멍 굵기의 통나무들을 가로로 꿰었다. 그렇게 열댓 칸짜리 사다리가 만들어지고 단의 뻗은 손은 암벽 끝까지 닿을 수가 있었다.

곱돌로 그려진 호랑이의 윤곽은 아래에 새긴 혹등고래보다 커 보였다. 머리 위의 해가 한 뼘도 나아가지 않았건만 열댓 번째 새김칼이 던져졌다. 날이 닳거나 분질러진 것들이 대부분이었지만 애당초 단의 마음에 들지 않게 다듬어진 것도 있었다. 날을 가는 일은 꽃다지가 했으며, 그녀는 물을 떠다 나르거나 요깃감으로 개구리를 잡아 구운 뒤 곰취, 수리취, 산마늘에 말아 암벽에 붙어 있는 두 사람의 입으로 가져갔다.

팔이 얼얼했다. 땀방울들이 날리는 돌가루와 범벅이 돼, 둘의 얼굴엔 돌가루 떡이 붙은 듯했다. 번갈아 오르기를 수십 차례, 호랑이의 머리와 발, 꼬리 부분만 남게 됐다. 모래사장이나 너럭바위 위에다 곱돌로 그림을 그리는 것과는 비교가 안 되었다. 사람 좋은 단이건만 가르칠 때는 딴 사람이었다. 질책이 돌을 파내는 새김칼보다 사납고 날카로워 그리매의 가슴에 곧바로 꽂혔다.

손에 마비가 오는지 연신 손바닥을 흔들어대던 스승은 눈에 돌가루까지 끼게 되자, 나머지 부분을 제자에게 맡길 수밖에 없었다. 높이 치든 앞발, 가장 중요한 부분이었다. 긴장한 탓에 생 땀이 났으며, 땀방울이 목덜미를 타고 가슴까지 파고들었다. 조금만 방심해도 망칠 수가 있었다. 단과 꽃다지의 시선이 사다리 위 그리매의 손에 고정됐다. 조심조심 쪼았다. 멀리서 보면 그저 주먹 하나를 암벽에다 붙이고 있는 듯 보였다. 팔목이 시려 오고 손가락들이 곱아졌다. 마침내 손은 쥐어져 있는 새김칼조차 느끼질 못했다. 조심스레 떼어낸다고 했지만 테두리 바깥 부분까지 떨어져 나가고 말았다. 그리매의 얼굴이 사색이 되었다.

"내려와!"

단의 호통에 사다리까지 떨렸다. 그는 물그릇을 통째로 자신의 머리 위로 가져갔다. 억새만큼이나 긴 머리카락을 흔드니 물방울들이 사방으로 튀었다. 그답지 않게 쿵쾅쿵쾅, 사다리 위로 올랐다. 곱돌로 호랑이 앞발을 좀 더 크게 그려 돌이 떨어져 나간 부분을 테두리 안에 들어오게 했다. 이어 꽃다지로부터 아주 작은 새김칼을 건네받곤 새기기 시작했다.

"몸통처럼 큰 걸 새길 때는 어깨와 팔뚝 힘을 써야 하지만, 이처럼 작은 걸 새길 때는 팔목의 힘만 써야 한다."

매 순간 그는 스승이었다. 제자는 연신 감탄을 하며 고개를 끄덕였다. 호랑이는 모습을 드러내기 시작했다. 앞발을 쳐들게 되어 한층 맹수처럼 보였다. 꼬리를 달아주고 귀를 세워주고 입만 벌려주면 됐다.

"꼬리는 제가 달겠습니다."

"아니다. 귀와 입을 네가 달아라."

그리매는 깜짝 놀라 둥근 눈으로 말했다.

"꼬리 파내기도 쉽지 않지만, 쫑긋한 귀와 벌어진 입을 다는 건……."

"앞서 야단친 까닭은 그릇 새겼기 때문이 아니라, 그릇 새길까 봐 주저했기 때문이다. 돌이다. 겉에도 돌이요, 속에도 돌이다. 주저 말아라. 잘못 파내면 다시 파내면 된다. 큰 것을 작은 것으로 만들기는 힘들어도 작은 것을 큰 것으로 만들기는 쉽다. 이 일을 시킨 이도 큰 것을 좋아라 할 것이다."

두 사람은 서로의 얼굴을 보며 웃었다. 스승은 제자의 눈가에 붙은 돌 부스러기를 떼어냈으며, 제자는 스승의 팔을 주물러주었다.

큰주먹 일행이 다가서도록 그들은 몰랐다. 그림 새기기에 열중했으며 꽃다지마저 나물을 캐러 산속 깊이 들어갔기 때문이었다. 큰주먹은 양손에 들고 있던 돌칼과 들꽃다발을 졸개들에게 건네며 소리쳤다.

"꽃다지 어디 있나!"

곁에 있던 졸개들의 눈이 휘둥그레졌다. 귀청이 찢어질 듯한 그 소리가 기대했던 이 사슴 같은 놈들, 땅에다 배를 깔아라! 뭐 이런 소리와는 딴판이었기 때문이다. 그리매는 사다리 위에서, 단은 사다리를 잡은 채 뒤돌아봤다. 큰주먹이 집어 던진 돌맹이가 단의 허벅지에 맞았다. 단이 고꾸라지자 그리매가 사다리에서 뛰어내려와 단의 허벅지를 주무르며 소리쳤다.

"나만 죽이면 되지 않느냐?"

"어떻게 알았나, 사슴 새끼."

다시 큰주먹은 돌멩이를 집었다. 만들다 만 새김칼로 몸통 부분을 파낼 때 쓰는 것이었다. 날은 서 있지 않았지만 뾰족하니 날카로워 보였다. 사다리 위로 올라간 그리매는 두 팔을 최대한 벌렸다.

"뒈질 때도 사슴 새끼처럼 뒈지려 하네."

큰주먹은 웃으며 돌을 날렸다. 돌은 그리매의 머리 한 뼘 위에서 소리를 내며 굴러떨어졌다. 호랑이의 앞발 부분이었다. 어찌나 세게 던졌던지 새김칼로 도려낸 듯 생채기가 났다. 그리매의 눈에 불이 들어왔다. 큰주먹을 잡고선 뒹굴었다. 졸개 둘은 거들 것도 없다는 듯 지켜보고만 있었다. 큰주먹의 한 방에 그리매는 심장에 창을 꽂은 사슴처럼 고꾸라졌다. 다시 내리치려던 큰주먹의 주먹이 허공에서 멈췄다. 저만치 꽃다지가 보였다. 두 손에 푸성귀를 가득 움켜쥔 채였다. 빙그레 웃으며 그는 졸개들에게 신호를 보냈다. 꽃다지는 숲속으로 끌려갔다.

큰주먹이 죽여버리겠다고 그리매의 목을 비틀 때쯤, 그리매의 손에서 피가 흘러내렸다. 펴보니 새김칼이 들어 있었다. 어찌나 꼭 쥐고 있었던지 손바닥 살점이 갈라져 있었다. 그 칼로 내 목을 찔렀다면? 큰주먹은 자신의 목을 쓰다듬으며 중얼거렸다.

"사슴 새끼, 칼도 못 쓰는 암사슴 새끼……."

마침내 큰주먹은 그리매의 목을 풀어주었다.

"내가 널 살려주는 까닭을 아느냐?"

그리매의 눈이 떠졌다가 감겼다.

"사슴 새끼니까……. 몇몇 얼음이 얼고 또 녹아도 사슴 새끼니까. 어리고도 여린, 아주 작은…… 이런 사슴 새끼는 키워서 잡아먹어야 돼."

큰주먹이 몸을 일으키자 그리매의 얼굴에 햇살이 내리쬐었다.

"꽃다지는 내 것이야. 계집은 사내 같은 사내를 좋아하지. 너처럼 계집보다 더 계집 같은 새끼는 좋아하지 않거든. 곧 알게 될 거야……."

"단 어른은?"

"어른? 바위새김이 따위가 어른……? 하하하, 죽었다."

순간 그리매의 눈이 부릅떠졌다.

"내가 어른이다. 버금어른. 곧 으뜸어른이 될……. 걱정하지 마라. 난 다리를 절뚝거리거나 구덩이에 빠져 있는 사슴 새끼에게는 활 쏘지 않는다. 재미없거든……. 달린다든지, 달아난다든지 해야 화살 당길 맛이 나지."

그리매의 눈이 다시 감겼다. 꽃다지가 지르는 비명이 들려왔다. 그리매와 큰주먹의 얼굴이 동시에 구겨졌다. 큰주먹은 주먹으로 그리매의 머리를 갈긴 뒤 곧장 숲속으로 달려갔다. 이미 한 놈은 발가벗겨진 그녀를 희롱하고 있었다. 또 다른 놈은 차례를 기다리며 침을 꼴깍 삼키고 있었다.

"이런 얼음을 묻을!"

두 사내의 목이 치켜져 올라갔다. 죽는다고 캑캑거리며 살려달라 애원했지만 큰주먹은 이빨을 갈며 말했다.

"네놈들은 살려둘 수가 없지."

두두둑, 소리 들리고 두 사내는 흘러내렸다. 큰주먹은 상기된 얼굴로 꽃다지의 옷가지들과 팽개쳐진 꽃다발을 주웠지만 꽃다지는 돌을 주웠다.

"나, 버금이다. 곧 으뜸 된다."

큰주먹의 말에 꽃다지는 침을 뱉었다. 한 손으로는 돌 던지는 시늉을, 또 한 손으로는 밑을 가린 채 다가오면 쳐 죽이겠노라고 했다. 큰주먹은 망설였다. 먼저 꽃다발을 건넬까, 저고리와 치마를 건넬까. 큰주먹은 꽃다발을 꽃다지의 눈으로 가져갔다. 놀란 꽃다지는 뒤로 물러섰다. 다시 꽃다발을 그녀의 코로 가져갔다. 꽃다지는 꽃다발을 홱 던져버렸다. 잠시 생각하던 큰주먹은 아랫도리에서 뭔가를 끄집어냈다. 손가락으로 집어 돌리더니 꽃다지의 발 앞에다 떨어뜨렸다.

"먹어라."

꽃다지는 못 본 척했다.

"꽃은 입을 위한 게 아니야. 입을 위한 건 바로 이런 거지."

큰주먹은 애써 묵직한 목소리를 냈다. 꽃다지는 발 앞의 사슴

135

육포를 지근지근 밟고 싶었다.

"누가 그런 소리 했나? 너 같은 계집들은 꽃들을 코로 가져가겠지. 아니, 그냥 멀리서 눈으로 보겠지."

"너도 내 계집이 되면 그럴 거다. 사슴의 갈빗살, 멧돼지 가브리살…… 마음껏 뜯을 수 있을 거……."

큰주먹의 말이 끝나기도 전에 육포는 밟히고 있었다. 치켜진 그의 눈꼬리가 눈썹에 가 닿았다.

"이런 얼음을 묻을 암컷……."

큰주먹의 두터운 손바닥에 꽃다지의 여린 뺨이 터졌다. 큰주먹은 발가벗은 그녀를 통나무 들쳐 매듯 매곤 숲속 깊이 들어갔다. 그럴듯한 곳을 찾은 그는 창에 찔린 사슴 부려 놓듯 그녀를 던졌다. 그리매! 그리매! 그녀는 있는 힘을 다해 그리매를 불렀다. 큰주먹의 눈에 불이 켜졌다. 그녀의 뺨을 갈기곤 목, 가슴을 물어뜯듯 빨았다. 얼굴, 팔, 목, 닥치는 대로 물어뜯으려 몸을 비틀어봤지만, 꽃다지는 큰주먹의 굳센 팔목에 감겨 꼼짝할 수가 없었다. 허벅지를 스쳐 간 육손은 마침내 그녀의 사타구니에 다다랐다. 순간, 등 뒤로 그림자 하나 드려졌다. 픽! 하는 소리와 함께 큰주먹은 쓰러지고 그림자는 절뚝거리며 멀어졌다.

참돌

그리매는 동굴에서보다 하의 움집에서 더 많은 시간을 보냈다. 몰래 얼을 위해 사슴 육포를 넣어주곤 했지만, 그 역시 먹을 것이 모자라 한계가 있었다. 물이나 푸성귀 따위를 넣어주다가 나중에는 그것마저 할 수가 없었다. 그에게도 할 일이 있었으며, 무엇보다 꽃다지가 기다리고 있었기 때문이다. 매발톱이 마지막 숨을 달여 하에게 먹이던 날, 그리매는 동굴로 떠났다. 꽃다지는 환하게 웃었다. 어미가 되고 싶다. 아비가 되고 싶다. 누가 먼저 뱉었는지 알 수가 없었다. 둘은 깔깔거렸다. 서로의 눈에 서로를 집어넣을 듯 뺨을 비볐다. 사람 마을에서의 슬픔이 강물을 타고 오르다가 꼬르륵, 강바닥에 내려앉는 소리가 들렸다.

강, 바다 할 것 없이 평소보다 물고기가 몇 배 더 잡혔으며, 낯선 물고기까지 떼로 몰려와 그물에 걸려들었다. 사람들은 좋아서 입이 찢어져라 웃었으며 날로 먹고, 구워 먹고, 삶아 먹었다. 남은 것들은 배를 갈라 내장을 빼고 자갈밭 위에다 말린 뒤, 두고두고 꺼내 먹을 참이었다. 갈의 수하들은 이 모든 것을 새 으뜸의 은덕으로 돌렸으며, 새 당골레 탁은 온 마을이 그를 칭송케 했다. 근데, 얼마 가지 않아 이상한 일들이 벌어졌다. 쥐들이 줄지어 어디론가 사라졌으며, 하늘에는 거센 바람에도 꿈적 않는 부채꼴 모양의 비늘구름이 펼쳐졌다. 수면 위로 잉어들은 수시로 뛰어올랐으며, 까치, 멧비둘기들은 멀리 날아가선 돌아오지 않았다. 잠자리 또한 뒤숭숭했다. 수상한 광채가 번뜩였으며, 들개, 여우, 늑대 등 멧짐승들의 울부짖음은 그칠 줄을 몰랐다. 그중 산을 통째로 흔든 호랑이들의 포효는 온 마을 사람들을 부들부들 떨게 했다. 모두의 눈과 귀가 새 당골레에게 모아졌다. 생전 처음 맞는 요상한 사태 앞에 탁은 어쩔 줄 몰랐다. 그는 고심 끝에 사슴 육포 몇 조각을 들고선 얼을 찾아갔다. 하지만 사슴 같은 노옴……! 가래 섞인 욕지거리만 주먹보다 작은 구멍을 통해 빠져나왔다.

며칠 간 잠잠했지만 하늘에는 여전히 부채꼴 모양의 구름이 꿈적 않고 있었다. 조심스럽게 보습, 괭이, 그물, 작살…… 각자의 것들을 들고 나와선 땅을 갈고 씨를 뿌리고 고기를 낚았다. 사냥패들도 창과 활을 둘러매고 삼삼오오 모여들었다.

갈은 활을 둘러맨 채 샘물을 길어 마시며 수면에 비친 자신과 마주했다. 으뜸이 된 이래 처음 비춰 보는 얼굴이었다. 근데 낯선 사내가 물속에 들어 있었다. 머리는 멧돼지 대가리만 했지만, 가운데 박힌 코는 살집이 없어 매 부리만 했다. 하와 그리매, 심지어 큰주먹의 코와도 비교가 안 될 정도로 빈약해 보였다. 숨을 멈춘 채 가만 샘의 밑바닥을 들여다보니 뭔가가 수면의 중앙을 당기고 있는 듯, 평소 볼록하던 것이 편편해 보였다. 난생처음 그의 얼굴을 실물대로 바라보는 셈이었다. 내 코가 아니야! 같은 소스라치게 놀랐다. 갑자기 수면이 떨렸다. 샘물 속 그가 일그러지고 샘물 밖 그가 비틀거려, 중심을 잡으려고 상수리나무를 잡았건만 나무는 귀신 들린 듯 흔들렸다. 마침내 온 마을이 통째로 뒤틀리기 시작했다. 땅이 갈라지고 몇몇 움집들은 깊이를 알 수 없는 나락으로 추락해버렸다. 들개, 사슴, 멧돼지들은 산꼭대기로 올랐지만, 땅이 흔들린다 하여 나무 위로 올랐던 인간들은 태풍에 과실 떨어지듯, 후두둑 떨어졌다. 조개무지가 갈라지고 송장의 문드러진 손발들이 삐져나오고, 화덕이 벌어져 그 불씨로 움집들은 시커먼 연기를 뿜어댔다. 더 요상한 광경이 펼쳐졌다. 얼이 갇혀 있던 움집은 생채기 하나 나지 않고 서 있었다. 거기에다 신비로운 일까지 벌어졌으니, 그가 온데간데없이 사라진 것이다. 사방팔방으로 꽉 막힌 움집이었건만, 어디로 빠져나갔을까? 다들 쥐구멍만 한 구멍 속으로 손을 넣으며 갸우뚱거렸지만, 알 턱이 없었다. 두더지처럼 땅을 파고 달아났나, 생각해봤지만 열 손가락 잘린 손으로는 불가능했을 것이며, 땅바닥을 살펴봐도 긁힌 흔적조차 없었다. 단지 그의 발목에 묶여 있던 청올치 밧줄만이 독사처럼 똬리를 틀고 있을 뿐이었다.

움집을 다시 올리고 산 자와 죽은 자를 구별해, 조개무지를 정리했다. 잠자리는 해결됐지만 먹거리가 모자랐다. 자갈밭에 널어놓았던 생선들은 유실되고, 움집에 매달아두었던 육포들은 움집과 함께 땅에 묻히거나 불타버렸다. 인심이 흉흉해졌다. 도둑질이 성행했으며, 약골의 입에 들어가는 고깃점이나 푸성귀를 앗아 먹는 강골의 약탈이 잦았다.

갈은 누리마루를 열었다. 우유부단한 탁은 당골레로서 어떤 대책도 내놓지 못하고 있어, 새삼 얼의 빈자리를 실감케 했다. 은근히 버금의 자리를 기대했던 작은 불룩하니 양 볼에다 도토리를 넣고 있는 늙은 다람쥐 모양을 하고 있었다. 눈치 빠른 갈은 그의 아들 오소리앞발을 머지않아 버금창잡이로 임명하겠노라 했다. 그 말을 들은 작의 입은 쑥 들어갔으며, 모사꾼답게 일사천리로 계략을 쏟아냈다. 그중에서 다음 말은 귀 기울여 들을 만했다.

"어떻게 해서라도 사람들의 주린 배를 채워줘야 할 것이오. 여름앞까지 사냥을 더 많이 해서, 큰볕터 저 너머에 잡혀 있는 들개코와 족제비눈, 그리고 여우주둥이를 데려와야만 하오. 그들은 이내 여러 배(400)의 멧돼지, 사슴 값을 해낼 것이오."

다들 고개를 끄떡였지만 큰주먹만은 버럭 화를 냈다.

"사냥이라면 내가 있잖소. 차라리 그들을 위한 멧돼지와 사슴이 생기거든 죄다 내게 주시오. 밤낮으로 사냥을 해서 온 마을을 배불릴 테니."

작은 격세지감을 느꼈다. 막 내 앞에 있는 저 얼치기가 몇 얼음 앞까지만 해도 누런 코 발린 마른 새코미꾸리를 씹으며 계집애들의 치마를 들춰대던 그 천둥벌거숭이가 아닌가. 저놈이 아비를 잘 만나서…….

"들개코는 더욱 안 되오."

이놈 봐라. 이제 내 말을 덮치고 매치고 받아친다. 작은 큰주먹의 방자함을 더 이상 못 참곤 목소리를 높였다.

"들개코야말로 모든 걸 갖추었다. 족제비눈, 여우주둥이 못지않게 활, 창을 잘 쓰며, 그리매 못지않게 어질고도 슬기롭다!"

쾅! 화덕 부서지는 소리가 들렸다. 눈 감고 조용히 듣고만 있던 갈마저 놀라 굽은 등을 나무토막처럼 세워야만 했다.

"그리매가 어질고 슬기롭다고? 계집 같은 놈의 몸뚱어리에선 꽃 내음밖에 나질 않소. 그놈의 입에서 나오는 말들은 죄다 꽃다지년 입에서 나오는 것이오. 그렇게도 슬기로울 까닭이 있다면 그 계집년을 들쳐 매고 오면 되오. 오로지 한 마리의 멧돼지, 아니, 사슴 고기 서너 점으로도 남으오."

⊗

하가 죽었다. 세 사람에 한 얼음 빠진(쉰아홉) 세월을 살다 갔다. 그리매, 큰주먹……. 그의 자식들에 관한 말은 한마디도 하지 않았다. 매발톱에게 고맙다, 미안하다고만 했다. 마지막 남은 힘으로 그녀의 손을 잡았다. 더 짧을 것 없는 그의 속눈썹에 물기가 돌았다. 그녀 역시 슬펐지만, 엉엉 울진 않았다. 큰주먹은 우두커니 그녀 뒤에 서 있기만 했다. 그리매와 꽃다지는 나타나지 않았다. 아니, 나타날 수 없었다. 갈은 묵은 체증이 내려간 느낌을 받았으며, 작은 이미 죽은 사람 아니었더냐, 여겼다. 탁은 만감이 교차하는지 오미자 씹은 얼굴을 했다.

구름송이가 저승에서 반길 거로 생각해서일까, 하는 미소를 머금은 채 눈을 감았다. 그날 밤, 새 돌무덤으로부터 아비, 아비! 새끼 노루가 어미 찾는 듯한 소리 들려왔으며, 달빛 아래 한 사내, 한없이 그림자를 구기고 있었다.

여우주둥이가 도망쳐 나왔다. 지진의 틈을 타 메를 넘어온 것이다. 큰 물, 작은 물의 고기들이, 파도가, 수평선이, 갈매기 떼가 그립고도 그리웠노라 했다. 그를 통해 다른 궁창수의 소식도 들을 수가 있었다. 꿈에도 고향을 못 잊는 족제비눈은 그쪽 으뜸의 눈 밖에 나, 푸성귀로만 명을 잇는다고 했다. 반대로 들개코는 창, 활을 잘 쏘고 잘 던져, 그쪽 으뜸의 눈에 들어 버금활잡이로 임명되어 사슴의 생간까지 즐긴다고 했다. 왠지 매발톱은 오지 않겠노라는 들개코가 마음에 걸렸지만, 큰주먹은 마음에 걸렸던 그 뭣이 빠져나감을 느꼈다. 어쨌든 부락은 멧돼지 열 마리, 사슴 스무 마리를 번 셈이었다.

여우주둥이는 매발톱을 껴안곤 큰어미, 큰어미, 눈이 붓도록 울었다. 하의 돌무덤 앞에서는 두더지처럼 땅 파는 시늉까지 했다. 그 소릴 들은 갈은 당장 잡아 죽이겠노라고 했지만, 작은 눈알을 굴리며 그를 죽이는 건 여름철 힘들게 사냥한 수백 마리의 멧돼지 고기를 썩히는 일과 같다며 말렸다. 근데 여우주둥이는 부싯돌보다 몇 배 무거운 새알 모양의 돌을 몰래 큰볕터에서 꿍쳐 나왔다. 그것은 청동 뭉치였으며 그쪽 사람들은 그것을 참돌이라 불렀다. 매발톱은 여우주둥이에게 그 돌을 갈을 위해 마련했노라, 전하라 하곤 첫얼음이 어는 날, 새알 대신 그 돌을 묻으면 땅의 얼음, 하늘의 얼음까지 살 수 있을 것이다, 덧붙이라 했다.

참돌을 받아 쥔 갈의 입은 쩍 벌어졌다. 그도 하처럼 여인들의 손가락, 발가락을 세고 있었던바, 작은 실실 웃으며 그의 귀에다 대곤 세 번째 여인을 넘어 네 번째 여인의 발가락까지도 셀 수 있을 거라며 변죽을 올렸다. 그 말을 들은 갈은 흠흠, 헛기침을 하며 여우주둥이의 어깨를 툭툭 쳐주었다.

죽임을 당할 뻔했던 여우주둥이가 버금몰이꾼으로 특임되었다는 소식에 매발톱은 웃었다. 그녀는 그 길로 움집 바닥을 팠다. 얼마 파지 않아 금간 바리 하나가 삐죽 솟았다. 속에는 호박, 청상아리 이빨 등 그녀의 소장품들이 들어 있었다. 그중에는 화살촉 하나가 있었는바, 신불메 저쪽에서 화살을 맞고선 이쪽으로 넘어와 고꾸라졌던 멧돼지 대가리에 꽂혔던 것이었다. 멧돼지 두개골을 뚫는 화살촉은 없었다. 차돌로 만든 것조차 그 부위에 맞으면 죄다 튕겨 나갔다. 큰 으뜸 찬은 그 화살촉을 보물로 여겼다. 그와 같은 돌을 찾기 위해 바위새김이들은 숱하게 많은 바윗돌을 깨뜨려야만 했다. 하지만 결국 그 돌만은 채굴치 못했다. 매발톱은 여우주둥이가 들고 온 돌을 보자마자, 직감으로 같은 종류의 돌이란 걸 눈치 챘다. 화살촉의 색깔 역시 거무스레한 갈색이었으며, 찬이 으뜸의 돌화살촉에다 검댕을 입히기 시작한 까닭도 거기에 있었다. 매발톱은 회심의 미소를 지었다. 그 정도 크기라면 수십의 화살촉을 얻을 수 있을 것이며, 칼을 만든다면 천하의 명검이 될 성싶었다. 다만, 그 돌로써 어떻게 그것들을 만들 수 있을까, 동녘이 밝도록 고민했다. 매발톱은 단을 부르려다, 곧바로 그리매를 불렀다. 까만 밤 박쥐조차 모르게 해야 할 일이라 생각했기 때문이다.

'이렇게 무겁고도 단단한 돌이 있다니!' 화살촉을 본 그리매는 눈을 감지 못했다.

"큰 어미는 어찌하여 그 돌을 무리에게 넘겼소?"

"사람부터 살려야지. 내 사람부터……."

매발톱은 나직하게 말했다.

"맞소만, 그 돌이 하도 고빗사위에 끽긴한 것일 수 있기에……."

"하지만 두고 봐라. 언젠간 우리 손에 돌아올 테니……."

145

매발톱은 여유롭게 웃었다. 그리매도 그녀의 심사를 짐작했는지 따라 웃었다.

그리매는 매발톱이 준 화살촉으로 바위를 새겨 보았다. 벌어진 입을 다물 수가 없었다. 조금만 힘을 가해도 암벽은 상처를 입었다. 호랑이 무늬를 새겼다. 윤기가 흐르는 것 같았다. 멧돼지 털을 새겼다. 바위를 깨고 뛰쳐나올 것만 같았다. 다만, 손가락보다도 작아서 오래 잡고 버티기가 힘들었다. 그리매는 여우주둥이가 지니고 넘어 왔다는 큰 참돌을 떠올리며 빙그레 웃었다.

족제비눈

따스한 날의 연속이었다. 들꽃들은 앞다투어 피어올랐으며 돌틈 사이 푸성귀들까지 쑥쑥 솟아올랐다. 작은 물, 큰 물 할 것 없이 고기들이 쏟아져 나왔으며, 멧돼지, 사슴들은 새끼를 치고 쳐, 대충 던진 창에도 고꾸라졌다. 포개지고 쌓인 짐승들의 살점 앞에서 갈은 생각했다. 늑대귀란 놈은 아들이지만 믿음이 안 가. 어리고도 여려⋯⋯. 앞에는 큰주먹, 뒤에는 작, 오른쪽 옆구리엔 여우주둥이, 그렇다면 왼쪽 옆구리에는?

갈에게 있어 탁은 뜯자니 피 나올 것 같고, 두자니 간지럽고 흉하고. 새살이 나와 저절로 떨어질 때까지 내버려두는 피딱지 같은 존재였다. 그는 곧 새살을 필요로 했으며, 그가 생각하는 새살은 그 옛날 으뜸활잡이로 이름을 날렸던 족제비눈이었다. 하지만 메너머 족제비눈은 잘 먹지도 못한 데다 구타까지 당해 오금을 제대로 못 펴는 다리병신이 되어 있었다. 여우주둥이는 그에 관한 갈의 물음에 대충 얼버무리곤, 곧장 매발톱에게 달려갔다. 족제비눈을 데려오고 싶어 했던 매발톱은 여우주둥이의 귀에다 뭐라고 속삭였다. 여우주둥이는 고개를 끄떡이며 빙그레 웃었다.

온 마을의 사내들이 동원되었다. 열의 멧돼지와 스물의 사슴, 다섯 부대의 어포를 메고 지고 갔다. 족제비눈을 보자마자 여우주둥이는 주위를 살핀 뒤 그의 귀에다 속삭였다. 흠흠, 족제비눈은 헛기침을 하곤 고개를 끄떡였다. 물건들을 부려 놓은 뒤, 족제비눈을 인수받은 그들의 가슴은 철렁 내려앉았다. 온 마을이 달포 가까이 먹고도 남을 고깃살로 절뚝발이를 데려가는 셈이었다. 그들의 으뜸 갈의 찢어진 눈은 또 얼마나 올라갈 것인가. 다들 높고도 긴 메를 넘어오면서 걱정을 그 메 높이보다 더 많이 했다. 족제비눈은 미안한 감에 얼굴을 들 줄 몰랐다. 그들 중 하나가 어떻게 그 지경이 됐냐고 물었을 땐, 자고 일어나니 움집이 내려앉아 있었으며, 그의 다리 위에 그 움집보다 큰 고목이 쓰러져 있었노라고 미리 여우주둥이가 시킨 대로 답했다. 그렇다고 해서 바꿈질을 없었던 것으로 할 수는 없었다. 멧돼지와 사슴 고기, 어포는 이미 저쪽 편 움막에 차곡차곡 쌓여 갔으며, 족제비눈은 오랜 친구 여우주둥이의 부축을 받으며 메 꼭대기에 닿아 있었다.

족제비눈을 앞에 둔 갈의 표정은 볼 만했다. 같잖은지 웃다가, 성내다가, 울상을 짓다가 물그릇, 육포, 사슴뿔, 곁에 있는 것들을 닥치는 대로 집어 던지며 울분을 터뜨렸다.

"이런 얼음을 묻을 사슴 새끼들! 당장 내 사슴과 멧돼지, 물고기들을 가지고 오너라!"

이어 그는 구석에 움츠려 있는 여우주둥이를 노려보며 말했다.

"너, 이놈, 알고 있었지. 저 사슴 놈이 이미 절뚝발이였다는 걸!"

여우주둥이는 매발톱이 시킨 대로 답했다.

"몰랐소, 내가 이곳으로 넘어온 뒤에 일어난 일인 모양이오……."

갈의 눈 밖에 나는 사람은 죽임을 당했다. 살아도 마을 밖을 떠돌며 푸성귀나 뜯어 먹다가 호랑이 밥이 되곤 했으니, 그리매와 꽃다지는 감히 동굴을 빠져나올 생각을 못 했다. 탁은 살아남기 위해 알랑방귀를 뀌어댔다. 큰 으뜸 찬을 뛰어넘는 진정한 대족장시대가 왔음을 고했으며, 해의 신, 비의 신, 작은 물, 큰 물의 신을 위해 올리는 제의 말미엔 반드시 갈을 위한 찬송을 빠뜨리지 않았다. 당골레가 으뜸을 큰얼 대하듯 하니, 높아만 가던 원성이 조금씩 수그러들었다. 그만큼 새 으뜸의 행보에도 거침이 없었다. 마음에 드는 여인네들은 모두 그의 차지였다. 여우주둥이가 솔나리를 마음에 두고 있다는 사실을 안 매발톱은 기뻐했지만, 그 기쁨은 한겨울 서녘 햇살만큼이나 짧았다. 솔나리는 키 작고 엉덩이 작고 가슴 작고 큰 것은 오로지 머리통뿐이었건만, 우연인지 갈과 여우주둥이 그 두 남자에겐 더없이 매력덩어리로 비쳤다. 결국 여우주둥이는 솔나리를 포기할 수밖에 없었지만, 그녀가 여우주둥이를 더 연연해하는 게 문제였다. 사실을 알게 된 매발톱은 하의 죽음 이래 가장 안쓰러운 얼굴을 했다.

갈은 자신의 수하들에겐 후한 우두머리였다. 큰주먹과 작은 물론이고 그를 따르는 말단 창잡이들까지도 부위별로 고깃살을 뜯을 수 있게 했다. 하지만 눈 밖에 나는 자는 가차 없이 도려냈다. 족제비눈은 오자마자 조피벌레 취급을 당했다. 활은 잘 쏘지만 다리병신이라 화살조차 주어지질 않았다. 물고기잡이나 사냥에 참가치 못하는 남정네가 할 수 있는 일은 별로 없었다. 바위새김일이 그래도 할만했지만 이미 단과 그리매가 있었으며, 그릇을 만들고 그물을 짤 수는 있었지만 여인네들의 고유 영역을 침범하는 일이었다. 족제비눈은 다리를 절뚝거리며 어슬렁거리다가, 결국 갈의 수하들에 의해 조개무지 위로 던져졌다.

스무 척의 배

솔나리 없는 매발톱은 마냥 근력 없는 노파였다. 세 사람 얼음 (예순)을 훌쩍 넘긴 그녀는 허리를 잘 펴질 못했으며, 말도 조금씩 어눌하게 했다. 가락바퀴 구멍에 청올치 가닥을 꿰지 못할 정도의 침침한 눈, 움집 앞 나무 위 참새 지저귐조차 못 들을 정도로 먹은 귀, 그녀는 당장 도움이 필요했건만, 비비추가 웬만한 남자보다 힘 센 얼레지를 앞세워 워낙 '내가 큰어미다' 설쳐대는 통에, 다들 그 녀의 눈치를 보느라 그들의 진정한 큰어미는 뒷전이었다.

큰주먹이 들어오는 소리를 매발톱은 못 들었다. 가는귀가 먹어 서 그랬겠지만 그답지 않게 조용히 들어왔으며, 조용히 들어왔다 는 건 기분이 썩 유쾌하지 않다는 뜻이기도 했다. 그는 팔짱을 낀 채 우두커니 서 있었다. 왜 불렀느냐, 먼저 말을 걸어올 법도 했건 만, 침묵했다. 얼른 보기에 갈이 서 있는 듯해 그녀의 가슴이 철렁 내려앉는 기분이었다.

151

"이리로 와서 앉아라."

매발톱은 조용히 웃으며 말했다. 큰어미 목소리라기보다는 제 새끼를 부르는 친어미 목소리였다. 큰주먹은 털레털레 다가왔지만 앉지는 않았다. 매발톱은 사슴 가죽 밖에다 엉덩이를 두고선 반질 거리는 가죽의 중앙부위를 쓸어내리며 다시 한번 앉으라고 했다. 사슴 가죽은 가장자리를 제외하곤 털이 빠져 있었다. 그래도 큰주 먹이 앉질 않자 매발톱은 몸을 일으켰다. 불과 몇 개월 전의 큰주 먹은 그 육손으로 그녀를 부축해줬었다. 큰주먹은 길게 일자 모양 의 입을 고집했다. 끝이 축 처져 매기 수염 모양을 띨 때쯤 매발톱 은 입을 열었다.

"아비가…… 보고 싶지…… 않느냐……?"

그렇게 말하는 매발톱의 입술이 떨렸다. 큰주먹은 빈정대듯 답 했다.

"아비라면 늘 보고 있소."

얼마 전까지만 해도 이 두 손으로 불알을 씻겨줬던 녀석이 저리 도 멀리 있구나. 매발톱은 한 손으로 또 다른 손을 주무르며 인내 를 다지려고 노력했다.

"그 아비 말고 땅 밑에 있는 진짜 아비 말이다."

매발톱의 말투가 달라졌다. 아니, 그녀 고유의 말 가락을 되찾았 다. 낮은 듯 작지 않았으며, 큰 듯 높지 않았다. 큰주먹은 그런 매발 톱의 어조에도 눈을 부릅뜨며 대꾸했다.

"여태 진절머리나게 가짜 아비만 보지 않았소. 이제부터는 진짜 아비를 진절머리나게 보고 싶소."

매발톱은 한숨을 쉬었다. 거대한 벽을 마주하고 있는 듯했다. 마지막이라 생각하고, 몇 마디 더 던졌다.

"네 아비 하는 사람 가운데서, 아니 멧짐승, 들짐승, 날짐승 모두 가운데서 널 제일 좋아했다. 주먹도 크고 키도 크고 힘도 세고……. 네가 아들이란 걸 크게 자랑스러워해, 너에게 으뜸자리까지 물려주려고 했다."

큰주먹은 매발톱의 말끝에 으뜸이 되고 싶지 않느냐던 하의 말을 떠올렸다. 마침내 그의 머리가 숙여졌다. 매발톱은 이때다 싶어, 말을 실타래 풀듯 풀어냈다.

"네 아비는 같이 죽었다. 으뜸을 죽이고 으뜸이 되었으니, 으뜸으로 받아들일 수 없다. 으뜸은 무엇보다 모진 사람이 되어서는 안 된다. 으뜸은……."

갑자기 큰주먹의 눈이 치켜졌다.

"으뜸은 슬기롭고 어질어야 한다. 그리매처럼 말이다. 이렇게 말하려 했소?"

큰주먹은 주먹으로 화덕을 칠 기세였다. 다시 매발톱의 말이 어눌해졌다.

"내 말을…… 끝까지…… 들어…… 라."

"난 어쨌든 으뜸의 아들이오. 다음 으뜸은 나요. 어찌 보면 진짜 아비가 으뜸인 게 나에게 더 좋소. 더 할 말 없다면 그만 나가보겠소."

매발톱은 큰주먹의 다리를 부여잡고 사정했다. 큰주먹은 씩씩거리며 소리쳤다.

"나, 이래 봬도 얼음 묻을 놈 아니오! 그 늙은이, 나보다 그리매란 놈을 더 좋아했소. 큰어미도 이럴 거면 더는 보지 않는 게 좋을 거요. 그동안 키워주느라 힘썼소. 아비와 아비 사람들이 죽여버리자는 걸 내가 말렸소. 그 고마움 때문에 목숨 붙어 있는 줄 아오. 하긴 곧 죽을 얼음도 되지 않았나? 아니지, 한참 지났지…… 끝으로 한마디 보태겠소. 그리매란 놈은 몰라도 꽃다지년만은 감싸 돌지 마시오. 년의 콧대기가 마냥 높아졌소. 그 년은 내 것이오. 내 아비 또한 그렇게 말했소."

큰주먹의 발목을 움켜쥐고 있던 그녀의 손이 풀렸다. 큰주먹은 뒤돌아보지 않고 바위 틈새 구렁이처럼 빠져나갔다.

연기가 움집 안에 가득해 안개 자욱한 골짜기 안으로 들어온 것 같았다. 솔나리는 불이 났다고 생각한 나머지 깜짝 놀라 뛰쳐나와 움집 벽을 만져보았다. 손바닥에 온기조차 느껴지지 않았다. 한 발짝, 한 발짝, 화덕 쪽으로 다가갔다. 쿰쿰한 냄새가 코를 찔렀다. 난

생 처음 맡는 냄새, 몇몇 먹거리가 뒤죽박죽 섞어서 내는 듯한……
그중 서넛은 화덕 위에 놓인 그릇들로 알 수 있었다. 사슴피, 멧돼
지 구이, 술. 하지만 그것들만으로 그 냄새가 나지 않을 것 같았다.
땅바닥에 풀꽃 다발이 팽개쳐져 있었다. 훽, 연기를 손으로 거두
곤 화덕 안을 들여다봤다. 미치광이풀이 타고 있었다. 솔나리는 현
기증을 느꼈다. 비비추가 부탁한 푸성귀를 화덕 곁에다 두고 재빨
리 돌아 나오려는데, 구석에서 인기척이 들렸다. 깜짝 놀랐다. 자세
히 들여다볼 필요도 없이 그 덩치는 갈 아니면 큰주먹일 것이었다.
다시 갈이란 걸 알기까지 한 발짝도 나아감이 필요 없었다. 비비추,
얼레지, 마침내 전설 속 이름인 마타리까지 그의 입에서 쏟아졌다.
솔나리는 그녀의 이름이 끝내 그 징그러운 입에서 나오지 않자, 안
도했다.

엉엉 울다가, 히죽 웃다가, 알 수 없는 말을 중얼거리는 걸 보면
만취 상태에 있었다. 솔나리 역시 비틀거렸다. 탁한 공기 때문이겠
지 생각했으나 밖으로 나왔건만 어지럽기는 마찬가지였다. 누군
가 자신의 몸을 돌리고 있는 것 같아 그만두라는 시늉으로 허공
에다 손사래를 쳤다. 머리가 아팠으나 뭔가 먹고 싶었으며, 몸이
붕 뜨는 느낌에 나른한 기분까지 들었지만 싫지만은 않았다. 갑자
기 여우주둥이가 보고 싶었다. 그 길로 솔나리는 자신의 움집에 들
러 육포를 집어 들곤 곧장 여우주둥이의 움집으로 기어들었다. 잠
시 뒤 갈의 움집에서 발정 난 암여우 울음 같은 게 들려왔다. 비비

추가 뛰쳐나오고 이어 발가벗은 갈이 미친 듯 웃으며 따라 나왔다. 하지만 비비추, 하며 뒤따르는 게 아니라 마타리, 하며 뒤따랐다. 비비추는 상수리나무 뒤로 숨어들고 갈은 곧장 산으로 올라갔다. 사위가 어두워서 맨 정신에도 돌부리, 나무뿌리에 걸릴 판이었건만 미친 놈 멧돼지 몰 듯 전후좌우, 갈지 자, 씩씩거리며 올랐다. 한 발짝 떼고 넘어지고, 한 발짝 떼고 넘어졌지만 아프지도 않은지 히히히, 헤헤헤, 웃었다. 그렇게 칠 부 능선까지 올랐다.

 족제비눈은 남은 다리마저 절뚝거려 거의 앉은뱅이가 돼버렸다. 매발톱은 여우주둥이를 시켜 자신의 움집에 데려오게 했다. 자신의 몸조차 지탱하기 힘들건만 하가 먹다 만 숨뿌리를 먹이는 등, 그를 지성으로 보살폈다. 마침내 족제비눈은 생기를 되찾았다. 하지만 마냥 그렇게 머물게 할 수는 없었다. 매발톱은 그리매를 불렀다. 족제비눈이 바위새김이들과 함께 돌을 쪼면서 짐승의 내장이라도 얻어먹으며 연명했으면 하는 바람이었다. 그리매는 단과 상의도 않고 족제비눈을 데리고 갔다. 단의 성품으로 미루어 한 몸뚱어리를 보태 그만큼 훈기가 더해질 것이라 여기지, 몇 점의 고깃살이 덜 돌아올 것이라 여기진 않을 터였다. 잘 왔소! 족제비눈의 말라비틀어진 온기 잃은 손을 어루만지는 단의 눈빛은 따스했다. 바위가 그를 만나면 순해졌다. 원하는 방향으로 쪼개졌으며, 원하는 깊이대로 새겨졌다. 바위 같은 사내, 족제비눈의 눈에서 눈물이 쏟아졌다. 조피벌레라 버림을 받고 조개무지에 던져져 죽을 지경에 이르렀어도, 아니, 매발톱의 정성 어린 보살핌에 감사의 눈물조차 흘릴 줄 몰랐던 그가 단의 팔을 잡고선 엉엉 우는 것이었다. 단은 석공의 기예가 차갑고 뾰족한 새김돌로부터 비롯되는 게 아니라, 따스하고 오롯한 가슴으로부터 비롯됨을 보여주었다.

백발이 무성해진 단은 첫얼음이 얼기 전, 수백의 돌창을 만들어야 했다. 갈의 분부를 전하는 늑대귀의 사슴 가죽에서 골짜기 바람보다 차가운 냉기가 새 나왔다. 못해 내는 날엔 열 발가락을 모조리 자르겠노라 엄포를 놓고 갔다.

창을 화살촉보다 더 많이 만들기는 처음이었다. 그 많은 창을 왜 만들라는 걸까? 다들 궁금해했지만 알 도리 없었다.

❀

토끼우리로 가던 중이었다. 발바닥에 물컹 밟히는 게 있었다. 새끼 토끼가 우리를 빠져나와 죽었나, 생각했지만 생쥐였다. 이상한 예감이 들어 우리를 살폈다. 풀이 다발로 던져져 있었다. 침침한 눈을 비비며 자세히 들여다보니, 노란 꽃봉오리를 줄줄이 단 미나리아재비였다. 돌쩌귀, 오동또기, 노랑투구라 불리는 풀꽃, 흔치도 않았지만 잎과 줄기가 억세어 푸성귀가 되질 못했다. 그중 몇 송이에 뿌리가 달려 있었다. 들과 메의 잡풀들을 죄다 안다고 호언하던 매발톱이었건만, 오동또기의 뿌리를 만져보는 건 처음이었다. 손에 올려놓고 돌려보니, 기둥 모양의 덩이뿌리에 조그마한 생채기가 나 있었다. 매발톱은 토끼들을 관찰했다. 서너 마리가 졸고 있을 뿐, 별일 없어 보였다. 생채기 난 뿌리를 들고선 죽은 생쥐가 있는 쪽으로 갔다. 죽은 지 얼마 안 되었는지 손가락으로 녀석의 배를 눌러보니 말랑말랑하니 쑤욱 들어갔다. 다시 녀석의 입을 열어 이빨들을 들여다보았다. 오동또기의 뿌리에 난 생채기와 녀석의 앞 이빨이 모양 면에서 비슷했다. 다시 토끼 우리를 찾은 그녀, 돌멩이로 오동또기의 뿌리를 짓이긴 뒤 한 마리를 잡아 입을 벌리고 집어넣었다. 예민한 놈인지 목덜미를 흔들며 뱉었다. 다른 놈을 잡아 뿌리 조각을 쑤셔 넣곤 손으로 턱 부분을 쓸었다. 한참 동안 지켜보았지만 멀쩡하게 돌아다녔다. 녀석의 귀에다 검댕을 묻히곤 움집으로 돌아왔다.

다음 날 아침, 설마 하던 일이 벌어졌다. 검댕을 칠한 토끼가 거품을 물고 죽어갔다. 독풀에 관한 한 그녀, 으뜸 아닌가? 누굴까? 그리고 왜일까? 탐스러운 꽃이 줄줄이 매달려 있는 모습이 그지없이 화려해 보여, 툭하면 꽃들을 꺾어 코로 가져가던 개미취를 떠올렸지만 그녀 또한 세 사람 얼음(예순)의 노파인 것을.

마을은 배를 만드느라 정신이 없었다. 그 역시 갈의 분부였으며, 그가 원하는 배는 큰 물을 위한 것이었고 그 수는 스물이었다. 그 많은 배들을 왜 만들라는 걸까. 다들 창을 만들 때처럼 궁금해했지만 그 역시 알 도리가 없었다. 한 척을 만들려면 열 사람이 달포 이상 달라붙어야 했으니, 세 달 남짓 그 기간 안에 스무 척의 배를 만들려면, 오늘 당장 조개무지에 묻힐 송장 빼고는 온 마을이 뚝 딱거려야만 했다. 갈은 그의 피붙이가 그 일을 총괄 지휘했으면 했다. 근데 큰주먹도, 늑대귀도 아닌 얼레지였다. 그녀는 더 이상 그 옛날 철부지 말괄량이가 아니었다. 웬만한 남자보다 힘이 센 그녀는 갈수록 여전사의 면모를 띠었다. 왼손으로 던지는 창도 전혀 불안히 날아가지 않았으며, 황급히 당겨진 화살 또한 똑바로 나아가 원하는 곳에 꽂혔다. 키 크고 엉덩이 크고 가슴 크고, 작은 부위라곤 하나도 없었지만, 그들 간 조화가 순조로워 얼굴만 좀 덜 못났어도 죽은 상괭이 앞 괭이갈매기 떼처럼 사내들이 들끓을 것이었다. 하지만 석녀로 오해받을 만큼 그녀는 남자에게 관심이 없었다. 어쩌다 엉덩이 뒤에 붙는 사내들은 각오를 단단히 해야만 했다. 허튼수작의 기미를 보이면 곧바로 발길질을 당했으며, 그렇게 두들겨 맞았다고 해서 어떻게 할 수도 없는 노릇이었다. 으뜸의 딸이어서가 아니라, 웬만한 사내는 잡이도 안 되는 그녀의 괴력 때문이었다. 한번은 그녀 혼자 들소 새끼만 한 멧돼지를 잡아 온 적이 있었다. 놀랍게도 죽은 짐승의 몸에는 창에 찔리거나, 화살에 꽂힌 자국이 없었다. 앞다리가 부러져 덜렁거렸으며, 입이 목까지 찢겨 너덜거렸을 뿐이었다. 그런 그녀에게도 사랑은 있었다. 그리매였으며, 안쓰럽게도 해묵은 짝사랑이었다. 하지만 힘에 대한 자부심만큼이나 그녀의 자존심도 대단했다. 그리매를 꽃다지로부터 빼앗아 오라는, 웃자고 던지는 말에도 그녀는 웃질 않고 사슴 같은 놈을 내가 왜? 정색을 하며 대꾸했다. 그 면에서는 그녀의 이복 오빠인 큰주먹도 비슷했다. 주위 여인네들이 그를 가만두지 않으려 했지만, 냉랭했다. 그에겐 오로지 꽃다지뿐이었다. 하지만 더 이상 멧돼지 목을 비트는 힘으로 그녀를 끌고 오기는 싫었다. 그리매처럼 힘이 아닌 그 뭔가로, 그녀 스스로 찾아오게끔 하고 싶었다.

스무 척의 배가 만들어지고 그 몇몇에 가득 찰 돌창이 만들어지는 날은 어쨌든 첫얼음이 얼기 전이여야만 했다. 다들 첫얼음이 더디게 얼었으면 했으며, 매발톱 역시 그 사정을 아는지라 그랬으면 했지만, 나름대로 첫얼음이 빨리 얼었으면 하는 마음도 그녀에겐 있었다. 첫얼음이 얼기 직전, 건너 각단에서 넘어오는 바람은 달랐다. 힘없이 매달린 잎새마저 떨어뜨리지 못하는 산들바람에도 그녀의 몸은 움츠러들었다. 그러던 어느 날, 그녀는 오줌을 누다가 낯설지 않은 그 수상한 바람을 느꼈다. 마지막 오줌 방울에 온몸이 쪼그라들었으며, 성긴 머리카락이 억새처럼 솟았다. 이튿날 새벽, 그녀는 혼자서 지탱하기 힘든 몸을 끌고서 밖으로 나왔다. 코끝이 시렸으며, 차갑고도 쨍한 바람이 사슴 가죽의 터진 곳을 비집고 들어와 쭈글쭈글한 가슴을 아리게 만들었다. 멀리 강이 보였다. 추위보다는 긴장에 몸이 움츠러들었다. 여명 아래 짙푸름은 강 쪽으로 다가갈수록 희끗희끗해 보였다. 얼음! 하고 자신도 모르게 기침과 함께 뱉었다. 예전 같았으면 알리미를 불렀을 것이다. 알리미는 큰어미의 분부대로 얼음 조각을 떼어내 으뜸의 움집을 찾았을 것이고, 으뜸은 당골레를 불러 멧돼지 피를 살얼음 위에 뿌리며 악귀를 쫓는 제를 올리라 했을 것이고, 제를 마친 당골레는 다시 알리미를 불러 각자의 움집 귀퉁이마다 멧돼지 피를 뿌려라, 전했을 것이다.

매발톱은 곱은 손으로 얼음 귀퉁이를 뜯었다. 손바닥을 옮겨가며 얼음 조각을 조심조심 들고선 움집으로 가져갔다. 다 왔노라, 생각해서인지 긴장이 풀린 탓에 그만 돌부리에 걸려 넘어지고 말았다. 얼음 조각은 더 작은 조각으로 부스러져 다시 손바닥 위에 올렸을 땐, 노파의 거친 살갗의 미미한 체온에도 녹아버렸다. 와중에 누군가가 늑대귀에게 첫얼음이 얼었노라고 일렀다. 하지만 늑대귀는 자신이 알리미란 사실을 망각했는지, 첫얼음이 자신과 무슨 상관이냐고 생각했는지, 깜깜무소식이었다. 답답한 마음에 매발톱은 솔나리를 불렀다.

"첫얼음이…… 얼었다. 당장 물가로 가서…… 조각을 떼…… 갈에게 보여주어라."

매발톱은 그녀답지 않았다. 흥분한 탓인지 손까지 떨었다. 그녀의 말에 솔나리는 걱정스러운 표정으로 말했다.

"그 많은 배와 창들이 첫얼음 앞에 만들어져야 합니다. 도리어 첫얼음 언 걸 숨겨야 할 판에………."

그 말에 매발톱의 눈에 불이 켜졌다. 그녀는 솔나리의 대척을 매몰차게 끊으며 말했다.

"넌 내가 시키는 대로만 해!"

솔나리는 울상을 지으며 밖으로 나갔다. 이미 해는 중천에 떠올라 있었다. 그녀가 강가에 도착했을 땐 거짓말처럼 얼음들이 녹아 강물은 푸르고 푸르렀다. 그녀는 가슴을 쓸어내렸다.

다음 날 아침, 얼음은 또 그만큼 끼어 있었으며, 다시 솔나리는 불려졌다. 이번엔 솔나리도 얼음을 확인했으며, 그 사실을 갈에게 알렸지만 갈이 수하들과 늦장을 부리는 바람에 그들이 도착했을 땐 이미 얼음이 사라진 뒤였다.

그 며칠 사이, 마을 사람들과 거북 뜸의 단 일행은 도저히 불가능해 보이던 일을 끝맺을 수 있었다. 강에는 통나무 냄새가 가시지 않은 배들이 스물이나 떠 있었으며, 그중 몇몇에는 돌창들이 가득 실려 있었다.

쓰르라미와 찌르레기

여우주둥이와 솔나리는 주위를 살핀 뒤 움집 안으로 들어갔다. 큰어미, 큰어미, 낮고도 작은 목소리로 솔나리는 매발톱을 불렀다. 매발톱은 구부린 자세로 뭔가를 만지작거리고 있었다. 이번에는 여우주둥이가 큰어미, 큰어미, 조금 더 큰 소리로 매발톱을 불렀다. 여전히 반응이 없었다. 솔나리가 코앞에까지 다가갔다. 매발톱의 손에는 풀뿌리 같은 게 쥐어져 있었다. 그녀는 혼잣말을 크게도 중얼거렸지만, 내일은 꼭……, 그 말 외에는 알아들을 수가 없었다.

"큰어미!"

마침내 솔나리의 외침에 매발톱은 깜짝 놀라 고개를 들었다.

"웬…… 일이냐?"

"웬일이라니요. 큰어미가 우릴 불렀잖아요."

"내가…… 언제?"

처음 있는 일이 아닌지라, 솔나리는 웃으며 말꼬리를 돌렸다.

"손에…… 뭐예요?"

솔나리의 말에 매발톱은 머릴 흔들었다.

"안 들려요?"

솔나리는 매발톱의 귀에다 대고 소릴 질렀다. 그때서야 정신을 차렸는지 매발톱은 손에 들고 있던 풀뿌리를 바닥에다 내려놓으며 말했다.

"내 귀가…… 이제…… 먹통이 됐어……. 네…… 사내는?"

그 말에 여우주둥이가 다가와 넙죽 절을 했다.

"잘 계셨소?"

매발톱은 여우주둥이의 손을 잡곤 그와 눈빛을 맞추려는 듯, 희미한 눈을 껌뻑였다.

"이제 사람 같구나……. 그 아이도…… 그래야 할 텐데……."

매발톱은 족제비눈의 안부가 궁금했지만 여우주둥이 또한 그에 관해 아는 바가 없었다.

"당골레가…… 엿새 앞에 …… 다녀갔었다."

매발톱은 꿈이었노라, 말하지 않았다. 아니, 꿈이었건만 너무나 생생해서 생시로 착각하고 있는지도 몰랐다.

"잘린 손가락들이…… 하얗게 자라나…… 있었다. 그 열 손가락들을 하나, 둘, 펴면서 나에게 말했다. 하나가 하루, 둘이 이틀…… 그렇게 열흘 뒤면 난, 들을 수도 볼 수도 없을 거라고……. 벌써부터 눈귀가…… 다르다. 가없이…… 먹먹하고 어둑하기만…… 하다."

"얼마나 안 들려요?"

솔나리가 손나팔을 만들어 귀에다 대고 소리쳤다. 매발톱은 쪼글쪼글, 마른 입술을 달싹거렸다.

"왼쪽 귓속의 쓰르라미가…… 죽었다. 이제 오른쪽 귀…… 찌르레기만이 살았다. 찌르르, 찌르르…… 그 소리 또한…… 아주 작아졌다. 그 찌르레기 놈마저 며칠 뒤면 죽을 것…… 같다……."

솔나리는 매발톱이 안쓰럽게 보여 그녀의 팔과 다리를 주물러주었다.

"얼마나 안…… 보여요?"

매발톱은 그린 솔나리가 예쁜지 빙그레 웃으며 손으로 그녀의 얼굴을 만지며 말했다.

"부옇게…… 안개가 두텁지. 조 알맹이만 한 구멍만이 뚫려 있어. 그 구멍을 통해서 마을을 볼 수 있을 날도…… 얼마 남지 않았겠지. 이제 곧 얼도…… 빠져나갈 거야……."

매발톱이 일어나려고 움찔거리자 솔나리가 부축했다. 매발톱은 화덕 뒤편 벽에다 손을 넣곤 뭔가를 꺼냈다. 하가 쓰던 딩각이었다. 당골레가 각종 제를 올릴 때 사용하는 것보다 훨씬 작고 짧은 것으로, 으뜸이 당골레의 주문을 복창할 때 혹은, 알리미를 통하지 않고 직접 으뜸의 말을 마을에 전할 때 쓰던 것이었다.

"그 옛날…… 그러니 누런 코가 네 입까지…… 줄줄 흘러내렸을

166

때 이야기다. 고래 한 마리가…… 작은 물에 떠내려온 적이 있지."

매발톱의 말에 여우주둥이는 잠시 생각에 잠겼다가 답했다.

"어른들로부터 많이 들었습니다요."

매발톱은 손가락으로 움집 바깥을 가리키며 말을 이어나갔다.

"온 마을이 굶주림과 추위에…… 죽을 판이었는데……, 그 고기와 기름으로…… 살아남을 수가 있었다."

매발톱은 여우주둥이와 눈을 맞추기 위해 말 도중에 애써 눈을 깜빡였다.

"해오름 앞에…… 이 딩각으로 떠들어라. 고래가…… 떠내려왔다고…… 다들 물가로 나오라고…… 갈의 움집, 작의 움집, 늑대귀의 움집……, 탁의 움집 그리고 큰주먹의 움집 앞에서."

"그래서요?"

여우주둥이와 솔나리의 입에서 동시에 터져 나온 물음이었다.

"그냥……, 그렇게 떠들기만 하면…… 된다."

"거짓으로 밝혀지면 죽이려 들 텐데요?"

여우주둥이의 말에 매발톱은 꼭꼭 손가락으로 허공을 찍으며 다짐을 받듯 답했다.

"그러니…… 딩각을 불며 하의 목소리로…… 떠들어야 한다."

마침내 여우주둥이는 고개를 끄덕였다.

"얼음을…… 보게 될 것이다. 첫얼음……."

"그래서요?"

"네가 큰볕터 저 너머에서 가지고 온 참돌은 값지다. 반드시 갈로부터⋯⋯ 되찾아야 한다. 너네 으뜸이 말했다. 그 돌로 창을 만들면 멧돼지 머리도 뚫을 수 있을 거라고⋯⋯. 열 곱 무거운 만큼 열 곱 튼실하다고. 깨져도⋯⋯ 다시 붙일 수 있을 거라고."

"그게 첫얼음하고 무슨⋯⋯?"

"갈은 새알 대신⋯⋯ 그것을 물으려 할 것이다. 내가 만약 그 전에 눈이 멀면 너희들이 해야 한다. 지켜보았다가 그 알을 파내서 그리매에게 갖다 주어라. 날이 두 번 추웠으니 오늘 춥고⋯⋯ 나흘 따뜻할 것이다. 당골레가 말한 날은⋯⋯ 이틀밖에⋯⋯ 남지 않았다. 그의 말처럼 난, 들을 수도 없고⋯⋯ 볼 수도 없을지 모른다. 그러니⋯⋯ 마지막 겨울이다."

매발톱의 말에 여우주둥이는 입술을 깨물며 답했다.

"네, 그러하겠습니다요."

매발톱은 여우주둥이의 머리를 쓰다듬어주었다. 여우주둥이가 일어서고 솔나리가 그를 따라나서려는 순간, 매발톱이 그녀를 불렀다.

"넌 잠깐⋯⋯ 나와 이야기를 ⋯⋯ 하자꾸나⋯⋯."

매발톱은 여우주둥이가 빠져나간 걸 확인한 뒤 입을 열었다.

"이것은⋯⋯ 독풀 가운데 독풀이다. 잘게 빻아서⋯⋯ 갈이 좋아하는⋯⋯ 사슴피나 날간에다 넣어라."

매발톱은 오동또기 뿌리를 솔나리 손에 쥐여주었다. 순간 솔나

168

리의 손이 파르르 떨렸다.

"여우주둥이가…… 좋으냐?"

매발톱의 뜬금없는 소리에 솔나리의 눈이 동그래졌다. 잠시 망설이다가 작은 목소리로 답했다.

"네……."

"얼마나…… 좋으냐?"

솔나리의 얼굴이 늦가을 단풍처럼 변했다.

"같은 움집에서, 잠자고…… 일어나고…… 고깃살을 뜯고…… 푸성귀를 함께 씹고…… 싶으냐?"

"네, 그러고 싶습니다……."

이제 솔나리의 목소리는 작지 않았다.

"그렇다면…… 갈의 죽음 뒤에도 입 다물어야 한다. 아니……, 우리 둘, 조개무지에 묻힐 때까지…… 여우주둥이에게도…… 말하지 마라. 너와 나만이 아는 얘기다……. 알겠느냐?"

"네."

다음 날 새벽, 여우주둥이는 매발톱이 시키는 대로 딩각을 불며 고래가 나타났노라고 했다. 그렇게 몇 번 외치고 나니, 온 마을이 꿈틀대는 것 같았다. 고래보다는 하 때문이었다. 그의 딩각은 당골레의 것보다 훨씬 고음을 냈기에 그 소리는 그만큼 멀리 갔다. 거기에다 여우주둥이는 정말 하의 목소리를 똑같이 냈다. 웅성대기 시작했다. 탁이 일어나고 작, 늑대귀, 큰주먹, 마침내 갈이 일어났다. 아직은 하늘에 별들이 떠 있었다. 탁과 작이 나오고 알리미 늑대귀가 나올 때까지 그는 나무 뒤에서 지켜봤다. 마침내 늑대귀가 눈을 뜨며 밖으로 나오자, 여우주둥이는 바로 매발톱의 움집으로 향했다. 매발톱은 화덕에 땔감을 넣고 있었다. 그렇게 가까이서 소리쳐도 듣질 못하더니, 빙그레 웃으며 그가 밖에서 지른 소리를 다 들었노라 했다. 그녀는 나팔을 움집 벽 안에다 챙겨 넣으면서, 정말 하가 살아 돌아온 것 같았노라 했다. 소문은 움집에서 움집으로, 강줄기를 타고 건너 각단에까지 이를 것이었다. 여명 아래 물가로 향하는 행렬이 보였다. 여우주둥이는 매발톱을 업고서 갔다. 가는 도중에 걱정을 태산같이 했다. 첫얼음이 얼었을까, 보다는 자신이 한 거짓말이 탄로 날까 봐 그랬다.

멀리서 와! 하는 환호성이 들려왔다. 매발톱마저 들을 수 있을 정도의 큰소리였다. 둘은 빙그레 웃었다. 하지만 환호성은 그치지 않고 계속되었다. 여우주둥이는 매발톱을 내려놓고 무리 사이를 비집고 들어갔다. 멀리 산채만 한 물체가 물 위에 떠다니는 게 보였다. 여우주둥이는 믿기지 않는 풍경에 벌어진 입을 다물 수가 없었다. 새벽부터 질러 대던 그의 외침은 거짓말이 아니었다. 아니, 거짓말이었건만, 참말이 돼버렸다. 진짜 고래가 눈앞에 있었다. 그것도 새끼 한 마리와 함께……. 귀신고래였으며 암컷이었고 새끼는 등에 업혀 있었다. 여우주둥이는 슬며시 갈의 수하들 사이에 끼어들었다. 여느 때 같으면 그 진기하고도 괴이한 풍경에 외포 내지 외경을 느끼곤 당골레의 지시를 조용히 기다릴 것이건만, 다들 흥분해서 들떠 있기만 했다. 같은 탁에게 복서조차 명하지 않았다. 그렇다고 으뜸의 명도 없는데 무턱대고 딩각을 불고 꿩의 깃털에다 사슴피를 적셔, 길흉의 괘를 내놓을 수는 없는 일이었다. 탁은 어쩔 줄 몰라 했다. 무엇보다 고래의 존재를 어떻게 받아들일 것인가가 문제였다. 고래는 여전히 큰얼인가? 고기는 뜯어 먹고 뼈다귀는 땅을 파거나 조개무지를 들춰내는 보습으로 썼으니, 더 이상 영물이라 할 수 없지 않은가. 당골레로서 체면이 구겨진 탁은 같을 바라보며 복서를 주문해주길 바랐지만, 감불생심이었다. 같은 지난밤에도 화덕에다 미치광이풀을 집어넣었는지, 연둣빛 눈알을 하고 있었다. 그는 당장이라도 아랫도리까지 벗어던지곤 미친 듯 산꼭대기로 오를 것만 같았다. 그동안 고래는 사람들을 의식치 않고 느긋하고도 우아한 품새를 보여주었다. 새끼는 어미의 젖을 빨다가 놀이터인 양 어미의 등 위를 오르내렸으며, 어미는 그런 새끼가 행여 다칠세라 조심조심 지느러미를 움직이며 정말 떠다니는 바위처럼 운신했다. 새끼가 첨벙대는 소리는 저 뒤편, 매발톱의 귀에까지 들렸다. 그녀는 고래 모자의 멋진 춤사위를 볼 수는 없었지만, 머릿속에서 그려내고 있었다. 그 옛날 자맥질로 전복, 소라, 고동을 캐던 중, 손에 잡힐 듯 지척에서 거대한 턱으로 뻘판을 흡입해 나가던 한 마리 귀신고래의 눈빛을……

탁은 당골레로서 뭔 말이라도 해야 할 것 같았는데, 뭔 말을 해야 할지 막막해했다. 하지만 곧이어 갈의 입에서 터져 나온 불경스럽고도 불경스러운 말들로 인해 그는 오히려 편안할 수가 있었다. 갈은 통나무배 스무 척이 둥실 떠 있는 쪽을 가리키며 소리쳤다. 저기 저 배들과 거기 실린 돌창들로 저 사슴보다도 얼빠진 짐승을 사냥한다! 맛있다. 고소한 기름에 쫄깃하고도 폭신한 살점. 난, 년의 배 속 새끼까지 파먹은 적이 있다. 우린 결코 굶주리지 않을 것이다! 이어 갈은 탁의 손에 쥐어진 사슴피 가득한 바리를 빼앗아 강물 위로 던지며 소리쳤다. 범 큰얼 하늘얼음! 범 큰얼 하늘얼음! 갈은 또 호랑이가 새겨진 거북뜸을 향해 넙죽 절을 했다. 엉겁결에 탁이 따라 머리를 박자, 여기저기서 머리 박는 소리가 들려왔다. 갈이 작에게 뭐라고 소리치고, 작이 탁에게 뭐라고 소리치니, 탁이 벌떡 일어나 외쳤다. 오메, 모아디 도바살(제발, 보살펴주옵소서)! 하지만 마을의 반은 오메, 세오디 서노바살(제발, 용서해주옵소서)!이라고 했다. 갈은 창 하나를 집어 들곤 고래를 향해 던졌다. 그것을 신호로 다들 활을 쏘고 창을 던졌지만, 마지못해 던져진 창들과 쏘아진 화살들은 쭉쭉 뻗어 나가질 못했다.

그리매와 꽃다지가 도착했을 땐 이미 고래는 새끼를 등에다 업고 열린 바다로 나아가고 있었다. 고래는 그들에게 작별 인사라도 하듯 꼬리지느러미를 흔들어주었다.

고래가 떠나간 뒤에야 비로소 사람들의 눈에 얼음이 들어왔다.

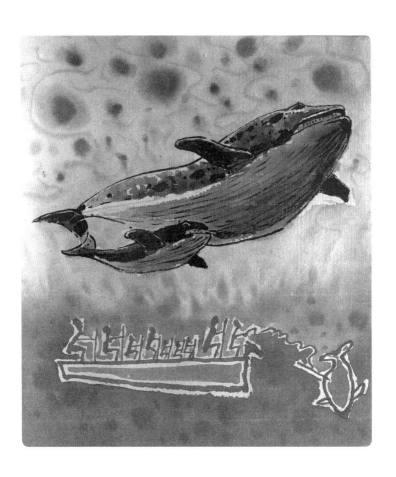

이제 사슴피가 아닌 멧돼지 피가 필요했다. 탁은 사람을 시켜 한 바리 가득 담아 오라고 한 뒤, 흩뿌리며 악귀를 쫓는 제를 올렸다. 그들에게 악귀는 한 해 동안의 굶주림, 더위, 추위, 홍수, 태풍, 재 너머 이부족의 침략과 약탈이었지만, 악귀는 부족 내에도 있음을 알았는지, 많은 이들이 그들 내부의 악을 막아달라며 탁이 불어 대는 딩각 소리에 맞춰 해신海神, 지신地神, 태양신太陽神에게 빌었다.

해가 서쪽으로 기울면 온 마을이 각자의 알을 묻기 위해 각자의 장소로 나설 것이었다. 매발톱은 초조했다. 갈이 잊지 않고 알을 묻어야 했으며, 그 알은 참돌이어야만 했다.

갈은 돌아오는 길에 상수리나무 옆 샘물에다 자신의 얼굴을 비춰보았다. 못 보던 영감탱이 하나가 들어 있었다. 주름살과 저승꽃이 온 얼굴을 덮고 있어, 백 년 묵은 배암의 허물을 뒤집어쓴 듯 보였다. 갈은 그 길로 황급히 그의 움집으로 향했다. 이어 그만의 장소에서 참돌을 빼낸 뒤 또 다른 그만의 장소로 갔다. 하지만 말만 그만의 장소이지 만인의 장소였다. 그가 태어난 움집에서 열댓 걸음 정도 물가 쪽이었으며, 누리마루 움막 뒤편이었다. 대충 묻고는 손에 들고 있던 원주를 바리째 들이키며 낄낄거렸다. 난, 이제 땅처럼, 해처럼 큰얼이다. 하늘얼음을 살 것이다.

그리매가 매발톱의 움집에 도착했을 땐 부엉이 울음도 멎은 밤이었다. 매발톱은 누군가 움집에 들어와 있다는 걸 기운으로 알았으며, 그 기류가 다소곳하여 이내 그리매란 것도 눈치챘다. 화덕 안에는 장작들이 끝 불을 내고 있었다. 그 사그라져 가는 불만으로도 그녀는 선명했다. 그녀의 얼굴이 마을이라면 주름은 움집마다가 닿는 오솔길이었다. 그녀의 발 앞에는 화덕의 불기를 직반사하는 번쩍거리는 돌이 놓여 있었는바, 그것이 참돌이라는 사실을 아는 덴 일별로도 충분했다. 저것이다. 저것으로 새김칼을 만들 수 있다면! 그리매는 순간 흥분했다. 흥분만큼이나 호기심을 자극하는 것도 있었다. 매발톱 앞에 놓인 바리들이었다. 바리들은 크기순으로 놓여 있었으며, 열한 개였다. 온전한 열은 가로줄을 짓고 있었고 깨진 하나는 홀로 있었다. 그녀의 양 옆구리에는 열 얼음 아이의 머리통만 한 돌덩이 두 개가 놓여 있었는바, 왼쪽 것은 곱돌이었고 오른쪽 것은 차돌이었다.

"앉아라……."

매발톱은 바닥의 사슴 가죽을 손으로 가리켰다. 그리매는 조심다가가 바리들 앞에 앉았다.

"내 귀가…… 내 눈이…… 이제 해 질 녘 동굴 속처럼…… 되었다. 내 하는 말조차…… 내가 알아듣지 못하고, 내 코앞에 있는 것들조차…… 저 물터 안개처럼…… 희미하다. 그러니…… 내 바로 앞에 있는 네 몸짓이나…… 네 말 또한 잘 보지 못하고…… 잘 듣지 못한다. 내 말이 맞으면 내 오른손을, 내 말이 그릇되면…… 왼손을 잡아라. 내 말이 들리지 않으면…… 두 손 모두…… 잡아라."

175

그리매의 뺨 위로 눈물이 흘렀다.

"어찌하여 이리도 어두워지셨소. 큰어미……"

매발톱은 그리매의 흐느낌을 느낄 수가 있었다. 그것은 침묵을 깨는 또 다른 침묵으로, 가슴속에서만 메아리치는 것이었다.

"그래…… 그동안 잘…… 지냈느냐?"

그리매는 매발톱의 오른손을 잡았다. 젖은 손으로 큰어미의 마른 손을 만져주기 싫어, 흐르는 눈물을 훔치지 않았다. 눈물 몇 방울이 사슴 가죽 위로 스미었다. 매발톱은 발 앞에 놓인 참돌을 손가락으로 가리켰다. 받아 든 그리매의 팔뚝에 힘이 들어갔다. 놀라웠다. 짐작은 했지만 이렇게 무거울 수가!

"새알처럼 보이지만 본디 꼴은 그렇지 않을 수 있다. 그렇다면 이 꼴 또한…… 다른 꼴로 낼 수 있다는…… 이야기다. 그 화살촉처럼…… 말이다."

매발톱의 말에 그리매는 돌을 바닥에 내려놓은 뒤 굴려 보았다. 흐르는 물에 오랜 세월 둥글어진 강돌과는 달리, 급하게 만나는 면들이 선을 만들어 매끈하게 구르지 않았다. 자세히 들여다보니 딱딱한 그 무엇으로 두들긴 듯 보였다. 근데 참돌보다 더 딱딱한 건 뭘까?

"칼이 된다면…… 창이 된다면…… 낫이 된다면…… 하늘얼음 만큼이나 오래갈 것이다. 네가 움집에서…… 당골레를 빼낸 뒤, 감쪽같이 다시 움집 벽을 세운 솜씨로…… 깨뜨리거나 부수어……

다른 꼴로…… 내놓아라."

"움집 벽은 기껏 억새, 갈대요. 이토록 무겁고도 딱딱한 돌에다 어찌 견주오."

순간, 그리매는 매발톱이 귀가 먹었다는 사실을 잊은 채 말을 쏟아 놓았다. 매발톱의 귀에는 그리매의 말소리가 옆 움집 지붕에서 찌익 거리는 쥐 소리 크기로 들려왔다. 매발톱이 반응을 보이지 않자 그리매는 아차, 하곤 그녀의 왼손을 잡았다.

"아니라고…… 여기는구나. 그래……, 그러면 화살촉은…… 살펴보았느냐?"

매발톱은 입술을 떨며 물어왔다. 그리매는 그녀의 오른손을 잡았다.

"그런 화살촉을…… 단 하나만 만들지…… 않았을 터…… 어떤 마을인지 몰라도…… 우리보다 훨씬…… 깨쳤다는 드러남이다. 하지만 큰별터 사람들이나…… 신불메 사람들은…… 아닐 것이다."

그리매는 그녀의 오른손을 잡았다. 그녀는 다섯 번째 바리를 만지며 말을 이어나갔다.

"여우주둥이의…… 말을 들어봐도…… 그렇다."

그리매는 빙그레 웃으며 그녀의 오른손을 잡았다. 하긴 얼마 전 그쪽에서 넘어온 멧돼지를 봐도 그랬다. 등에 꽂혔던 건 분명 돌화살촉이었다.

"그래……, 꽃다지는…… 잘 있느냐."

그녀는 두 번째 바리를 손으로 더듬으며 말했다. 그리매는 그녀의 오른손을 잡았다.

"배 속은…… 들어섰느냐?"

그리매는 쑥스러운 듯 웃곤 그녀의 왼손을 잡았다.

"꽃다지가…… 보고 싶구나. 돌아가면…… 들르라…… 해라."

그리매는 그녀의 오른손을 잡았다. 그녀는 왼손으로 열 바리 앞, 그 깨지지 않았다면 가장 컸을 홀로 놓인 바리를 만지작거렸다. 그리매는 생각했다. 그는 누구일까? 왜 깨져 있을까? 첫 번째 바리는 누구일까? 난, 몇 번째 바리일까? 별안간 그녀의 손에서 냉기가 흘러나왔다.

"곧…… 마을에…… 큰일이…… 닥칠 거다."

솔나리는 매발톱이 준 오동또기 뿌리를 잘게 썰고 빻아, 사슴피와 원주가 담긴 바리에다 넣곤 기다렸다. 마침내 갈은 보름달이 만든 긴 그림자를 접고선 움집 안으로 들어섰다. 솔나리를 보자마자 씩 웃곤 두 손을 들어 홱, 아래로 내리는 시늉을 했다. 솔나리는 사슴 가죽을 벗어던졌다. 치마를 들치곤 약간의 교태를 부린 뒤 칡 줄기를 풀었다. 스르륵 치마가 벗겨졌다. 발가벗은 몸으로 사슴피가 담긴 바리를 들고선 갈에게 다가갔다. 바리를 받아 든 갈은 단숨에 들이켜곤 한입 가득 채워 그녀의 입으로 가져갔다. 그녀의 얼굴이 파랗게 되었다. 손발이 얼음처럼 차가워지고 가슴이 내려앉았다. 코와 코가 맞닿자, 엉겁결에 그의 입을 받아들이고 말았다. 사슴피가, 독을 품은 사슴피가 입 안 가득 차올랐다. 볼이 불룩거렸다. 가슴을 핥기 시작하자 더 이상 참기가 힘들었다. 손바닥에 사슴피를 받아 조금씩 흘려보냈다. 갈은 잡아먹을 듯 그녀를 향해 달려들었다. 몸을 껴안고 뒹굴던 그의 얼굴이 화덕 안 장작만큼이나 붉어졌다. 벌떡 일어나더니 게워 냈다. 피를 쏟으며 발가벗은 채 뛰쳐나갔다. 캑캑, 우우, 늑대까지 맞울음을 놓았다.

솔나리는 그 길로 매발톱을 찾아갔다. 화덕에다 나무 반 토막도 집어넣지 않고 곧장 매발톱의 몸속으로 파고들었다. 매발톱은 깜짝 놀랐지만 풍기는 미치광이풀 냄새로 솔나리란 걸 알았다. 네 번째 바리를 만지며 말했다.

"내 말대로…… 했느냐?"

매발톱의 오른손이 잡혔다.

"죽었…… 느냐?"

매발톱의 왼손이 잡혔다.

"아무렇지도…… 않단 말이냐?"

또 한 번 왼손이 잡혔다.

그제야 매발톱은 빙그레 웃으며 말했다.

"그래도 사람 새긴데, 쥐새끼나…… 토끼새끼보다는……

긴…… 쨤이겠지.”

매발톱은 열 번째 바리를 주먹으로 꾹 누르며 빙그레 웃었다.

워낙 장사인지라, 그 지경에도 같은 칠 부 능선을 넘겼다. 웃다
가, 울다가 마타리를 부르며 오르다가, 정말 그의 눈앞에 마타리가
나타났다. 칡덩굴을 목에 감고 있었다. 눈물을 흘리며 숨 막힌다,
살려 달라 애원했다. 네 자식을 낳았는데, 네 자식의 어미인데 왜
죽이려 드느냐, 울부짖었다. 원망스러운 눈빛으로 그녀는 뚫어져
라 그의 얼굴을 들여다보며 뒷걸음질 쳤다. 그는 전혀 숨차 하지 않
는 그녀를 캑캑거리며 따라갔다. 갑자기 그녀가 하로 변했다. 하는
가슴에 화살을 꽂은 채 슬퍼했다. 하는 손으로 화살을 움켜쥔 채
빼내기 시작했다. 초록색 피가 뿜어져 나왔다. 갈은 정신을 차리려
고 머리를 흔들었다. 그의 초록색 눈에는 한겨울 나목들까지 초록
으로 보였다. 그때 우레 같은 목소리가 초록 숲에서 들려왔다. 사
슴 같은 놈, 먼저 저승으로 가는구나! 얼이었다. 갈의 눈에는 그 희
디흰 수염마저 오뉴월 수양버들 색으로 보였다. 얼은 껄껄 웃었다.
손바닥을 펴, 들강아지 꾀듯 갈에게 다가오라 손짓했다. 매발톱의
말은 거짓이 아니었다. 얼의 열 손가락은 다시 자라나 있었다. 잔뜩
겁에 질린 갈이 뒤로 물러서자, 얼은 호랑이로 변했다. 갈은 그 자
리에 엎드려 예를 갖췄으며, 호랑이는 그 답례로 갈을 맛있게 뜯어
먹었다.

다음 날 아침, 멧돼지몰이패들은 알 수 없는 시체 토막을 수습해 왔다. 그중에는 잘린 손이 있었으며, 그것은 새끼손가락 하나가 더 달린 육손이었다. 다들 큰주먹의 움집으로 달려갔으며, 다시 큰주먹은 그들과 함께 갈의 움집으로 향했다.

아비, 아비! 으뜸어른, 으뜸어른! 수하들은 우두머리를, 아들은 아비를 온 마을을 돌며 불렀다. 곧이어 두 여인의 곡하는 소리 따라 들리고, 그 소리는 매발톱의 움집에까지 닿았다. 그 곡소리의 주인들이 비비추와 얼레지란 것을 잘 아는 솔나리는 매발톱의 왼손을 열 번째 바리에다 얹으며 소리쳤다.

"갈이 뭬졌어요!"

매발톱의 얼굴이 상기되었다.

"갈의…… 이야기로구나."

솔나리는 매발톱의 오른손을 잡았다.

"갈의…… 이야기이며, 갈이…… 안 좋다는…… 이야기로구나."

솔나리는 다시 매발톱의 오른손을 굳게 잡았다. 매발톱은 있는 힘을 다해 눈꺼풀을 올리며 말했다.

"죽었구나!"

갈의 시체는 묻을 것도 없었다. 형체를 알 수 없는 두상과 여섯 손가락 손 뭉치, 골반 부위 뼈다귀 몇 점뿐이었다. 큰주먹은 하의 죽음 때와는 달리 많은 눈물을 흘렸다. 그리매가 하의 죽음에 그토록 슬퍼하던 이유를 알 것 같았다. 하지만 그리매처럼 새로이 세워진 돌무덤에서 새끼 노루가 어미 찾듯 아비, 아비, 울진 않았다. 그리매는 갈의 죽음에 무덤덤해했다. 꽃다지도 마찬가지였다. 그만큼 거북뜸, 그쪽은 또 다른 세상이었다. 족제비눈은 여우주둥이만큼이나 기뻐했다. 비비추는 몸져누웠으며, 개미취는 반대로 몸져누웠다가 일어났다. 탁은 그렇다 쳐도 작이 슬퍼하지 않는 건 예상 밖이었다. 작은 묘한 웃음을 지으며 탁에게 한 마디 건넸다. 해가 져야 달이 뜨고, 달이 져야 해가 뜬다. 그 말에 탁은 흠흠, 헛기침을 했다.

갈의 움집을 정리하다 얼레지는 뭔가를 밟았다. 토사물이었다. 붉은색이었으며 연한 붉음과 진한 붉음이 섞여 있었다. 그 붉음 중 하나는 사슴피일 것이건만 또 다른 하나는 뭘까? 주위를 살폈다. 핏자국이 움집 입구 쪽으로 몇 걸음 간격으로 나 있었다. 자국은 밖으로까지 이어졌다. 갈수록 드문드문, 희미해졌지만 곧바로 산 쪽을 향하고 있음을 눈치챘다. 심상치 않다고 생각한 얼레지는 큰주먹을 불렀다. 큰주먹은 더 이상 말로만 버금이 아니었다. 사냥감의 낯선 배설물을 헤쳐보듯 토사물을 뒤적였다. 그중 푸성귀를 잘게 씹어 삼킨 듯한 섬유질을 손바닥 위에 올려놓곤, 엄지손가락으로 뭉개 보았다. 결코 사람의 이빨로는 그토록 미세하게, 균일하게 끊을 수 없을 것 같았다. 둘의 얼굴이 상기되었다.

"누가 독풀을 갈아 넣었어……."

"이런 얼음을 묻을…… 어떤 놈이 감히!"

삿갓나물, 여로, 박새, 동의나물……. 둘이서 알고 있는 독풀들을 죄다 떠올려 보았지만, 그중 뿌리에 치명적인 독을 품고 있는 건 없었다.

"모르는 풀이야……."

얼레지는 한숨을 내쉬며 말했다. 큰주먹은 한참 동안 침묵했다. 주인 잃은 화덕엔 불씨가 사그라져 가고 있었다. 장작을 넣는다고 쉽게 살아날 것 같지가 않았다. 일어나 나무토막 몇 개를 화덕 속으로 던져 놓곤 사슴 가죽을 벗어 마구 흔들었다. 마침내 불길이 일었다.

"뭘까? 누굴까?"

얼레지는 손을 턱에다 괸 채 혼잣말처럼 뱉었다.

"뭣이든, 어떤 놈이든…… 그 누구에게도 말하지 마라. 우리 둘만이 아는 일이다, 알겠나?"

"늑대귀에게도?"

"늑대귀에게도……."

큰주먹은 평소의 그 같지 않았다. 그 낯선 진중함에 얼레지 또한 놀랐다. 하지만 그녀 역시 평소의 왈패가 아니었다. 사태의 중요성을 깨닫곤 다소곳이 고개만을 끄덕였다.

자신의 움집으로 돌아온 큰주먹은 실로 오랜만에 잠 못 이루었다. 꽃다지를 못 잊어 뒤척이던 날들, 그 날들 이래 처음이었다. 으뜸이며 자신의 아비인 갈이 살해되었다면, 버금이며 그의 아들인 자신 또한 위험할 터, 큰주먹은 사슴 가죽 위에 누워 그 옛날 꽃다지의 얼굴을 떠올려보듯 하나 둘, 떠올렸다. 마름모꼴 작, 둥글 넙대대한 탁, 세모난 여우주둥이……. 의심 가는 사내가 한둘이 아니었다. 다시 눈을 감았다. 잠을 청하려고 벽 쪽으로 몸을 돌리려는 순간, 여인네일 수도 있다는 생각이 들었다. 다시 모로 누워 하나 둘, 얼굴들을 떠올렸다. 길쭉한 개미취, 동그란 은방울꽃……. 하의 열댓 자식을 낳은 여인들까지. 역시 의심 가는 계집이 한둘이 아니었다.

큰주먹이 솔나리일지도 모른다는 생각을 한 건 다음날 아침 심드렁한 화덕의 불길에 나무 몇 토막을 집어넣으면서였다. 근데 그녀가 왜? 뭣 때문에? 아비 덕에 야들야들한 암사슴 가죽으로 만든 치마를 입고, 사슴의 생간에 멧돼지 가브리살까지 뜯을 수 있지 않았는가? 큰주먹은 고개를 저었다. 화덕에 불길이 살아나자, 사슴 고기 몇 토막을 참나무 꼬챙이에다 끼워 넣곤 다시 생각에 빠졌다. 혹시 그녀에게 그 따뜻한 치마와 맛있는 고기들을 버려도 좋을 만큼 좋은 사내가 있는 건 아닐까……? 그래도 그렇지, 사람을 죽이기까지, 그것도 으뜸을……. 그는 고개를 저었다. 입맛을 잃었는지, 생각에 빠진 탓인지 맛있는 냄새가 솔솔 피어올랐건만 좀처럼 꼬챙이를 뺄 줄 몰랐다. 그래, 누군가가 시켰을 수도……. 그렇다면 그 누군가는? 소름이 끼쳐왔다. 아니야, 아니어야만 해……. 이내 고갤 저었다. 누리마루를 열어야겠다는 생각에 이르렀을 땐, 화덕 속 고깃살들은 이미 까맣게 타 있었다. 그나마 붉은색이 감도는 부분을 베어 물곤 움집을 나서자, 언제 눈이 내렸는지 온 마을이 하 앴다. 돌아와 무릎까지 덮을 수 있는 사슴 가죽 발싸개를 들고 나 왔다. 뽀드득, 좋아하는 눈 밟히는 소리에도 큰주먹은 웃질 않았다.

범굴

으뜸의 자리에 작이 앉아 있었다. 바로 옆에는 탁이 있었고 그들 양 옆으로 창잡이 몇, 활잡이 몇이 삐쭉 서 있었다. 그 모양새가 그들을 보호하겠다는 양, 에워싼 형태였다.

"어찌 그 자리에 앉아 있소?"

큰주먹은 상황이 심상치 않게 돌아감을 느꼈다. 말은 작을 향한 것이었건만 눈길은 작의 수하들에 두었다. 특히 창잡이들의 창끝을 주시했다. 작은 그 옛날 갈처럼 헛기침을 했으며, 탁은 그 옛날 작처럼 그 헛기침을 듣고서 입을 열었다.

"누리마루에서 그렇게 하기로 했다네. 다들 마름이 으뜸을 잇는 거로……. 나 또한 당골레로서 기꺼이 받아들이는 거로……."

탁은 팔짱을 낀 채, 지난밤 은방울꽃이 시킨 대로 말했다. 큰주먹의 눈이 뒤집혔다. 주먹으로 화덕을 깰 기세였으나, 잠시 숨을 고르곤 답했다.

"마름이 으뜸을 잇는다는 말은 처음 듣소. 으뜸 없으면 곧 버금이 으뜸이오. 그래서 버금을 두는 것 아니오. 그런데 버금 없이 어찌 누리마루가 열릴 수 있단 말이오."

누구보다 작이 놀랐다. 마냥 천둥벌거숭이인 줄 알았는데, 어찌 말의 앞뒤도 맞출 줄 안다……. 흠흠, 작은 헛기침을 했고, 탁은 다시 입을 열었다.

"으뜸이 으뜸 같았어야지……."

마침내 큰주먹은 참질 못하고 탁을 치려고 주먹을 높이 들었다. 돌창 셋이 그의 얼굴과 목에 모여들었다. 그중 하나는 오른쪽 눈과 한 치 떨어져 있었다. 큰주먹은 손끝으로 창날을 거두며 말했다.

"사슴 같은 노옴들……! 내가 으뜸이다. 입이 아니라, 이 육손이, 이 이마의 점이 말한다."

주먹을 쥐락펴락하다가 화덕을 내려쳤다. 쿵, 돌덩이 내려앉는 소리가 들렸다. 창잡이들이 그를 찌르려 들자, 작이 손을 높이 들었다. 큰주먹은 가르릉, 없는 가래를 만들어서 뱉곤 움막을 빠져나왔다.

큰주먹은 얼레지를 찾아갔다. 사슴 고기를 손질하고 있던 그녀는 그의 말을 듣곤 돌칼로 고깃살을 내리찍으며 말했다.

"이런 얼음을 묻을……. 내 아비 덕에 사슴피를 마시고 멧돼지 가브리살을 뜯었건만……. 내 이 사슴 같은 놈들을 냉큼, 들닭 목 비틀 듯."

"얼 차려. 그렇게 날뛴다고 되는 게 아니야."

187

큰주먹이 되레 얼레지를 말렸다.

"늑대귀는?"

"늑대귀도 패거리와 어울린다. 작이란 놈이 벌써 수를 부렸다."

"핏줄이란 게 있으니…… 늑대귀는 내 말을 들을 거다."

얼레지의 말에 큰주먹은 메기입을 하고선 대꾸했다.

"핏줄? 무슨 얼음을 묻을 핏줄. 한 바리 사슴피보다 못한 걸 갖고……."

"그리매를 찾아가라. 힘은 세지 않지만 머리가 좋다."

"누구? 설마, 거북뜸의 그 사슴 새끼를 두고 하는 말은 아닐 테지?"

"맞다. 그 사슴. 내가 죽어라고 좋아하는 사슴."

"이런 얼음을 묻을……. 그 힘없고 겁 많은 놈을 어디에다 쓸려고?"

"작. 탁이 힘이 세나? 그래서 그놈들을 못 이기나? 그 늙은이들은 힘없지만 머리는 좋다."

"……."

큰주먹은 생각에 빠졌다. 다시 입을 여는 데 시간이 걸렸다.

"정말 그런 사람 있다. 힘없고 머리 좋은 사람……."

큰주먹은 망설이다가 힘들게 묵은 의중을 드러낸다는 눈빛으로 말했다.

"누군데?"

"큰어미."

"그래, 맞다. 큰어미. 큰어미를 찾아가라!"

"큰어미가 아비를 죽였을지도 모른다."

갑자기 얼레지의 얼굴이 하얗게 변했다.

"무슨 말을 하는 거야?"

"우리가 모르는 독풀도 큰어미는 안다."

"그렇지만, 큰어미가 왜 작의 패거리에……?"

"내가 언제 작의 패거리라고 했나……, 그냥 아비를 죽였을 거라 했지."

시끄러운 고요

솔나리는 큰주먹을 찾아가는 길이었고 큰주먹은 매발톱을 찾아가는 길이었다. 둘은 샘터쯤에서 만났다. 눈송이가 큰주먹의 머리 위에 소복한 걸 보면 곧장 움집에서 나오는 길은 아닌 듯했다. 큰주먹은 몸을 아래위로 찧어 눈 부스러기를 털어낸 뒤, 솔나리를 따라 안으로 들어갔다. 얼굴이 화끈거릴 정도로 화덕 속 불길이 사나웠다. 솔나리는 큰주먹에게 매발톱 가까이 다가오라 손짓했다. 큰주먹은 쉽게 다가서질 않았다. 솔나리는 할 수 없이 매발톱의 오른손을 들어 첫 번째 바리 위에다 얹었다.

"내 아가로구나……. 잘…… 왔다."

매발톱이 환하게 웃으며 말했다. 큰주먹은 어리둥절한 표정으로 매발톱과 솔나리를 번갈아 봤다.

"듣지도, 보지도 못한다."

솔나리의 말에 큰주먹은 못 믿겠다는 듯 정말 그런가 보려는 듯, 움집 위 쌓인 눈이 파르르 떨 정도로 큰소리를 질러댔다.

"이제 보지도 듣지도 못하나? 아이고…… 잎도 가지도 없는, 밑둥치만 남은 나뭇등걸 같네!"

고요가 찾아들었다. 밖에 눈 쌓이는 소리까지 들렸다. 매발톱은 그녀의 사정을 모르는 사람이 찾아오면 솔나리에게 설명할 시간을 주기 위해, 그리고 솔나리의 설명을 들은 그치가 그녀의 신수나 신세에 대해 한참 동안 넋두리를 할 수 있게 하려고 침묵한 것이건만, 겁을 집어먹은 솔나리는 더 이상 큰주먹에게 아무 말도 건네질 않았다.

"잘…… 지냈…… 느냐?"

적당한 시간이 흘렀다고 판단한 매발톱은 부드럽게 입을 열었다. 솔나리는 큰주먹의 눈치를 보다가 생쥐가 찍찍거리듯 작은 소리로 매발톱의 말이 맞으면 그녀의 오른손을, 틀리면 왼손을 잡으라고 했다. 큰주먹은 육손으로 매발톱의 왼손을 잡았다. 매발톱의 손이 그 안으로 쏘옥 들어왔다.

"힘들어…… 하는구나."

큰주먹은 무표정이었다. 아니, 애써 그녀 말을 못 들은 척했다.

"네가…… 스스로 날…… 찾았다. 하지만…… 나도 널…… 불렀다."

매발톱은 둥근 허리를 힘들게 편 뒤 정색을 하며 말했다. 순간 큰주먹의 얼굴에 긴장이 감겼다. 솔나리는 둘의 표정에 창 맞은 사슴처럼 몸을 비틀며 어쩔 줄 몰라 했다. 따닥따닥, 장작 불똥 튀는

소리 들려오고, 큰주먹의 입이 열릴 듯 열리지 않았다. 그는 분명 뭔가 말하려 했다. 그 뭔가는 움집의 온기를 단번에 앗아갈 것 같았는데…… 그때였다. 매발톱이 맨 오른쪽 바리를 만지며 한 마디 던졌다.

"죽였다."

큰주먹의 얼굴이 하얗게 됐다. 화덕의 장작불에도 그의 얼굴은 녹지 않을 것 같았다. 그녀가 아비를 죽였다는 사실보다는, 그 사실을 아무렇지 않게 털어놓는 그녀의 위풍 때문이었다. 더 이상 무슨 말을 할 수 있겠나, 그만 일어나려 했다. 당황한 솔나리가 매발톱의 왼손을 첫 번째 바리에다 올렸다.

"아직…… 끝나지 않았다. 넌…… 이 일만으로는…… 오지 않았다."

매발톱의 말에 큰주먹은 머리가 뻣뻣해짐을 느꼈다.

"하는…… 네 애비가…… 아니더냐?"

솔나리는 그에게 매발톱의 손을 잡으라는 시늉으로 한 손으로 또 다른 손을 잡아 보였다. 그 사이 매발톱의 입이 다시 열렸다.

"갈만이…… 네…… 애비였구나."

정적이 찾아들었다. 하지만 고요하지는 못했다. 솔나리는 정적했기에 안절부절못했으며, 큰주먹은 그 정적으로 인해 귀를 막고 싶었다. 매발톱은 그녀의 말을 듣고 씩씩거리는 큰주먹과 그를 말리는 솔나리의 모습을 상상했으니, 그녀는 정적이 아니라 야단법

석 가운데 있는 셈이었다. 마침내 큰주먹은 솔나리를 힐끔 쳐다본 뒤, 큼직한 육손으로 매발톱의 왼손을 잡았다. 순간 매발톱의 눈이 떠졌다. 왼손이 잡혔음을 확인하려는 듯, 비어 있는 오른손으로 주먹을 만들어봤다. 그녀의 얼굴에 화색이 돌았다.

"으뜸이…… 없던 날에도…… 큰어미는 있었다. 나, 매발톱…… 갈을 죽인 게…… 아니다. 큰어미로서…… 벌을 씌운 것이다. …… 죽어야만 했다. 마을을 위해……. 아들아…… 난, 너에게만은…… 큰어미가 아니라…… 어미다."

매발톱은 큰주먹의 손가락 서넛을 꼭 쥐며 말했다. 그녀는 예닐곱 얼음의 토라진 손자 녀석 달래듯 했다. 철부지 시절 온갖 응석을 다 받아주던 어미, 그에게 어미는 매발톱 하나뿐이었다. 그녀의 젖무덤을 파고들던 어린 시절이 떠올랐다. 마냥 뻐꾸기 새끼를 품어주는 오목눈이처럼 무던하고도 넉넉했던 그녀의 품. 그래, 어미로서의 매발톱이 그리웠다. 작의 무리들로 인해 외톨이가 되었다 생각하니 더욱 그랬다.

"아들아……, 아직 …… 으뜸이 되고 싶으냐?"

큰주먹은 그답지 않게 솔나리의 눈치까지 보며 망설였다. 매발톱은 두 손을 내밀었다. 큰주먹은 매발톱의 손을 뚫어져라 쳐다보기만 했다. 그녀의 손은 쪼글쪼글, 오그라질 대로 오그라져 있었다. 순간 큰주먹은 두 손 모두 잡고 싶었다. 아니, 잡아주고 싶었다. 다시 고요가 찾아들었다. 솔나리는 멀리 샘터 상수리나무 위 참새 지저귐까지 들려오는 적막 속에서도 큰주먹의 흐느낌을 못 듣고 못 느꼈지만, 귀가 먼 매발톱은 그렇지가 않았다. 매발톱이 손을 빼려 하자, 마침내 큰주먹은 소리 내어 울었다.

"어미요. 나 혼자요. 이제, 으뜸이 되고 싶어도 될 수 없소……"

큰주먹의 우악스러운 손아귀에 두 손이 잡힌 매발톱은 외쳤다.

"그래 이제…… 이년의 입마저…… 소리를 못 내는 꼴이 됐구나. 솔나리야……, 거기 있느냐? 내 말이 들린다면…… 이 착한 아이가…… 내 한 손만을 잡게 해다오."

솔나리가 뭐라고 말하자 큰주먹은 눈물을 닦으며 슬며시 매발톱의 오른손을 잡았다. 손등에 물기가 느껴졌다. 매발톱은 깜짝 놀랐다. 하지만 그 놀라움은 곧 기쁨이 되었으며, 그녀를 미소 짓게 만들었다.

"하하, 눈멀고 귀먹고 입까지 아니, 얼까지 먹어버린 줄…… 알았다. 그래……, 아직도 사슴의 날간이…… 먹고 싶어…… 으뜸이 되려 하느냐?"

큰주먹은 그녀의 왼손을 잡았다.

"계집들을…… 갖고파…… 그러느냐?"

이번에도 왼손을 잡았다.

"계집은…… 있느냐?"

계집이란 말끝에 꽃다지의 얼굴이 떠올랐다. 망설였다.

"계집은…… 있느냐고 물었다."

195

큰주먹은 그녀의 오른손을 꽉 쥐며 더 이상 못 참겠다는 듯 소리쳤다.

"있소. 암컷 없으면 이 긴 밤을 어찌 보내오."

"화덕에…… 장작을 넣고…… 돌칼로…… 사슴 고기를 썰고…… 또 구워서 네 입에 넣어주고…… 가락바퀴로 실을 뽑아…… 삿바늘로 사슴 가죽을 덧대어주는…… 그런 계집 말이다."

매발톱은 마치 큰주먹의 말을 듣고서 답을 하듯 이어나갔다. 큰주먹 역시 그런 매발톱의 말에 그녀의 귀가 먹었다는 사실을 잊은 채 말을 이었다.

"해 지고 떠오를 때까지 쉴 틈 없이, 함께 뒹굴 수 있는 여편네 말하는 거 아니오!"

다시 조용했다. 불편한 정적은 마침내 큰주먹으로 하여금 매발톱의 손을 잡게 만들었다. 오른손이었다.

"아니야……, 그렇지가 않아. 내 느낌으로는…… 너에겐 계집 반쪼가리도…… 없어."

"아니, 큰어미, 나, 큰어미에게 그런 말 들으려고 온 거 아니오. 아이구, 눈귀까지 먹어가지고 이런 얼음을 묻을 사슴 같은 놈, 찾아와도 한참 잘못 찾아왔지. 차라리, 멧돼지 새끼와 말 주고받는 게 낫지. 이렇게 답답해서야. 계집 이야기하러 온 거 아닌데 자꾸만 계집 이야기를. 그놈들, 그 사슴 같은 작의 패거리를 어떻게 할 수 있을까 하고……, 그래도 몇 얼음 더 산 할망구를 찾아왔더니. 그래, 계집이 없다면 하나 구해줄라요? 어떤 년이오. 말해보시오. 아이고! 듣지도 못하는 할망구한테 쓸데없는 소리를…… 이런 얼음을 묻을……"

큰주먹이 고래고래 고함을 질렀음에도 매발톱은 고요를 느꼈다. 가버렸나, 생각마저 들었다.

"아가야……, 갔느냐?"

"가긴 어디 가요. 갔으면 좋겠소?"

"솔나리야……, 버금이…… 갔느냐?"

"이런 얼음을 묻을……, 이제 버금도 아니오!"

솔나리는 큰주먹의 눈치를 보며 슬금슬금 다가가 매발톱의 왼손을 잡았다.

"그래……, 가면 안 되지. 아직도…… 할 말이 많은데."

그 말에 큰주먹은 일어서려고 했다. 솔나리는 큰주먹의 팔을 잡고 말렸다.

"꽃다지가…… 아직도 좋으냐?"

매발톱은 비장의 무기를 꺼냈다는 듯 목에 힘을 주며 말했다. 그 비장의 무기에 큰주먹의 가슴이 찔렸으니 성공한 셈이었다.

"묻지…… 않느냐, 아직 꽃다지가…… 좋으냐?"

큰주먹은 손으로 얼굴을 쓸며 한숨을 내쉬었다. 육손이 얼굴을 덮자 귀까지 보이지 않았다. 잠시 생각하다가 매발톱의 왼손을 잡았다. 매발톱은 빙그레 웃으며 말했다.

"거짓말…… 하는구나. 네 손이…… 차갑다."

큰주먹은 황급히 그녀의 오른손을 잡았다. 그러자 그녀, 실로 오랜만에 큰어울림가람 부족의 큰어미답게 껄껄 웃었다.

"너였구나……, 그 어느 날, 토끼 우리에다…… 아름드리 풀꽃들을 그것도 뿌리째 던진 녀석이……."

그 말에 큰주먹은 얼굴을 붉혔다. 겸연쩍은 듯 씩 웃더니, 그녀의 오른손을 잡았다. 놀라웠다. 듣지도 보지도 못하는 그녀는 그가 웃는다는 걸 알았다.

"울다가 웃다가 오늘 정말…… 내 아가로구나. 아름드리…… 꽃을 뽑았으면…… 임자에게 갖다 줄 것이지……, 토끼 우리에…… 던지다니, 가던 길에…… 심술이 났구나. 그래…… 그 애가…… 그렇게도 좋으냐?"

큰주먹은 그녀의 오른손을 꽉 쥐었다.

"좋아하지만…… 네 것이 아니어서…… 괴로워하는구나."

큰주먹은 이번에도 그녀의 오른손을 꽉 쥐었다. 어느 때보다 그는 그녀의 손을 잡는 데 집중했다.

"사람에는…… 내 것, 네 것이…… 없다. 가질 수…… 없는 노릇이다. 그게 짐승의 고깃살이나 푸성귀, 물고기와…… 다른 점이다. 어제 내 것이었다…… 싶다가도 오늘…… 남의 것처럼…… 느껴진다. 알 수 없는…… 일이다. 기다려보아라. 네 마음이…… 바뀔 수도, 꽃다지의 마음이…… 바뀔 수도 있다."

큰주먹은 천천히 아주 천천히, 매발톱의 오른손을 잡았다. 매발톱의 입가에 미소가 번졌다. 마른 입술이 펴지면서 갈라졌다.

"그건…… 그렇고…… 대체 으뜸이 되고자 하는…… 까닭은 뭣이냐? 온 마을을…… 아래에 두고…… 싶어서냐?"

큰주먹은 매발톱의 오른손을 잡았다. 하지만 그녀가 고개를 끄떡이자, 다시 왼손을 잡았다.

"모를 일이다……. 한 손만…… 잡아라."

큰주먹은 답답함을 느꼈다. 두 손을 쥐락펴락하며 어쩔 줄 몰라 했다. 곁에서 가만히 지켜보던 솔나리 또한 답답한지 큰주먹더러 먼저 자신에게 말해보라고 했다.

"으뜸이 되면 큰어울림가람의 으뜸만 되지 않을 것이다. 큰 볕터, 신불메 너머 으뜸까지 될 것이다. 아니, 더 많은 마을, 온 땅 온 하늘의 으뜸이 되고 싶다."

난감했다. 매발톱에게 그 긴 이야기를 어떻게 전하나, 한참 궁리해봤지만 별 수가 떠오르지 않았다. 그 사이 매발톱은 또 뭔가를 중얼거렸다. 그 뭔가는 으뜸의 역할에 관한 것이었다. 얼굴을 찌푸리고 있던 솔나리는 마침내 곁에 놓인 빈 바리 둘을 매발톱 앞으로 가져갔다. 매발톱의 오른손을 잡고 열 바리를 순서대로 만지게 한 뒤, 빈 바리들을 만지게 했다. 신통방통한 일이었다. 매발톱은 알았다는 듯 고개를 끄떡이더니 입을 열었다.

"너무 지나치게 누리려 드는구나……. 그 옛날, 큰 으뜸 찬 어른

말씀이 떠오른다. 누리는 여기뿐이 아닐 것이라고…… 신불메 너머에도 헤아릴 수 없이 많은 메들이 줄 지어 있으며……, 큰 물 너머에도 더 큰 물이 펼쳐져 있을 거라고…… 네 아비 하 또한…… 말했다. 향내 좋고 높은 뿔을 매단 사슴을 쫓다가…… 그 사슴 놈, 메 너머 달아나면…… 지껄였다. 언젠가는…… 저쪽 으뜸이 되겠노라고……, 근데 말썽은…… 저쪽의 으뜸 또한…… 똑같이 헤아린다는 거다. 그러면 싸움이 벌어질 테고…… 싸움이 벌어지면 죽는 치가 나오게 될 테고…… 살아남은 치마저 잠자리, 먹거리, 입을 거리, 죄다 잃을 것이고……, 크게 잘 어울림이란, 남지도 모자라지도 않음을 뜻한다. 이곳 마을은…… 메면 메, 들이면 들, 물이면 물…… 어디에든 먹거리, 입을 거리가 있다. 그러면 됐……."

가만히 듣고 있던 큰주먹이 매발톱의 왼손을 잡으며 말을 잘랐다.

"작, 탁, 저 못된 사슴 새끼들을 봐서라도 난 으뜸이 돼야겠소. 으뜸이 되면 모조리 죽여버릴 것이오."

매발톱이 어리둥절해하자 솔나리는 그녀의 왼손을 잡고 여덟 번째, 아홉 번째 바리 위에다 손을 얹었다. 순간 매발톱의 희미한 눈에 잠시 빛이 머물렀다. 그녀, 세 번째 바리를 만지며 다시 입을 열었다.

"그래…… 죽이지 않으면…… 죽을 수가 있지……. 음…… 거북뜸의…… 그리매를 찾아가거라……. 네 팔다리와 그리매의 머리이면…… 놈들과 겨룰 만하다."

큰주먹은 즉각 매발톱의 왼손을 잡았다.

"왜……? 싫으냐……? 네가 죽도록 좋아하는…… 꽃다지도 거기…… 있는데?"

큰주먹은 주먹으로 가슴을 치며 소릴 질렀다.

"계집보다 더 계집 같은 놈하고 뭘 할 수 있다고……. 그리고 꽃다지가 있으니 안 간다는 거 아니오! 어휴, 답답하긴……. 가고 싶고 보고 싶지만, 간다고 내 계집 되는 것 아니고 본다고 내 계집 되는 것 아니고……."

"꽃다지가 거기 없다고…… 여기는구나. 꽃다지도…… 거북뜸에 있단다."

"어휴 답답해라. 솔나리야 어찌 좀 해보거라. 이런 얼음을 묻을……. 숨통이 막혀 죽을 것만 같다."

큰주먹의 말에 솔나리는 매발톱의 왼손을 두 번째 바리에다 가져간 뒤, 다시 첫 번째 바리로 옮겨갔다.

"그건…… 이미 말하지 않았느냐……. 기다려 보라고……. 네 마음이…… 바뀔 수도, 꽃다지의 마음이…… 바뀔 수도 있다고……."

큰주먹은 매발톱의 왼손을 잡는 대신 손등을 탁! 치며 말했다.

"어쨌든 안 가오! 그리고 내가 여기에 온 까닭은 단지 내 아비 죽인 솜씨를 배우러 왔을 뿐이오. 작, 탁, 그 사슴 같은 놈들을 소리

없이 죽이기 위해……."

"거북뜸에 가거라. 해 있을 때 나서라. 가는 길이 사납다……."

"이런 얼음을 묻을 거북뜸……. 걱정하지 마오. 그 아비, 또 다른 아비를 죽였으니 큰어미가 그 아비 죽였다 해도 타박하진 않소."

큰주먹은 나가버렸지만, 솔나리는 한참 동안 매발톱의 왼손을 첫 번째 바리 위에다 얹질 못했다.

외톨이야!

잠이 오지 않았다. 부엉이까지 울었다. 사슴 가죽에서마저 찬바람이 일었다. 화덕에 장작 몇 개를 던져 넣곤 다시 누워 잠을 청했다. 부엉이 소리가 야릇하게도 나무라곤 한 그루 없는 움집 바로 앞에서 들렸다. 손가락으로 귀를 팠다. 누런 귀지가 긴 손톱 아래 끼어서 나왔다. 부엉이는 분명 움집 바로 앞에서 울고 있음이 틀림없었다. 벽에다 기대 놓은 돌창을 잡았다. 부엉이 울음이 멈췄다. 창을 잡은 채 한참 서 있었다. 다시 들려오면 여지없이 밖으로 뛰쳐나가 볼 기세였다. 잘못 들었나? 고개를 갸우뚱거리며 다시 잠자리로 돌아왔다. 눈을 감고 사슴 가죽을 이마에까지 당겼을 때, 다시 들려왔다. 부엉이 소리가 아닐 수도 있다는 생각이 들었다. 일어나 다시 창을 집었다. 움집 밖으로 살그머니 머리를 내미는 순간 픽, 소리와 함께 쓰러졌다.

사내 넷이 붙어도 늘어진 큰주먹을 들어 옮기기는 쉽지가 않았다.

"그냥, 돌칼로 몇 번 쑤신 뒤 조개무지에 던져버리자."

넷 중 곰보 자국이 심한, 키 작은 사내가 말했다.

"박쥐도 모르게 하라고 했잖아. 시키는 대로 하자."

넷 중 키가 가장 크고 수염이 목까지 덮인 사내가 말했다.

"얼음이 꽝꽝 얼었을 텐데, 어차피……."

넷 중 가장 뚱뚱한 사내가 말하자, 가장 빼빼하지만 강단이 있어 보이는 사내가 그의 말을 끊고 자신의 말을 이었다.

"얼음을 깨고 쑤셔 박아야지."

그들의 말처럼 강은 꽝꽝 얼어붙어 있었다. 네 사내는 각자 머리통만 한 돌을 들고 내리쳤다. 그렇다 할 구멍이 뚫렸는지 손들을 털곤 땅바닥에 팽개쳐진 큰주먹에게 다가갔다. 의식이 돌아온 큰주먹은 신음을 뱉었다. 곰보가 돌을 들고 그의 얼굴을 찍으려 하자, 뚱보가 말렸다.

"뱀대가리. 그래도 버금이잖아. 어차피 얼어 죽을 텐데……."

노루궁둥이의 말을 들은 뱀대가리는 들고 있던 돌을 얼음장 위로 던졌다. 쿵, 하고 얼음판 위에 생채기가 났다. 매기주둥이라 불리는 훤칠한 키에 수염이 긴 사내가 큰 주먹의 두 다리를 잡고 올리자, 뱀대가리와 노루궁둥이는 양쪽에서 팔 하나씩 잡고서 결코 이름과 어울리지 않는 빼빼한 사내 쪽으로 갔다. 사내의 이름은 가람돼지였으며 그의 아비는 갈일 수도, 작일 수도 있었지만 둘 다 자신의 아들이 아니라 했기에 애비 없는 자식으로 컸다.

"밀어 넣어!"

가람돼지의 말이 떨어지자, 세 사내는 큰주먹의 머리부터 얼음 구멍 속으로 집어넣기 시작했다. 정신이 번쩍 든 큰주먹은 소리도 못 질렀다. 순식간에 몸통이 얼음장 밑으로 빨려들고, 다리 하나만이 밖에서 대롱거렸다. 가람돼지는 큰주먹의 다리를 발로 찬 뒤, 길게 밀어 넣었다. 구멍 속으로 큰주먹은 사라졌다. 뽀르르 물방울이 나오는가 싶더니 멈췄다. 사내들은 사슴 가죽을 귀에까지 올리고선 땅보다도 단단해 보이는 얼음판을 밟으며 돌아갔다. 중천의 달만이 얼음 구멍을 지켜봤다.

큰주먹은 있는 힘을 다해 팔을 뻗어 얼음판을 쳤다. 센 주먹이라도 열 치 두께 얼음판을 깨기에는 역부족이었다. 숨이 차올라 죽음 냄새가 났다. 시원하게 물이라도 폐 속에 집어넣고 싶었다. 그때였다. 어느 부분에서 유속이 급해짐을 느꼈다. 얼굴을 최대한 얼음판에다 붙였다. 흐르는 물과 얼음판 사이에 공간이 생겼다가, 사라졌다. 물이 빠지면 숨을 들이마셨다. 불과 한 숨 차이로 물이 차고 빠졌다. 빈 공간은 겨우 코 높이 정도였지만 그게 어딘가. 살만해서 잠시 그렇게 머물렀다. 물고기 한 마리가 발목을 스치며 지나가는지, 간지러웠다. 그래, 살아 있다. 간지럽잖아. 이렇게 죽을 수는 없다…… 길게 숨을 들이마신 뒤 손을 뻗어 얼음판을 더듬었다. 혹, 구멍 뚫린 곳을 만날 수 있을까 해서였다. 다시 돌아와 숨을 쉬고 나가고, 또 돌아와 쉬고 나가기를 반복하다가 어느 지점에서 묵직한 게 손을 스치고 지나갔다. 죽은 상괭이 꼬리지느러미 부분이었으며 몸통의 반 이상이 밖으로 돌출되어 있었다. 사력을 다해 당기니 얼음판이 벌어졌다. 놓치지 않고 밖으로 얼굴을 내밀었다. 훅하고 숨을 쉬려는데 으르렁거리는 소리가 들렸다. 늑대가 앞 이빨로 그의 얼굴을 물었다. 비명을 토하곤 다시 물속으로 머리를 집어넣었다.

네댓 마리였다. 다시 머리를 내밀었다. 숨을 들이쉬기 위해서였건만 일견에 녀석들의 위치까지 파악했다. 두 마리씩 양쪽에서 먹이에다 주둥이를 박고 있었다. 와작와작, 소리가 요란한 걸로 봐선 뼈 있는 부위를 씹고 있는 듯했다. 얼음판 위를 올려다보니, 밝은 달이 녀석들과 반 이상 뜯겨 나간 상괭이의 몸통을 그럴싸하게 그려내고 있었다. 그중 한 놈의 꼬리가 구멍 가까이서 살랑댔다. 놓치지 않고, 있는 힘을 다해 팔을 뻗어 놈의 꼬리를 잡았다. 순식간에 일어난 일인지라 놈은 상괭이의 살점을 입에 문 채 구멍 속으로 빨려 들어왔다. 물속에서 잔발질을 해대며 버둥거렸지만 이내 목구멍으로 마지막 물방울을 뿜었다. 얼음판 위, 그림이 달라졌다. 상괭이 몸통만 시커멓게 보였다. 놈들도 놀랐던 모양이다. 구멍 밖으로 머리를 내미니, 저만치 모여 있었다. 손으로 얼음판을 짚고 나왔다. 살을 베는 듯한 추위에 내장까지 얼어붙었는지 입김마저 나오지 않았다. 잠시 얼음장 위에서 쪼그리고 앉았는데, 놈들이 준동했다. 그중 한 녀석이 날다시피 해 덮쳤다. 혈투가 벌어졌다. 또 다른 녀석이 다리를 물었다. 육손을 말아 쥐고 한 녀석의 주둥이를 사정없이 내리쳤다. 픽, 차돌에 바리 깨지는 듯한 소리 들리고 깽, 고꾸라졌다. 다시 다리를 물고 있는 녀석의 주둥이를 잡았다. 그 큰 손에 놈의 입은 북어포 찢기듯 찢어졌다. 남은 놈은 배포가 작은 녀석이었는지 멀리서 다른 놈들의 최후를 지켜보다, 꼬리 내리고 메 쪽으로 달아났다.

상괭이 살점을 뜯어 씹으며 중얼거렸다. '어디로 가나?'

마을로 돌아갈 수는 없었다. 탈진한 상태에서 다시 작의 무리를 만난다는 것은 죽음을 자초할 일이었다. 반대 방향으로 간다는 게 건너 각단이었으니, 매발톱의 말대로 돼가는 셈이었다. 대단한 할망구! 그 지경에도 웃음이 나왔다. 꽃다지가 생각났다. 그녀가 끓여주는 샘물 반 그릇이면, 만신창이 몸이 거뜬해질 것 같았다. 통나무 끌듯 몸을 옮기며 골짜기를 빠져나왔다. 멀리 거북뜸이 보였다. 망설여졌다. 꼭 껴안고 자고 있을 그녀와 그리매가 떠올랐다. 피투성이가 된 몸은 사시나무 떨 듯했다. 그렇게 나아가다, 다리가 접혀버렸다. 파란 입술 사이 가느다란 입김마저 멎고 헛것이 보이기 시작했다. 곁의 나무 둥치를 잡는다는 게 허공을 부여잡곤 낭떠러지 아래로 굴렀다.

족제비눈이 용변을 보기 위해 밖으로 나간 사이였다. 물 바리 속 참돌을 끄집어내려는 순간 신음이 들려왔다. 그리매는 둥그스름하게 돌출된 바위가 벽을 이루고 있는 동굴 끝으로 갔다. 의식이 돌아온 모양이었다. 큰주먹의 얼굴을 내려다봤다. 이마에는 젖은 치마 쪼가리가 빼딱하게 붙어 있었으며, 늑대에게 물린 뺨은 물론이고 코와 입까지 퉁퉁 부어 있었다. 하던 일을 하려고 돌아서는 순간, 큰주먹이 그의 사슴 가죽을 잡았다. 깜짝 놀랐다. 손가락 마디 하나 까딱 못했는바, 거북등 같은 손에 별안간 잡혔으니 그러고도 남을 터였다. 둘은 말이 없었다. 아니, 큰주먹이 말을 할 수 있을 것 같지가 않았다. 그리매는 큰주먹의 눈을 들여다봤다. 초점이 없었다. 그때 족제비눈이 절뚝거리며 들어왔다.

"뭐야, 얼 차린 거야?"

그리매는 족제비눈을 향해 손사래를 쳐 보이면서도, 두 눈만은 큰주먹의 눈망울에다 두었다. 족제비눈이 다가와 손바닥을 큰주먹의 눈 위에다 대고 흔들었다.

"썩은 물고기 눈 같아."

그리매는 큰주먹의 목에다 손가락 세 개를 붙였다.

"살았어."

둘은 한참 동안 큰주먹을 지켜보다가 하던 일을 계속했다. 그리매는 물 바리 속에서 참돌을 꺼내 돌려본 뒤 다시 펄펄 끓는 물에 담갔다. 족제비눈은 다듬고 있던 화살촉을 갈판에다 대고 날카롭게 벼렸다. 다시 신음이 들려온 건 그리매가 활석 덩이를 돌망치로 내리치고, 족제비눈이 다 벼렸다고 생각한 화살촉 끝을 훅, 부는 순간이었다. 둘은 동시에 큰주먹 쪽으로 눈을 돌렸다. 족제비눈이 먼저 불편한 다리를 끌고선 큰주먹 쪽으로 갔다.

"모조리 뒈져버려!"

큰주먹의 헛소리에 족제비눈은 빙그레 웃으며 말했다.

"살았네. 어이, 일어나!"

족제비눈은 큰주먹의 몸을 흔들었다.

"어떤 놈들과 꿈에서 한판 붙나보네……"

족제비눈의 말에 동굴 저편 그리매가 목을 길게 빼고선 넘겨다 봤다. 큰주먹은 오도독, 이빨을 갈았다.

"멧돼지 주둥이를 씹나……. 얼른 일어나!"

족제비눈은 혼자서 신나 했다. 그리매가 다가와 큰주먹의 이마에 붙은 치마 쪼가리를 떼어내선 찬물에 적신 뒤, 다시 붙였다. 큰주먹의 눈이 떠졌다.

"깼다."

족제비눈의 말에 그리매는 큰주먹의 눈을 봤다. 썩은 물고기 눈알에서 돌창 맞은 멧돼지 눈알쯤으로 보였다. 서로 눈이 마주치자, 그리매보다 큰주먹이 더 놀랐다.

"이런 얼음을 묻을, 내가 어디에 있는 거야."

큰주먹은 이마에 붙은 치마 쪼가리를 손으로 걷어내며 말했다.

"계집 것이잖아."

그리매의 얼굴이 일그러졌다. 족제비눈은 연신 허허거리며 큰주먹의 말에 답했다.

"큰어미가 불러서 내려갔어. 얼른 일어나. 풀뿌리라도 씹어야지."

큰주먹의 눈이 번쩍 떠졌다. 내려갔다는 말 때문이었다.

"언제 내려갔나?"

"아침에…… 하하."

족제비눈은 벼린 화살촉 끝으로 손등을 톡톡 치며 답했다. 충분히 뾰족하다고 생각하는지 아파하면서도 웃었다.

"연놈들, 저기서 뒹굴었군. 좋았겠다……."

큰주먹은 동굴 한쪽에 아무렇게나 구겨져 있는 사슴 가죽을 보며 중얼거렸다. 그 소리를 들은 그리매는 주먹을 불끈 쥐곤 화덕 쪽으로 갔다.

"나, 언제 어떻게, 여기 왔나?"

돌아서는 그리매에게 한 물음이었건만 족제비눈이 답했다.

"사흘 앞이다. 삽이 그리매가 쏜 화살을 찾다가 봤다. 그리매, 꽃다지, 나, 단 그렇게 넷이서 끌고 왔다. 죽은 멧돼지 끌 듯 말이야. 근데 어떻게 된 판이냐?"

큰주먹이 몸을 일으키려 들자, 족제비눈이 부축해줬다. 생각보다 멀쩡했다. 앉는 모양새도 불안해 보이지 않았다. 큰주먹의 시선은 줄곧 그리매 쪽에 가 있었다. 그리매가 다가올 때까지 족제비눈의 물음에 답하지 않겠다는 듯 딴청을 피웠다.

"삽이 누구냐?"

"곧 알게 될 거다."

족제비눈은 동굴 입구를 가리키며 웃었다.

잠시 뒤, 그리매가 바리 하나를 들고 왔다. 족제비눈이 손을 넣곤 주섬주섬 꺼냈다. 순간 큰주먹의 눈이 시커먼 뭉텅이에 멈췄다. 사슴 육포라 생각했는지 빙그레 웃으며 입으로 가져갔다.

"이런 얼음을 묻을……. 대체 뭘 준거야?"

큰주먹은 씹다가 왝왝, 뱉었다.

"박쥐야, 박쥐 고기."

"박쥐?"

"그래, 박쥐……. 들, 메에는 눈이 허리까지 차 있고 큰 물, 작은 물 모두 얼어붙어 그물도 못 던진다. 먹을 게 없다. 다람쥐 새끼도 안 보인다."

큰주먹은 동굴 천장을 올려봤다. 크기가 웬만한 멧비둘기만 한, 관박쥐 중에서도 종자가 큰 놈들이었으며 활짝 편 날개로 온몸을 감은 채 거꾸로 매달려 있었다.

"겨울잠 자고 있다. 개암 따먹듯 따먹으면 된다."

큰주먹은 얼굴을 찡그렸다.

"있어 봐. 단과 삽이 뭔가 잡아 올지도 모르니……."

큰주먹은 그저 바리를 눈앞에 보이지 않게 손등으로 치운다고

했지만, 저만치 던져버린 셈이 되었다. 탁, 소리를 내며 바리가 깨지고 박쥐 고기 뭉텅이들이 흩어졌다. 그때였다. 그리매가 달려와 큰주먹의 얼굴을 갈겼다. 누가 누구를? 믿지 못할 광경에 족제비눈은 멍하니 바라만 봤다. 큰주먹은 고개를 숙인 채 가만히 있었다. 마치 죽은 나뭇등걸처럼 꿈쩍 않았다. 한참 주먹을 날리던 그리매는 큰주먹더러 밖으로 나오라고 했다. 족제비눈이 따라나서자 큰주먹이 손사래를 쳤다.

멈춰 선 곳은 천년도 더 묵은 소나무 아래였다.

"왜 왔나?"

큰주먹은 말없이 그리매를 노려보기만 했으며, 그의 육손은 풀려 있었다.

"사슴피, 멧돼지 가브리살, 질렸나?"

큰주먹은 여전히 말이 없었다. 그리매는 큰주먹의 얼굴을 갈겼다. 큰주먹의 얼굴이 홱, 돌아갔다.

"돌질만 하더니 손목 힘이 제법이구나……."

큰주먹은 주먹을 불끈 쥐었지만 그리매의 얼굴을 보곤 다시 풀었다. 그리매의 주먹이 날아들었다. 비틀거리며 넘어지는 큰주먹의 배 위로 올라간 그리매는 목을 잡고 눌렀다. 큰주먹의 머리가 튀어나온 소나무 뿌리 위에 놓였다. 얼굴이 붉어지도록 그리매는 힘을 줬다.

"우는 시늉까지 하네. 사슴 새끼가……."

목을 누르던 그리매가 깜짝 놀라 하며 풀어주었다. 뺨까지 흘러내리는 눈물을 큰주먹은 애써 닦질 않았다.

"내려가라. 너 있을 곳 못 된다……."

큰주먹은 뭔가 말하려는 듯, 피 맺힌 입술을 떨었다.

벌떡 일어난 그리매는 차갑게 돌아섰다.

외톨이야, 외톨이야! 등 뒤에서 큰주먹의 울먹임이 두견새 울음처럼 들려왔다.

"큰어미가 가랬다!"

있는 힘을 다해 소리쳤지만 그리매는 저만치 가고 있었다.

"작이란 놈이 날 죽이려 했어!"

했어! 했어!…… 동굴까지 그 끝 마디만 메아리쳤다.

❧

"단이다."

족제비눈이 절뚝거리는 다리를 짚으며 동굴 입구 쪽으로 갔다. 그리매가 그를 앞질러 단이 건네는 망태를 받아 쥐었다. 개는 큰주먹 앞에서 사정없이 짖어댔다.

"삽, 조용해!"

그리매가 던지는 말 한마디에 개는 뭉툭한 입을 닫았다. 크기가 웬만한 암 늑대만 했으며 온몸이 검은 털, 흰 털로 덮여 있어 눈까지 보이지 않았다.

"아이구, 이러나왔…… 네. 얼 차리었…… 어?"

큰주먹을 본 단은 함박웃음을 지었다. 그 역시 다리를 절었다. 아니, 몸통의 반이 굳어 있었다. 입마저 돌아가 말이 어눌했다. 이런 얼음을 묻을……, 온갖 병신들이 다 모였네. 평소의 큰주먹이라면 이런 말 한마디 던졌을 것이다. 이 추위에 저 몸으로 어디를 쏘다녔을까, 그답지 않게 안타까워했다.

"두드리 맞…… 아 피멍든 데는 이 버러지들이…… 으뜸이야"

단은 비뚠 입으로 힘들게 말했지만 행복해 보였다. 망태 속에는 사슴벌레 유충들이 엉겨 붙어 꼼지락거렸다. 큰주먹의 얼굴이 붉어졌다. 가뜩이나 부은 얼굴은 석류 알을 붙여 놓은 듯했다. 큰주먹의 그런 모습은 그리매에게 생경했다. 못 본 척하곤 망태 속 벌레들을 바리에다 부었다. 그중 몇 마리가 밖으로 빠져나오자, 큰주먹은 손가락으로 집어 바리에다 넣으며 말했다.

"어떻게 잡나?"

그리매는 답하지 않았다. 그 사이 단이 힘들게 중얼거렸다.

"배암도…… 없고 개구리도…… 없어. 겨울잠을…… 아주 깊숙한…… 곳에서…… 자나봐……. 꽃다지는…… 잘도…… 잡더…… 라만"

큰주먹은 그런 단을 애처로운 눈빛으로 바라봤다. 쓴웃음을 지으며 다시 시비를 걸어왔다.

"늙은이를 꼭 이렇게 부려먹어야만 하나?"

그리매는 침묵했다. 큰주먹의 말을 들었는지 단이 끼어들었다.

"아니야, 내가 한다고…… 했어. 늙은 놈이 주는 거 받아먹기만 하고 그러면 안 되지……."

그리매와 큰주먹, 둘의 눈치를 한꺼번에 보고 있던 족제비눈이 더딘 단의 말을 이어갔다.

"아주 쉬워. 뱀이나 개구리는 한참 땅을 파야 하지만, 이놈들은 그저 요거 갖고 썩은 나무를 내리치면…… 속에 빠글빠글하게 들어 있어."

족제비눈이 들고 있는 돌도끼는 그저 팔뚝만 했지만, 날만은 아주 날카롭게 서 있었다. 큰주먹이 잠시 돌도끼에 눈을 돌리는 사이, 그리매는 화덕 쪽으로 갔다. 나무껍질에다 유충들을 올려놓곤 구우니 제법 고소한 냄새가 풍겨 나왔다. 털레털레 큰주먹은 구석으로 갔다. 족제비눈과 단이 따라가 자초지종을 듣고 싶어 했지만, 큰주먹은 여전히 딴청을 피웠다.

"녀석도 배고프겠다."

큰주먹의 말에 족제비눈은 천장에 붙은 박쥐 한 마리를 손으로 떼, 삽의 주둥이에 물렸다. 개는 두 발 사이에 박쥐를 끼운 뒤 뜯기 시작했다. 푸드덕거리는 소리가 이내 멎었다. 그리매는 구운 애벌레

를 나무바리에 담아 단에게 건넸다. 단은 떨리는 손으로 바리째 큰
주먹에게 건넸다.

"먹어………, 힘……… 날 거야."

큰주먹은 얼굴을 찡그리며 고개를 돌렸다. 새끼손가락만 했으
며, 대체로 노릇하게 잘 구워졌지만 희뿌연 내용물이 그대로인 것
도 있었다.

"이제 놈들은 멧돼지 내장은커녕, 토끼 꼬리도 안 보내와…….
창, 화살 만드는 일이 창, 화살 던지고 쏘는 일보다 더 힘든데……
말이야."

"그만해!"

족제비눈의 말이 끝나기가 무섭게 그리매가 소리쳤다. 족제비눈
은 못 들은 척 말을 이어나갔다.

"잡는 놈은 가브리살 뜯고, 잡게 만드는 놈은 푸성귀 씹고……."

"그만하라 했잖아!"

그리매의 고함에 삽이 짖기 시작했다. 족제비눈의 입이 쑥 들어
갔다. 큰주먹까지 그리매의 눈치를 보는지, 바리 속에다 손을 넣곤
벌레 한 줌을 입에다 털어 넣었다. 입안에서 벌레 터지는 소리가 들
렸다. 단이 빙그레 웃자 족제비눈이 따라 웃었다. 그리매의 표정은
여전히 싸늘했다.

"그래, 네가 배 터지게 고깃살 뜯을 때, 우린 푸성귀 씹었다. 네
가 사슴피를 바리째 들이킬 때, 우린 여치나 방아깨비처럼 이슬만

217

을 빨아댔다."

그리매의 입에서 저런 말도 나오는가? 단과 족제비눈은 바라보고만 있고, 큰주먹도 고개를 떨어뜨린 채 말이 없었다.

"그만, 내려가라 했잖아! 귀머거리야? 이 사슴 새끼!"

그리매는 단에게 소리쳐서 미안하다고 말하곤 구석으로 갔다. 큰주먹이 그의 뒤를 따르자, 다시 그리매의 입에서 고함이 터져 나왔다.

"내려가라! 고기도 뜯고 술도 퍼마셔라!"

그 소리에 큰주먹은 뭔가 대꾸를 하려다 말았다. 그리매의 눈을 뚫어져라 쳐다보곤, 사슴 가죽도 걸치지 않은 채 뛰쳐나갔다.

깊은 밤 어둠 속 바람 부는 소리가 요란했다. 이 추위에 어디로 갔을까, 발가벗은 채……. 셋 다 잠이 오지 않았다. 화덕 속 장작 불똥 튀는 소리가 따갑게 들려왔다. 족제비눈이 일어났다. 살금살금 동굴 입구 쪽으로 가더니 밖으로 나갔다. 잠시 뒤 돌아와서는 작은 소리로 안 보인다고 했다. 단은 느티나무 밑을 살폈냐고 했다. 천년도 더 묵었을 그 나무의 그루터기에는 멧돼지, 사슴 네댓 마리 들어갈 구멍이 있어 동물들의 놀이터가 되는 곳이었다. 둘은 그리매가 듣지 못할 정도로 작게 말했지만, 그 소리는 동굴 속에서 맴돌아 반대편 구석에 있는 그의 귀까지 닿았다. 다시 단이 엿골에 가봤냐고 물었다. 그 말은 반 이상의 기침과 함께 들렸다. 족제비눈은 머리를 끄덕였다. 엿골은 집채만 한 바위 열댓으로 이뤄진 풍혈

이었다. 부근에 삵이 우글거려 삵굴이라고도 불렀으며, 한 여름에
도 뼈가 시릴 정도로 찬바람이 새 나와 얼음굴이라고도 불리는 곳
이었다.

"쑥 들어가 봤어?"

그리매의 말에 둘은 놀랐다. 자고 있지 않다는 건 알았지만, 그
들의 대화를 엿들을 것이라곤 짐작하지 못했다.

"내버려둬. 그 덩치에 얼어 죽진 않을 테니……."

그리매의 말끝에 족제비눈이 벌떡 일어났다.

"근데, 무슨 일로 그 꼬락서니일까? 뒈지게 두들겨 맞았나 봐."

"뒈지게 두들겨 팬 놈은, 뒈지게 두들겨 맞아야 해!"

그리매의 목소리에 찬바람이 돌았다. 단이 무슨 말을 꺼내려다
기침만을 했다. 가래가 심하게 끓었다. 그리매가 괜찮으냐고 물었
다. 단은 괜찮다는 말 대신 하려던 말로 답했다.

"돌만…… 만졌구나. 돌만…… 만졌더니…… 온 누리가…… 돌
로…… 뵌다. 너무…… 뾰족해 있지…… 마라. 뾰족하면…… 부스
러지거나…… 깨진다."

잠시 침묵이 흐른 뒤 그리매가 부스럭, 일어났다. 사슴 가죽을 두
벌 걸치는 걸 보면 화덕에다 장작을 집어넣으려는 건 아닌 듯했다.

잠시 뒤, 그리매가 들어오고 큰주먹이 따라 들어왔다. 사슴 가
죽을 걸친 채였다. 족제비눈과 단은 모른 척하고 누워 있었다. 그리
매는 또 다른 사슴 가죽 하나를 저편에다 던졌다. 큰주먹은 받아

들곤 똥 눌 자리를 찾는 개처럼 맴돌다, 족제비눈의 등 뒤에 가 붙었다. 족제비눈이 큰주먹을 보려고 등을 돌리자, 단이 큰주먹더러 그들 사이에 끼어서 자라 했다.

큰주먹은 자초지종을 털어놓았다. 야심하면 동굴 속 소리는 더 메아리쳐졌다. 큰주먹은 그리매가 들으라고 애써 목소리를 높였다. 어느 순간, 그리매의 눈이 번쩍 떠졌다. 단은 갈의 죽음조차 모르고 있었으며, 족제비눈은 갈이나 작이나 그치가 그치 아니겠냐고 했다.

큰주먹은 싫습니다!

"고운 얼굴…… 그대론 것…… 같구나."

매발톱은 꽃다지의 얼굴을 만지며 말했다.

"너도…… 내가…… 보고…… 싶더냐?"

꽃다지는 매발톱의 오른손을 잡았다. 뭔가 감지한 매발톱은 다짜고짜 꽃다지의 팔목을 잡았다.

"들어…… 섰느냐?"

꽃다지의 얼굴도 발그스름해졌지만, 매발톱의 얼굴도 그랬다.

"몇…… 번째냐?"

꽃다지는 세 개의 손가락을 매발톱의 손바닥 위에다 얹었다.

"이번엔 몸을…… 잘…… 놀려라. 무거운 것…… 들지 말고, 뛰지…… 말고……."

꽃다지는 매발톱의 오른손을 잡았다.

"그리매도…… 알고…… 있느냐?"

꽃다지는 잠시 망설이다가 매발톱의 왼손을 잡았다. 순간 매발톱의 얼굴이 펴졌다. 그녀는 빙그레 웃으며 말을 차분히, 마디마디 힘을 줘가며 길게 늘어놓았다.

"늘 그렇듯…… 그가…… 올 녘이면…… 범 소리에…… 잠을 못 이룬다. 마땅히…… 귓속에서…… 들려오는…… 소리다. 곧…… 죽은 나무처럼…… 말라갈 것이라…… 했다. 더는…… 큰어미 구실을…… 못한다. 네가…… 큰어미다."

꽃다지는 화들짝 놀랐다. 화덕 곁 솔나리를 손짓으로 불렀다. 솔나리는 장작 몇 개를 던져 놓곤 황급히 꽃다지에게로 다가왔다.

"어찌된 일이냐. 내가 큰어미라니?"

솔나리는 먼저 매발톱의 두 손을 잡았다. 길어질 침묵을 예고함이었다. 매발톱은 기다리겠노라고 고개를 끄떡였다.

"어찌 된 일이냐?"

꽃다지의 둥근 눈이 더욱 둥글어졌다.

"큰어미가 좋지 않다."

"이미 알고 있다. 근데 내가 왜 큰어미가 되어야 하느냐?"

"온 마을이 바란다."

"온 마을이?"

꽃다지는 못 믿겠다는 듯 눈을 치켜올렸다. 치켜진 눈 역시 둥글어 보였다.

"그래, 온 마을이……."

"그걸 어떻게 믿을 수 있나?"

"모든 사람이 그랬다. 네가 큰어미가 되어야 한다고……"

사전에 매발톱은 솔나리를 시켜 아낙들에게 다음과 같이 묻도록 했다. 꽃다지와 얼레지 중 누가 큰어미가 되었으면 좋겠냐? 얼레지의 이름만 듣고선 다들 고개를 흔들었다. 하필이면 왜 두 사람 중에서 큰어미가 나와야 하느냐 반문하는 사람은 없었다.

"손을 다오."

매발톱의 말에 꽃다지는 오른손을 내밀었다.

"그 옛날…… 큰어미 뻐꾹나리 얘기다. 이렇게 손을 잡곤 말했다. '이제 온 마을의 어미다. 네 배 속 아이뿐 아니라…… 온 마을 아낙들의 배 속 아이들까지, 아니, 배 밖의 아이들…… 다 큰 사내, 계집, 늙은이들까지……, 아니 들닭, 들개, 꿩, 늑대, 멧돼지…… 숨 달린 모든 것들의…… 어미다.' 그 옛날 나도 너처럼…… 가만히 있었다. 좋다 싫다 말 못 했다."

꽃다지는 막막해했다. 언제 떨어져 나갈지 모르는, 허물거리는 배 속 아이의 어미조차 되기 힘든데, 온 천지 우수마발의 어미라니, 자신도 없었을뿐더러, 그러고 싶지도 않았다.

"크게 잘 어울리려면 둥글어야 한다. 둥근 것들은…… 제 살을 떼 내주고서야 둥글 수 있었다. 그럴 만한…… 아낙이라곤…… 너밖에 없다. 눈과 귀는 열려 있어야 하고, 입은 열린 듯 닫혀 있어야……한다. 너에게 그 옛날 뻐꾹나리로부터…… 익힌 걸…… 가르친다."

223

매발톱은 짬도 주지 않고 말을 이어나갔다. 꽃다지는 사이사이 한숨을 쉬며 솔나리에게 아니야, 이건 아니야, 머리를 흔들어 보였다. 하지만 솔나리 역시 매발톱의 말을 끊질 못했다. 매발톱은 푸성귀를 따고 토기를 만들고 실을 뽑고 베를 짜는 등 마을의 살림살이에 관한 이야기부터 늘어놓았다. 좌불안석인 꽃다지는 그녀의 말을 귀담아들을 수가 없었다. 마을 사람들 이야기로 넘어가, 한 사람, 한 사람, 그들의 성격과 사람 됨됨이에 관한 이야기를 하던 중, 갑자기 큰주먹이 싫으냐? 하고 물어왔다. 꽃다지는 자신의 귀를 의심했다. 솔나리에게 되물었다. 솔나리는 매발톱이 한 말을 천연덕스럽게도 잘 따라 했다. 큰주먹이 싫으냐? 꽃다지는 머릿속이 하얘짐을 느꼈다. 손발이 얼음처럼 차가워졌다. 그런 꽃다지를 지켜보던 솔나리는 얼떨결에 매발톱의 오른손을 잡았다.

"너에게…… 묻지…… 않았다."

솔나리는 얼른 손을 거둔 뒤 꽃다지 손을 잡곤 매발톱의 오른손으로 가져갔다.

"둘에게…… 묻지…… 않았다."

솔나리는 꽃다지더러 매발톱의 오른손을 잡으라고 했다. 꽃다지는 솔나리가 시키는 대로 매발톱의 오른손을 잡았다.

"죽은 나뭇가지를…… 올린 듯하구나. 피가 도는…… 손을 올리도록…… 해라."

꽃다지는 어찌할 바를 몰랐다. 화덕 위에 손을 놓고 비볐다. 손

224

은 여간해서 따뜻해지지 않았다. 꽃다지는 그만 움집을 빠져나가려 했다.

"솔나리야……, 꽃다지가…… 멀어진다. 어찌 된…… 일이냐."

매발톱은 냄새로 누구인지 알았으며, 멀어져 가고 가까워져 옴도 눈치챘다. 그 말에 꽃다지가 돌아왔다.

"나도…… 안다. 네가 큰주먹을 싫어한다는 걸. 하지만…… 큰주먹은 네가 그 애를 싫어하는 것보다…… 몇 곱 너를 좋아한다. 큰주먹을…… 좋아해라. 큰주먹을 사랑……."

꽃다지는 매발톱의 말이 끝나기도 전에 그녀의 왼손을 잡았다.

"그럴 순 없습니다. 그리매가 좋습니다. 큰주먹은 싫습니다!"

꽃다지의 손이 갑자기 뜨겁게 느껴져, 매발톱은 깜짝 놀랐다. 솔나리는 꽃다지의 격정을 가라앉힐 짬을 벌기 위해 매발톱의 두 손을 잡았다. 하지만 꽃다지는 다시 한번 매발톱의 왼손을 잡았다. 매발톱의 몸이 축 늘어졌다. 겨우 말을 이어나갔다.

"어쨌든…… 여기 머물러라……. 내가 이 바리들처럼 굳을 때까지……."

다시 한번 꽃다지가 매발톱의 왼손을 잡으려는 순간이었다. 거북뜸을 다녀온 여우주둥이가 헐레벌떡 뛰어 들어왔다. 그는 먼저 매발톱의 손을 잡고 인사한 뒤 곧바로 솔나리에게 큰주먹에 관한 이야기를 풀어냈다. 너무나 놀란 꽃다지와 솔나리는 서로의 손을 잡았다. 매발톱에게 그 이야기를 어떻게 전하나, 고민하던 솔나리는 생각 끝에 아홉 번째 바리에다 매발톱의 왼손을 가져갔다. 그리곤 다시 첫 번째 바리로 옮겨간 뒤 그녀의 손등을 딱, 하고 쳤다.

"작이…… 큰주먹을…… 쳤느냐?"

솔나리는 그녀의 오른손을 잡았다. 순간, 매발톱의 얼굴이 새파랗게 변했다.

"큰주먹이…… 죽었느냐?"

솔나리는 그녀의 왼손을 잡고선 맨 앞의 깨진 바리 위에다 올렸다.

"당골레?"

솔나리는 그녀의 왼손을 잡았다.

"많이…… 다쳤구나. 그래……, 내 아가는…… 지금 어디에…… 있느냐?"

솔나리는 세 번째 바리에다 그녀의 오른손을 올렸다.

"그리매와…… 함께 있다고? 잘…… 됐구나. 내가…… 내려오라 할 때까지…… 거기 머물라 해라. 꽃다지야……, 넌 여기…… 머물러라."

꽃다지는 매발톱의 오른손을 잡을 수밖에 없었다.

3

하나가 멀리 있는 하나를 바라보는 형상이었다.
하지만 멀리 있는 하나는 가까이 있는
또 다른 하나의 가슴속에 영원히 남을 것이었다.
그리움이란 그처럼 멀리 있는 것을
가까이 두는 일임을 깨달았다.

고래 고기

산야에는 파릇하니 풀들이 돋았지만 사람들의 얼굴에는 핏기가 없었다. 다른 해와는 달리 겨우내 움집 밖으로 꺼내는 주검이 여름에 출산될 새 생명보다 많을 듯했다. 뻐덕뻐덕한 송장들로 조개무지가 불룩했으며, 시체 썩는 냄새로 들꽃 향기가 쇠했다. 하나둘, 대여섯이 작, 탁의 움집 앞에서 웅성댔다. 눈치 빠른 작은 하나씩 불러들여, 육포 한 편씩 사타구니에 끼워주었다. 목소리가 큰 치에게는 세 편까지 주었다. 씹고 있는 동안은 조용했지만 하루가 멀다 하고 다시 손을 벌리거나 깽판을 쳤다. 굶어 죽으나 찔려 죽으나 매일반이니 돌칼, 돌창도 무서워하지 않았다. 위기를 느낀 작은 비책이 필요함을 느꼈다.

"버금의 뜻은 어떠한가?"

마름은커녕 알미도 거치지 않은 채 버금이 된 가람돼지는 무조건 좋다고 했다. 곧장 버금이 된 데는 작의 여자이며 가람돼지의 어미인 개여뀌의 입김이 작용했다.

230

"마름의 뜻은 어떠한가?"

마구창잡이에서 마름이 된 뱀대가리 역시 좋다고 했다. 작은 늑대귀에게는 묻지도 않았다. 버금은 아니어도 마름은 될 줄 알았던 그는 한 주먹 튀어나온 입으로 묻지도 않았건만 답했다.

"사슴이나 멧돼지 잡는 것도 아니고……, 움집보다 큰, 그것도 아직은 큰얼로 여기는 이들이 많은데……, 온 마을의 뜻을 모아야 하지 않겠소?"

작이 헛기침을 하자, 탁, 뱀대가리, 가람돼지 모두 늑대귀를 질타했다. 그날의 누리마루는 작의 헛기침 몇 번과 뒤따른 수하들의 몇 마디 말이 있고는 닫혔다.

그리매와 큰주먹, 족제비눈은 거북 등짝 같은 메 꼭지에서 강구 쪽을 향해 내려가는 통나무배의 행렬을 볼 수가 있었다. 그들은 무엇을 위한 배들인지 잘 알고 있었다. 배들은 솔잎처럼 가늘어지더니 시야에서 사라져버렸다. 그리매는 암벽 쪽으로 눈을 돌렸다. 거기엔 바위새김으로서 그의 처녀작 격인 암고래 한 마리와 그 등 위에 올라타고 있는 새끼 고래 한 마리가 새겨져 있었다. 큰얼, 사냥감, 맛있고도 많은 고기, 하늘이 내릴 벌, 호기심 등으로 심란했다.

배는 합이 스물이었으며, 한 배에 여섯이 탔으니 마을의 팔다리 성한 사내들은 죄다 바다 위에 떠 있는 셈이었다. 바다는 잔파도로 인해 수많은 새가 모이를 쪼아대는 들판처럼 보였다. 작이 진두

지휘를 했다. 가람돼지가 맨 뒤편에 섰다. 당골레 탁까지 나섰으니, 누리마루 치들이 총출동한 셈이었다.

멀리 나아갈 필요도 없었다. 정어리 떼와 오징어 떼가 지나가고 이내 고래 무리가 나타났다. 긴수염고래인 쇠정어리고래(밍크고래)였으며, 네댓 사람 길이에 열댓 사람 무게는 될 성싶었다. 가슴지느러미 절반은 곱돌을 갈아 놓은 듯 흰색이었으며, 나머지 절반은 석묵을 입혀 놓은 듯 검은색이었다. 지느러미 바깥쪽에는 흰 띠가 둘러져 있었으며, 목 주위에는 수십 개의 세로 주름이 나 있었다. 아래위 턱과 몸통 윗부분은 검회색이었지만 배 부분은 젖빛 회색이어서, 수평선 위로 떠오를 때면 유난히 두 부분이 대비되었다. 쇠정어리고래들은 사람들의 시선에도 아랑곳하지 않고 오징어들을 집어삼키곤 수면 위로 떠올라 물을 뿜어댔다. 기껏 큰 고기라 해봐야 어쩌다 그물에 걸리는 몸치다래, 물치다래와, 돌창을 쥐고 바다로 내려가 팔방을 찍다 보면 운 좋게 걸려드는 농어, 방어, 넙치 등이 고작이었는바, 그것들보다 수천 배나 큰 고래 앞에서 그들은 어쩔 줄 몰라 했다. 멧돼지 앞에서 보이던 용맹은 사라지고 없었다. 그들의 반은 돌창, 그물, 활을 들고선 멍하니 바라만 봤으며, 나머지 반은 해의 신, 달의 신 앞에서처럼 엎드렸다. 작은 활 쏘고 창 던져, 소리쳤지만, 그의 목소리는 이내 고래들의 울음과 분기공에서 뿜어져 나오는 증기 소리에 묻혀버렸다. 마침내 작은 그중 만만해 보이는 놈을 향해 창을 던졌다. 창은 곧바로 고래 등 위에 꽂힐 듯 말

듯하다가, 거꾸로 처박혔다. 돌팔매질한 것보다 못하게 되자, 여우주둥이는 보란 듯 배로부터 가장 가까이 있는 놈을 향해 창을 날렸다. 창은 보기 좋게 등짝 중앙에 꽂혀, 창수대장의 체면을 살려주었다. 순간 와! 하는 환성이 고래 울음을 덮었다. 여우주둥이는 때를 놓치지 않고 창을 던져라, 활을 쏘아라, 외쳤다. 창과 화살들이 날아들었다. 몇 메의 까마귀밥 열매를 짓이겨 놓은 듯, 주위 바다는 붉었다. 와중에도 탁은 생뚱맞게 '오메, 세오디 서노바살'을 외치며 무릎을 꿇었다. 그 광경을 지켜보던 몇몇 창잡이, 활잡이들이 그를 따라 무릎을 꿇었다. 이런 얼음을 묻을 사슴 새끼들, 얼른 일어나 창 던지고 활 쏘지 못할까! 작의 고함에 소스라치게 놀란 그들은 벌떡 일어났다. 눈치를 보고 있던 가람돼지가 즉각 말을 보탰다. 버금으로서 말한다. 고래의 고깃살은 멧돼지 가브리살, 사슴의 안창살보다도 더 맛있다. 질세라, 뱀대가리 또한 말을 보탰다. 마름으로서 말한다. 기름은 또 얼마나 고소한가. 한 마리면 온 마을의 배가 불러진다. 알리미 늑대귀만이 멀미를 하는 양 조용했다.

고래의 가슴지느러미 곁으로 흐린 날 화덕 연기처럼 피가 풀어졌다. 통나무배로 따라가는 데는 한계가 있었다. 더 열린 바다로 나아간다면 허사가 될 판이었다. 죽을힘으로 노를 저었지만 사냥감과의 거리는 갈수록 멀어졌다. 손바닥에 물집이 생기고 팔이 뻣뻣해질 때쯤, 피를 너무 흘린 탓인지 갑자기 고래가 멈췄다. 제자리에서 높이뛰기를 했는바, 거대한 뭔가가 녀석을 치받아 올리고 있는 듯 보였다. 청상아리 떼였다.

포식자 간에 먹이를 놓고 싸움이 벌어졌다. 작은 청상아리들을 공격하라 했다. 화살이 날아들고 창이 던져졌다. 몸에 화살과 창을 꽂고서도 상어들은 먹잇감에서 떨어지지 않았다. 이런 얼음을 문을……, 우리가 잡은 사냥감을 빼앗길 순 없다. 겁먹지 마라. 저건 사슴보다 못한 짐승이다! 다급해진 작은 물에 뛰어들라 명령했다. 정말 그의 말을 믿어서인지, 미끄러져서인지, 얼떨결에 창잡이 하나가 떨어졌다. 허우적대며 다시 배에 오르려는 걸 보면 왜 떨어졌는지 알 수가 있었다. 작은 창으로 그의 가슴을 찌르려 했다. 할 수 없이 돌아서는 그의 머리를 청상아리 한 마리가 덥석 물었다. 머리 없는 몸통이 버둥거렸다. 또 한 마리는 다리를 물었다. 그의 몸통은 그렇게 줄어들었으며, 마지막 남은 팔 하나는 그중에서도 왕초 같은 놈이 집어삼켰다.

넘쳐 나는 먹잇감들을 눈앞에 둔 청상아리들은 초 흥분 상태였다. 뱃머리를 돌려 달아나려 했지만 통나무배는 여간해서 돌려지지 않았다. 청상아리들은 배들을 뒤집기 시작했다. 마음껏 먹잇감들을 공격했다. 뼈까지 와작 씹히는 소리가 들려왔다. 파도도 슬피 울었다. 파도의 울부짖음마저 청상아리들은 삼켜버렸다. 그때였다. 갑자기 바다 한편에서 우레 같은 소리가 들려왔다. 그 소리는 네 사람 키 높이로 뛰어선 벌러덩, 뱃가죽으로 수면을 때리는 또 다른 고래 소리였으며, 꼬리에 힘을 뺀 채 수면 위로 올렸다가 내리치는

일명 '꼬리 때리기' 소리까지 들려왔다. 날아오르는 바다오리를 잡아먹는다 해서 바다독수리, 혹등고래 등 초대형 고래까지 잡아먹는다고 해서 바다 늑대라 불리는 범고래 떼였다. 청상아리들만 해도 끝이라 생각했는데, 이제 범고래 떼까지…… 그래, 마음껏 뜯어먹어라. 작의 무리는 마침내 포기했다.

갑자기 청상아리들의 공격이 멈췄다. 아니, 달아나기 시작했다. 범고래 떼가 달아나려는 녀석들을 에워쌌다. 겁에 질린 청상아리들은 거대한 그물에 갇힌 양 한 자리만을 맴돌았다. 한 마리씩 공중으로 떠올려지고, 바로 두 동강이가 났다. 한입이었다. 그건 피조물의 이빨이 아니라 조물주의 것이었다. 고래들은 한입에 청상아리들을 먹어 치웠다. 작의 무리는 넋을 잃고 바라봤다. 다음 차례는 그들일 거로 생각한 나머지, 배 바닥에 엎드려 누가 먼저라 할 것 없이 '오메, 세오디 서노바살'을 외쳤다.

잠시 후 범고래들은 식사를 끝냈다는 표시로 꼬리 때리기를 한 뒤, 유유히 사라졌다. 분기공에서 뿜어지는 핏물 줄기가 서녘 햇살에 동백꽃 다발처럼 보였다.

열네 척의 배와 배꾼들이 살아남았다. 다들 범고래 떼가 가물가물해질 때까지 머리를 들지 못했다. 팥죽색 수평선 너머 너덜해진 시체들 사이로 토막 난 쇠정어리고래가 떠다녔다. 그걸 본 작이 외쳤다. 잡았다!

노로써 수초를 걷어 내듯 시체들을 밀치곤 고래의 꼬리에다 밧줄을 건 뒤, 열 척의 배에다 묶었다. 서른여섯의 사람을 반 마리 고래와 바꾼 셈이었다. 다리병신, 팔 병신, 허리 병신이 된 치들까지 합하면 거의 쉰 사람과 바꾼 셈이었다. 아무튼 살아남은 자들은 실로 오랜만에 포식할 수 있었다. 고깃살은 멧돼지, 사슴, 토끼, 고라니, 뱀, 오소리, 너구리…… 하늘 아래 모든 짐승 고기 맛을 다 지닌 듯했다. 하지만 한 점 한 점 뜯을 때마다 참혹히 죽어간 형제들의 얼굴이 떠올라 가슴 아파했다. 큰얼임에 틀림없어……. 고래의 위용을 실감한 탁은 고깃살 앞에서 중얼거렸다. 이내 고소한 냄새를 못 이기곤 돌칼을 들었다. 도려낸 고깃살에다 입을 대곤 속삭였다. 그대의 목숨을 앗은 건 저희가 아니라 돌구멍 속 못난 곰치라오……. 그는 언제부터 작의 헛기침 없이도 거짓말을 곧잘 했다.

❀

"손목으로 당기지 말고, 팔꿈치와 팔꿈치를 오른쪽, 왼쪽으로 밀어젖히는…… 그래, 좋아…… 쏴!"

화살이 토끼 가죽 가장자리에 겨우 꽂혔다. 그리매가 고개를 갸우뚱거리자 족제비눈은 선생답게 관엄한 목소리를 냈다.

"화살을 놓을 때 손가락을 펴지 마!"

화살촉은 몽돌을 조각내 바투바투 갈아 만든 것이었다.

"무릎에 힘 빼."

족제비눈은 뻣뻣하게 서 있는 그리매를 보며 말했다.

"팔꿈치 높이고, 어깨는 낮추고…… 그래 됐어, 쏴!"

이번엔 소나무 가지에 걸려 있는 토끼 가죽 한복판에 꽂혔다. 큰주먹이 와! 소릴 질렀다. 삽까지 꽂힌 화살을 보며 짖었다.

"네가 으뜸 해야겠다. 나보다 활까지 잘 쏘니."

그리매는 큰주먹의 말에 대꾸하지 않았다. 휘파람으로 삽을 불렀다. 그리매의 휘파람은 날카로워 멀리 갔다. 낮에는 강구천변 갈매기들을 모았으며, 밤에는 골짜기 늑대들까지 울게 만들었다.

"왜, 으뜸이 되기 싫으냐?"

그리매는 조개무지에 깨진 바리 던지듯 말을 뱉었다. 큰주먹은 삽의 머리를 쓰다듬으며 그 답지 않게 말을 아꼈다.

"멧돼지 가브리살, 사슴피, 계집…… 좋다 하더니 싫어졌나?"

큰주먹의 얼굴이 붉어졌다. 그의 손길에 여전히 개는 귀를 눕힌 채 가느다란 눈매로 꼬리를 흔들었다.

"내려가라. 몸도 나았으니."

"……."

그리매의 냉랭한 말에도 큰주먹의 입은 열리지 않았다.

"나도 내……."

그리매 또한 말을 하려다 말았다.

"네 뭐?"

끊어진 그리매의 뒷말이 궁금했는지 마침내 큰주먹의 입이 열렸다. 이번에는 그리매의 얼굴이 붉어졌다. 족제비눈이 대신 답했다.

"내 사랑."

"내 사랑?"

잠시 생각하던 큰주먹의 얼굴이 숯불처럼 뜨거워졌다. 어깨에서 힘이 쑤욱 빠지는 게 보였다.

"그래, 내 사랑. 너 때문에 꽃다지가 못 오고 있다. 내려가라!"

그 말을 들은 큰주먹은 주먹을 불끈 쥐었다. 육손으로 뭔가를 치려했지만 그리매는 저만치 가고 있었다. 삽이 쫄랑쫄랑 그의 뒤를 따랐다. 큰주먹은 주먹으로 느티나무를 쳤다. 쩍쩍, 호로록호로록…… 수도 없이 새가 날아올랐다. 그만큼 큰 나무였으며, 그만큼 큰 주먹이었다.

동굴로 돌아와 보니 여우주둥이가 와 있었다. 족제비눈과 여우주둥이는 부둥켜안았다. 단이 여우주둥이가 가지고 온 거라며 펼쳐 놓았다. 고래 고기란 걸 알고는 다들 놀라 했다. 그리매는 아무 말 없이 동굴 구석으로 갔다. 고소한 냄새를 풍기는 고기 앞에서 모두 침을 흘렸지만 그리매의 눈치를 보느라 쉽게 손을 뻗질 못했다. 그리매는 사슴 가죽을 뒤집어썼다. 그와 동시에 손들이 고깃살에 뻗쳤다. 맛있게 고기를 뜯는 동안 여우주둥이는 자초지종을 이야기했다. 통나무배를 바다에서 쉬 돌리지 못해 변을 당했다는 소리에 그리매의 눈이 번쩍 떠졌다. 꽃다지 이야기가 나오자, 사슴 가죽을 벗겼다. 당분간 그녀, 거북뜸에 못 오게 될 거란 말엔, 거기에다 큰어미까지 될 거란 말엔, 정수리까지 덮었다. 물바리를 기울이던 큰주먹은 사래가 들려버렸다.

빠른발[*]

    큰볕터 쪽 활잡이 하나, 창잡이 둘이 경계를 넘어서까지 사슴을 쫓다가 작의 무리에 잡혔다. 풀어주는 대가로 멧돼지로는 서른 마리, 사슴으로는 예순 마리, 거기에다 살아 있는 입(生口)[**]이 누구냐에 따라 더 받을 수도 있었다. 근데 그 누구냐는 결국 작을 배시시 웃게 했다. 그들 중 하나가 그쪽 으뜸인 수리부리의 아들임이 밝혀졌다. 이름은 올빼미눈이며 그를 단번에 알아본 치는 물론 여우주둥이였다. 지난날 생구로 받은 수모를 생각하면 갈기갈기 찢어 죽이고 싶었지만, 그 옛날 자신처럼 손발이 칡에 묶인 채 움막 구석에 처박혀 있는 걸 본 그는 뒤로 물러서 있었다.

---

[*] 급족急足, 급한 소식을 전하는 심부름꾼을 뜻함.
[**] 포로捕虜.

신불, 배내, 삽량, 고허, 진지, 대수, 가리, 고야* 등 내륙 부족들은 빠른 발의 표시로 꿩의 깃털을 매단 사슴 가죽 벙거지를 썼다. 꼬리어귀(尾浦) 등 해안 부족들은 꿩의 깃털 대신 갈매기 깃털을 꽂았으며, 더운 날엔 벙거지 뒷부분에 잎 달린 버드나무 가지를 매달기도 했다.

마침내 꿩의 깃털을 매단 사슴 가죽 벙거지를 눌러쓴 급족 둘이 왔다. 그들은 교환 조건으로 한 사람 반(30)의 멧돼지 혹은 세 사람(60)의 사슴을 내걸었다. 작은 다섯 사람(100)의 멧돼지 혹은 반 배(200)의 사슴을 달라 했다. 기막혀하던 그들은 아무 말 없이 돌아갔다. 얼마 가지 않아 다시 급족들이 왔다. 열흘도 채 못 됐지만 작에게는 몇 얼음처럼 느껴졌다. 너무 많이 불렀나 생각했는지, 그러다가 그쪽에서 죽이든지 살리든지 마음대로 하라며 배짱을 내밀지 않을까 불안해서인지, 반이나 깎아주었다. 그 대신 이행치 않으면 살아 있는 입들을 죽은 입으로 만들겠노라고 으름장을 놓았다. 하지만 그 으름장 놓는 소리마저 불안하게 들렸다. 급족들은 다시 한 번 고개를 갸우뚱거리며 돌아갔다.

여우주둥이는 사건의 전말을 솔나리에게 일렀으며, 솔나리는 곧장 매발톱을 찾아갔다. 어떻게 설명할 방법을 몰랐다. 이리저리 온갖 바리들을 만지게 해도 알아듣질 못했다. 꽃다지가 나섰다. 매발

---

* 삽량은 지금의 양산梁山이며, 고허마을(高墟村), 진지마을(珍之村), 대수마을(大俊村), 가리마을(加利村), 고야마을(高耶村) 등은 지금의 경주(서라벌)를 이룬 마을들.

242

톱에게 빗살무늬 바리(즐문토기) 대신 무늬 없는 바리(무문토기)를 만지게 했다.

"저쪽 사람들…… 이야기…… 로구나."

꽃다지는 기뻐하며 매발톱의 오른손을 잡았다. 사슴 가죽까지 만지게 했다.

"사슴…… 사냥을 하다가…… 넘어온…… 게로구나."

꽃다지는 매발톱의 오른손을 잡았다.

"몇이나…… 되느…… 냐?"

꽃다지는 매발톱의 세 손가락을 잡았다.

"작이…… 좋아…… 하겠구나. 멧돼지가…… 한 사람하고도…… 열이나…… 들어오니."

꽃다지는 매발톱에게 두 개의 바리를 만지게 한 뒤, 다시 열 개의 손가락을 만지게 했다.

"두 사람…… 하고도…… 열?"

꽃다지는 매발톱의 오른손을 잡았다.

"그 가운데에…… 그쪽 으뜸의 핏줄이…… 있는…… 게로구나."

꽃다지는 다시 매발톱의 오른손을 잡았다. 매발톱은 고개를 가로로 저으며 말했다.

"하나로…… 이어져 있는 게 메이건만, 사냥을 하다 보면 넘어올 수도 있건만…… 크게 잘 어울리려면 그러면 안 되는데…… 몸 사려야 할 것이다. 멧돼지 한 마리를 매고 오려면…… 여섯이 있어야 하고, 사슴 한 마리를 매고 오려면 넷이 있어야 한다……. 어쨌든, 한 배 가까운 사람들이…… 넘어오게 될 것이다. 한꺼번에 바꾸질 않고…… 하나 살아 있는 입씩 바꾸도록…… 창이나 활, 칼도…… 들고 오지 못하도록…… 해야 한다."

꽃다지의 눈이 번쩍 떠졌다. 그러고 보니 마냥 좋아할 일만은 아니었다. 꽃다지는 그 어느 때보다 매발톱의 오른손을 굳게 잡았다. 매발톱은 빙그레 웃으며 말을 이어나갔다.

"지난밤 당골레가 다녀갔다……. 무덤덤한 얼굴로 말했다. '사람들이 찾아와 큰어미를 찾거든…… 꼭지 샘물터로 보내라.' 이게 무슨 말일까…… 곰곰이 헤아려봤다……. 하지만 알 길이 없다."

매발톱은 실로 오랜만에 소리 내어 웃었다. 하지만 호호거리는 게 아니라 껄껄거렸다. 꽃다지와 솔나리도 웃었지만 매발톱을 따라 웃었을 뿐이었다. 솔나리는 매발톱의 두 손을 잡은 채 꽃다지에게 말했다.

"꼭지 샘물터면 범들이 우글대는 곳인데, 어째서?"

"알 수 없는 일이다. 큰어미 말을 좀 더 들어보자꾸나."

솔나리는 매발톱의 오른손을 잡았다.

"솔나리야……, 누가…… 큰어미냐?"

솔나리는 매발톱의 오른손 등을 쓰다듬었다. 매발톱은 정색을 하며 말했다.

"난…… 이제 큰어미가…… 아니라고 하지 않았느냐……. 큰어미가…… 누구냐?"

그제야 솔나리는 두 번째 바리에다 매발톱의 오른손을 얹었다. 매발톱은 미소 지었다. 묵은 씨감자처럼 쪼그라든 그녀의 얼굴이 잠시 동그랗게 펴졌다.

"꽃다지야……. 큰어미는 온 마을의 어미다. 큰 으뜸 찬 이래 으뜸의 여인이…… 큰어미가 되어 왔다. 하지만 더 옛날에는 그렇지가…… 않았다. 큰어미는…… 그냥 큰어미였을 뿐 어떤 사내도…… 큰어미를 가질 수가 없었다. 아니, 큰어미가 온 마을의 사내를…… 가질 수가 있었다."

꽃다지의 얼굴이 붉어졌다. 매발톱의 왼손을 잡으려다 망설였다. 매발톱은 웃으며 손으로 허공을 저었다.

"딸아……, 네 얼굴이…… 따스하구나."

매발톱은 꽃다지의 귓불까지 만졌다. 꽃다지는 꿇은 무릎에 머리까지 내민 자세로 꿈쩍도 하지 않았다.

"네 배 속 아이는 그리매의 아이가…… 아니다, 온 마을의…… 아이다. 그 옛날 큰어미는…… 적게는 서넛……, 많게는 열 사내의 아이를 낳았다."

매발톱의 말에 꽃다지는 뒤로 물러앉았다. 얼굴을 들지 못했다.

"큰주먹도…… 그런 사내 가운데…… 하나다."

더 이상 참지 못한 꽃다지는 다가가 매발톱의 왼손을 잡았다. 매발톱은 마치 잡힌 손이 오른손인 양 능청스럽게 말을 이어나갔다.

"난…… 사내가 있어 더 외로웠다. 사내란 이랬다저랬다 하는 철부지다. 큰어미는…… 예로부터 사내에게 묶여선…… 안 된다고…… 했다. 그리매 또한…… 사내다."

이제, 꽃다지는 매발톱의 말을 듣지 않으려 했다. 솔나리가 눈치채곤 매발톱의 두 손을 잡았다.

"이제, 손잡지 않아도 돼."

솔나리의 말에 꽃다지는 고개를 들었다. 얼굴에 붉은 기가 많이 가서 있었다. 솔나리가 좀처럼 손을 놓지 않자, 매발톱이 먼저 입을 열었다.

"너네들 이야기가 길구나. 그래, 오늘은…… 이만 하자……. 하루 사이 어찌…… 묵은 마음이 바뀌겠나. 그건 그렇고 솔나리야, 내가 한 말을…… 꼭 여우주둥이에게…… 일러라. 하나 살아 있는 입씩…… 바꾸도록…… 활, 창, 칼 또한 못 지니고 오도록……."

여우주둥이는 생구에 관한 매발톱의 생각을 작에게 전했다. 작은 새삼 큰어미의 지혜에 탄복했다. 그 후 얼마 되지 않아 급족이 왔다. 작은 매발톱의 말대로 했으며 그들은 또 그렇게 하겠노라고 했다. 마침내 멧돼지 열 마리를 이고 지고 왔다. 얼마 안 가, 다시 열 마리의 멧돼지를 이고지고 왔다. 이번에는 머루, 달래, 더덕, 산도라지 등 갖은 푸성귀와 과실을 담은 부대까지 들고 와선 친구가 되자고 했다. 만일을 대비해 창, 칼, 활을 들쳐 매고 있던 큰 어울림가람 사내들은 심히 멋쩍어했다.

꽃

멧돼지 살을 발라내 육포를 만들기에 바빴다. 다들 으뜸을 칭송하기 시작했으며, 그만큼 작의 헛기침 소리도 커져 갔다.

남은 건 올빼미눈뿐이었지만, 그는 멧돼지 서른 마리에 해당하는 생구였다. 그들은 남은 멧돼지가 다섯뿐이니, 나머지는 사슴으로 가져오면 안 되겠느냐고 했다. 사슴의 수가 무려 쉰이 될 터였지만, 들떠 있던 작은 무심결에 그렇게 하라고 했다. 며칠 뒤, 어둑해질 무렵 그들은 왔으며, 그 수가 무려 이백삼십이나 됐다. 작의 무리는 그 쪽수에 당황해했지만 창, 칼, 활을 지니지 않았기에 안심했다. 작은 멧돼지와 사슴들을 누리마루 움막 한편에다 차곡차곡 쌓아두라고 명했다.

잔치가 벌어졌다. 작의 수하들은 큰 으뜸 찬 이래 최고의 으뜸이다, 그를 추켜세웠다. 다들 넘쳐나는 고깃살 앞에서 행복해한 나머지 축배를 바리째 들었다.

큰벌터 치들은 돌아가는 척, 재 너머 숨겨두었던 창과 활, 칼을 들고선 쳐들어왔다. 쉰 마리 사슴 중 절반 이상은 속에다 갈대와 솔가지 등을 넣은 가죽뿐이었고, 다섯 마리 멧돼지 안에서는 칼을 움켜쥔 일당백의 싸움꾼들이 튀어나왔다. 작의 무리는 순식간에 제압당했다. 온몸이 칡 줄기로 칭칭 감긴 채 땅바닥에 얼굴을 처박고 있는 그들에게 싸움꾼 중 하나가 물어왔다.

"으뜸은 어디 있느냐?"

작이 헛기침을 하자, 탁이 답했다.

"건너 각단하고도 거북뜸이란 곳에 있소."

그 말에 올빼미눈은 작을 손가락으로 가리키며 말했다.

"아니다. 바로 이 늙은 놈이 으뜸이다. 다들 그렇게 불렀다."

올빼미눈은 창으로 작의 가슴을 찌르려 했다. 그때 또 다른 싸움꾼 하나가 끼어들었다.

"아니다. 놈들의 으뜸은 여섯손이다."

작은 안도의 한숨을 내쉬었다. 그때 또 다른 싸움꾼 하나가 탁의 손을 들여다보며 말했다.

"이놈이네……. 하나, 둘, 셋, 넷, 여섯……. 이놈이 육손이네."

모두의 시선이 탁의 손가락에 쏠렸다. 하지만 아무리 세 봐도 그의 손가락은 다섯이었다. 놀란 탁은 한쪽 눈을 깜빡이며, 넌지시 작 몰래 손가락 끝으로 그를 가리키며 소리쳤다.

"으뜸은 육손이 아니오. 으뜸의 이름은 그리매이며, 건너 각단하고도 거북뜸에 있소."

"이런 치사한 새끼!"

올빼미눈은 탁의 머리를 창끝으로 내리친 뒤, 건너편 작의 머리카락을 말아 쥐곤 소곤거렸다.

"네 놈이 으뜸이란 걸 알고 있었다. 다시 한번 헛기침하면 목구멍을 파버릴 테다."

작은 눈을 감고선 깊이 숨을 들이마셨다. 올빼미눈은 끙끙거리는 탁을 보며 말했다.

"큰어미는 어디 있느냐?"

탁은 이마에 흐르는 피를 손으로 훔치며 반 신음으로 답했다.

"샘터…… 앞…… 쪽…… 이오."

올빼미눈은 탁의 턱을 인지로 치켜들며 속삭였다.

"눈을 깜빡이지 않는 걸 보니 정말인가 보네……. 거짓말이면 혀 뽑는다?"

탁의 손가락 사이로 삐져나온 핏방울이 바닥으로 떨어지자 퉤, 하는 소리와 함께 침이 더해졌다.

손에 창과 칼을 움켜쥔 험악한 사내 셋이 들어오자, 꽃다지와 솔나리는 놀라 하며 벽에 붙었다. 매발톱은 손을 잡으려다 마는 솔나리에게 말했다.

"뭐가 그리…… 망설일…… 일이더냐. 겨우…… 고깃살…… 몇 토막인데……."

매발톱은 솔나리에게 멧돼지 고기 몇 점을 거북뜸에 갖다 주라고 당부하는 중이었다. 그러나 이미 여우주둥이가 멧돼지 머리 하나와 사슴 내장 몇 줄을 갖다 준 뒤였다. 솔나리는 그들의 눈치를 보며 엉금엉금 기어 매발톱의 두 손을 길게 잡았다.

"고기를…… 구하기가…… 힘드냐? 나쁜 놈들……, 그렇게 많은 사슴, 멧돼지를…… 지네들끼리만…… 먹는구나."

그들 중 하나가 꽃다지와 솔나리를 번갈아 보며 물었다.

"저 늙은 것이 큰어미냐?"

솔나리는 벌벌 떨며 말을 못 했다. 꽃다지 역시 말할 수 없었지만, 표정만은 당당해 보였다. 또 다른 치가 그녀의 입술 가까이에다 입을 대곤 속삭였다. 썩은 고깃살 냄새가 번져왔다.

"예쁘다. 갖고 싶다. 아직 몇 얼음 되지 않았다."

사내는 다시 솔나리를 보며 말했다.

"저 늙은 할망구만은 큰어미가 아니었으면 좋겠다……. 둘러메기 싫다. 고얀 냄새가 날 것 같다."

그때 매발톱이 킁킁거리며 쪼글쪼글한 입을 열었다.

"메 냄새가, 멧짐승 냄새가…… 난다. 멧돼지나 사슴이…… 움집에 들어오지…… 않았느냐? 지난밤 뭣이…… 움집 벽을 들이박는지…… 내 몸이 저리도…… 흔들렸다."

매발톱의 말을 들은 그들은 껄껄 웃었다. 그중 하나가 고인 웅덩이 물에 하나둘, 돌멩이 던져 넣듯 말했다.

"보지도 듣지도 못하네. 거북보다 더 오래 산 것 같네. 근데 말하는 것 보면 입맛 없게도 이 늙은 암컷이 큰어미인 것……."

사내의 장황할 것 같던 말은 꽃다지의 한 마디에 끊겼다.

250

"내가 큰어미다."

사내들의 눈이 휘둥그레지자 솔나리가 말을 보탰다.

"꽃다지가 큰어미요."

그녀에게 매발톱이 세뇌하듯 물었던 말이었으며, 몇 번이나 답했던 말이었다.

"꽃다지란 년은 또 누구냐?"

솔나리는 손가락으로 꽃다지를 가리켰다. 그들은 껄껄거리며 웃었다. 그중 수염이 덥수룩하니 얼굴이 말처럼 생긴 사내가 말했다.

"정말 이 깨물어 뜯어먹고 싶은 암컷이 큰어미란 말이냐? 내가 이 암컷을 둘러메고 재를 넘을 것이다. 물 한 모금 마시지 않아도 목마르지 않을 것이며, 숨차지 않을 것이다."

"솔나리야……, 꽃다지야……, 이제 알았다. 사람들이…… 왔구나. 당골레가…… 말했다. 사람들이 와서…… 큰어미를 찾거든…… 꼭지 샘물터로 보내라고…… 꼭 그렇게 하라고……."

다음날 아침, 그들은 작과 꽃다지, 가람돼지를 끌고 갔다. 교환조건으로 멧돼지 한 배(400) 혹은 사슴 두 배(800)를 제시했다. 으뜸, 버금, 큰어미 값 치고는 싼 것이라며 껄껄거렸다.

❀

솔나리는 파랗게 질려 난리가 난 것처럼 말했지만, 여우주둥이

는 미운 작과 가람돼지가 잡혀갔으니 속이 시원하다고 했다. 다시 그들을 데려오기 위해 한 배의 멧돼지를 준다는 건 아무리 생각해 봐도 얼음을 묻을 일이었다. 아니, 되레 잡아가 준다면 다섯 배의 멧돼지까지 줄 것 같았는데, 잡혀갔으니 큰얼들이 도운 것이라 생각했다. 큰주먹과 그리매 역시 무척 좋아할 거로 생각한 여우주둥이는 가는 길 내내 킥킥거렸다. 하지만 거북뜸에 다가갈수록 기쁨에 슬픔이 스미기 시작했다. 꽃다지 때문이었다. 그녀의 긴 속눈썹을 젖게 만들 눈물방울들이 떠올랐다. 족제비눈과 단이 삽을 따라 나올 때까지 그는 동굴 입구에서 서성거렸다.

"빈손이야?"

돼지 머리나 사슴 등뼈 등 무겁고 큰 걸 들고 와선 끙끙거리는 줄 알고 도와주러 나왔던 족제비눈이 실망의 눈빛으로 말했다.

"오다가 홀딱 벗은 계집이라도 봤나? 얼빠져 보이네······."

뒤따라 나온 큰주먹이 여우주둥이를 살펴보며 한마디 보탰다.

"어서 와."

단은 웃으며 여우주둥이를 반겼다. 여우주둥이는 입구 바위에다 발을 문질러 흙덩일 벗겨 낸 뒤 안으로 들어갔다.

비린내가 진동했다. 뱀을 잡아먹은 모양이었다. 뱀 껍질이 길게 화덕 위에 놓여 있었다. 그리매는 인사말 대신 여우주둥이에게 손을 들어 보이곤 하던 일을 계속했다. 화덕 속에서 막 꺼낸 참돌의 색에 변화가 있었다. 군데군데 박혀 있던 푸른빛이 빠져나가고 진

녹색만을 띠었다. 참돌은 결국 불에 반응을 보인 셈이다.

"그래, 무슨…… 일이냐?"

눈치를 보던 여우주둥이는 단의 물음에 슬며시 입을 열었다. 작과 가람돼지 이야기에서는 다들 좋아했다. 큰주먹은 주먹을 허공에다 날리며 호랑이가 포효하듯 소리쳤다. 꽃다지 이야기가 나오자 큰주먹은 육손으로 벽을 쳤다. 후두둑, 박쥐 몇 마리가 날아올랐다. 그리매는 화덕에 넘치도록 장작을 던져 넣었다. 족제비눈과 단은 둘의 눈치를 보느라 어쩔 줄 몰라 했다.

"이런 얼음을 묻을 사슴 새끼들 내, 이놈들을 냉큼……."

큰주먹이 소리치며 동굴을 뛰쳐나가자 그리매가 외쳤다.

"이런 사슴 새끼! 꽃다지가 네 계집이냐?"

여우주둥이가 큰주먹을 따라 나가고, 단의 눈치를 보던 그리매는 마침내 화덕을 치며 울부짖었다. 이런 얼음을 묻을 새끼들, 내이놈들을!

혼자로는 어림없을 일이었다. 그리매와 큰주먹은 난생처음 한목소리를 냈다. 여우주둥이도 함께하고 싶어 했지만, 그쪽 사람들에게 얼굴이 알려져 곤란했다. 그 대신 늑대귀를 추가했다. 얼레지가 막무가내로 따라가겠다고 나서자 큰주먹은 좋다고 했지만, 그리매의 생각은? 그리매는 고집 센 얼레지를 말리는 일이 꽃다지를 구하는 일보다 더 어려울 것이라 여겼다. 거기에다 단 또한 낯선 곳에서 벌어질 일에 여인네 하나 정도 함께한다면 생각보다 일이 부드럽게 풀릴 수 있을 거라며 변죽을 올렸다. 얼레지의 합류가 결정되고 그녀는 그리매와 함께한다는 사실만으로도 행복해했다. 다들 밤 새워 화살촉과 돌 표창을 만들었다.

너럭바위 위에는 꽃다지의 얼굴이 수십 번 그려졌다, 지워졌다.

큰볕터

　재를 넘자 평원이 펼쳐졌다. 강구천변을 따라 멧돼지 내장처럼 굴곡진 큰어울림가람의 마을과는 달리, 그곳은 실로 사슴 통가죽처럼 펀펀하고도 촘촘했다. 그늘을 만드는 나무들도 별로 없었다. 대부분 관목이었으며, 그마저 억새나 갈대 속에 숨어 있었다. 메들은 있었지만 저 멀리 병풍 두르듯 하고 있었으니 돋을볕은 물론, 해거름 햇살도 좋을 터였다. 하여, 늘 밝았으므로 밝은터, 늘 양지발랐으므로 큰볕터(언양彦陽)라 불렸다. 작과 가람돼지에게는 낯선 풍경이 아니었지만, 꽃다지에게는 별천지였다. 석양 아래 들판은 멋대로 자라난 조와 피로 가득했다. 여인네로서, 어미로서, 큰어미로서 들판이 탐났다. 애써 뿌리지 않아도 솟을 듯 보였으며, 애써 돌보지 않아도 거둘 듯 보였다. 이곳에서는 추위로 죽진 않겠구나. 참새들이 쪼아 먹는 조, 피만 훑어 먹어도 굶진 않겠구나. 단지 큰 가람 하나만이 아쉽다……. 이리저리 끌려 내려오면서도 그녀의 눈길은 팔황에 꽂혔다. 움집들도 단단하게 보였으며 재질도 갈대, 대

256

나무, 청올치 등 각양각색이었다. 종종 큰주먹이 던지던 말이 떠올랐다. 난, 저쪽 으뜸 또한 될 테야!

들개코는 작, 가람돼지, 꽃다지가 볼모로 잡혀 왔다는 소리에 이락 어귀까지 달려왔다. 묘한 심정이었다. 그리던 고향, 그 고향에서 온 핏줄을 보는 일과 그 핏줄에게서 느낀 배신감이 함께했다. 그는 옛 친구이자 사촌뻘 되는 작을 보며 말했다.

"내가 멧돼지 열 마리보다도 못하나? 오히려 버려줘서 고맙다. 분네들 덕에 난 여기서 버금까지 될 수 있었다. 여기 버금이면 거기 으뜸보다 낫다."

작은 습관처럼 헛기침을 했지만 탁 없는 헛기침은 그냥 헛기침일 뿐이었다.

"헛기침도 물려받았군……. 아들이냐? 말라비틀어진 게 꼭 억새 같구나."

들개코는 가람돼지를 보며 말했다.

"그때는 힘들었다. 사슴 한 마리로 온 마을이 나눠 먹어야만 할 때였다. 푸성귀마저도……."

작은 그 옛날 그를 데려오지 못했던 이유를 변명조로 풀려고 했다.

"아들이 어찌 버금을 닮았나. 혹시 이 애가 그 뚱뚱하고도 땅땅하던 배불뚝이 가람돼지 아니더냐? 근데 빼빼하니, 어찌 이름과 등지게 자라버렸네……."

257

들개코는 작의 말을 끊으며 그의 아픈 곳을 찔렀다.

"참, 버금이 죽었다고 했던가? 이리저리 씨도 많이 뿌리고 갔으니, 영영 죽어버린 건 아니지. 새끼들이 이렇게 뽈뽈대며 다니니 말이야……. 큰주먹인가, 작은주먹인가, 그 사슴 놈도 결국 골공이 새끼 가운데 하나가 아닌가."

듣고 있던 가람돼지가 눈을 부라리며 소리쳤다.

"그래, 네놈이 바로 들개코란 놈이구나. 이야기는 많이 들었다. 활, 창, 칼을 잘 쓰고 사람 또한 좋다며? 근데 보니까, 아주 얼음 묻을 사슴 새끼네……."

가람돼지가 작심하고 한 말에 들개코는 그의 뾰족한 턱을 뭉떵한 손가락으로 치켜올리며 대꾸했다.

"아이구, 꼬락서니에 놈노리라고……. 근데, 얼음 묻는다는 말, 참 오랜만에 듣네. 여기선 참돌이라는 걸 묻지. 너 같은 사슴 새끼들은 꿈에서도 못 볼 값지고도 값진 돌 말이야. 근데 어찌 육손이 아니네? 나쁘진 않다. 내 쌈터 큰어울림가람이 육손으로 벅신거릴까 봐 걱정했는데……. 그래, 나, 사람 좋았다. 네놈들이 좋았던 사람을 이렇게 만들었을 뿐이다. 열 마리 멧돼지보다도 내가 못했나? 아니, 너에겐 잘못 없다. 이 모든 건 큰주먹이란 놈 때문이다. 내가 활이나 창을 조금만 더 못 쏘고, 더 못 던졌더라면 나도 내 쌈터에서 잘 고 있을 거다. 사슴 새끼, 두려웠던 거야. 나에게 으뜸자리를 빼앗길까 봐……. 나, 너에게 섭섭함이 없다. 그냥 멧돼지 새끼나

258

몇 마리 주면 좋다 하고 바꾸련다.”

들개코는 말을 끝내기 무섭게 가람돼지의 턱을 쳤다. 들개코는 다시 주먹을 들어 올렸다가, 내렸다. 아니, 뭔가에 의해 그의 주먹이 내려졌다. 그 뭔가는 꿈쩍 않고 지켜보고 있는 꽃다지의 초롱초롱한 눈망울이었다. 흠흠, 헛기침과 함께 사슴 가죽 단을 빳빳하게 내린 뒤, 그녀에게 다가갔다.

“예쁘게 자랐구나. 큰어미가 될 만하다.”

그렇게 말하는 들개코의 뺨이 붉게 물들었다. 수하들에게 그녀의 손에 묶인 칡 줄기를 풀어주라고 한 뒤, 움막을 빠져나갔다.

사내 둘, 계집 하나가 꽃다지를 데리러 왔다. 낯선 풍경이 한둘이 아니었다. 움집 몇 개 넓이의 네모난 웅덩이를 만났으며, 속에는 붕어, 잉어, 피라미, 가물치가 들어 있었다. 웅덩이의 모양새로 보나 그 속 물고기들로 보나 사람들이 만든 것이었으며, 잡아서 넣은 것이었다. 강, 바다, 계곡, 도처에서 고기를 잡을 수 있는 큰어울림가람과는 달리, 들과 메로 이루어진 그곳에서는 잡는 고기 양에 한계가 있었다. 그래서 일단 잡은 물고기들을 그 네모난 웅덩이에다 부린 뒤, 일정량이 되면 건져 먹는 것이다. 근데 그 자체로도 보기 좋았다. 묶어 놓은 통나무배처럼 꿈쩍 않는 가물치, 보기만 해도 숨 넘어갈 듯 바삐 움직이는 피라미들, 느릿느릿 한가히 풀 뜯는 사슴 같은 잉어들. 다들 넓지 않은 곳에서 저마다 아가미를 발랑거리며 지느러미를 파닥이는 걸 보면 안쓰럽기까지 했지만, 나름대로 작은 호수나 강을 만난 듯해 그녀의 눈에 곱게 들어왔다.

　길게 낸 고랑 위로 조, 피도 아닌 알곡들이 솟아나 있었으며, 사람들은 반달 모양의 돌칼로 그것들의 밑둥치를 자르고 있었다. 계천을 끼고 돌자 또 다른 알곡들이 수두룩해 궁금해하자 사내 하나, 몇 갈래를 꺾어 그녀에게 건넸다. 손가락 길이만 한 그 곡물을 반으로 가르니, 가리비 진주알만 한 연두색 알갱이 서넛이 나왔다. 조나 피가 조약돌이라면 바윗덩어리에 견줄 만했다. 몇 줄기 훑어 삼키니 이내 배가 불렀다.

　조개무지가 보이지 않았다. 대신 수북하니 쌓인 돌무지들이 있었다. 그중 움집만 한 크기의 바위 하나가 눈에 들어왔다. 땅을 파서 묘실을 만든 뒤 덮개돌로 덮고 위에다 올려놓은 것으로, 옛 으뜸의 무덤이라며 알곡 몇 줄기를 훑어준 사내가 교설했다. 샘터 앞에선 수령을 알 수 없는 거대수를 만났다. 느티나무였으며, 벌판에 우뚝 솟아 있어 훌륭한 마루지 역할을 했다. 그 나무 양쪽으로 움집들이 줄지어 있었는바, 그중에서도 보통의 것보다 두 배 크고, 모양 또한 원형이 아닌 사각의 움집 앞에 멈춰 섰다. 갈대와 청올치로 만든 것으로 발처럼 위로 걷어 올리는 문까지 달고 있었다. 문옆에는 보초인 듯 사내 둘이 어슬렁거렸으며, 하나는 멧돼지 덩치에 늑대 눈매를 한 전형적인 놈놀이였고 다른 하나는 작은 덩치에 눈 있을 자리에 실금을 그어 놓은 듯한 뱀 눈매의 사내였다. 자신도 모르게 꽃다지는 몸을 움츠렸다. 안으로 들어가니 두 계집이 있었다. 볕 좋은 곳에 살면서 생전 하늘 한번 치올려 보지 못한 듯한 얼굴을 하고 있었지만, 나름대로 몸꼴에 맞는 옷들을 걸치고 있었다. 알맞은 크기로 자른 베를 몸에 쫙 달라붙게 입은 세모꼴 계집이 꽃다지더러 옷을 벗으라고 했다. 꽃다지는 둥근 눈을 좌우로 굴리며 어리둥절해했다. 계집은 다시 옷을 벗으라고 했다. 그렇게 말하는 그녀의 얼굴에서 산 부위는 입뿐인 것 같았다. 눈도 깜빡이지 않았으며, 코도 발랑거리지 않았다. 오로지 생기다 만 듯한 작은 입만이 오므라들었다가 닫혔다. 밤낮 하는 일이 그런 것이니 그냥 시키는 대로 해라, 뭐, 그런 투였다. 꽃다지는 거부했다. 두 손으로 치맛자락을 움켜쥐곤 다가오지 말라 했다. 마름모꼴 얼굴의 계집이 키만큼 긴 머리를 흔들며 다가왔다. 백지장 같은 그 얼굴을 밤에 봤더라면 귀신이라 했을 것이다. 그녀는 다짜고짜 꽃다지의 두 팔을 잡았다. 세모꼴 계집이 다가와 치마를 벗기려 들었다. 꽃다지는 발로 그녀의 머리를 차버렸다. 뒤로 자빠진 세모꼴 계집은 오뚝이처럼 일어나, 다시 치마를 벗기려 들었다. 꽃다지는 몸을 잡고 있는 마름모꼴 계집의 팔목을 물어버렸다. 마름모꼴 계집은 물린 부위를 입으로 불며 오아우! 소릴 질렀다. 사내 하나가 문을 걸어 올리곤 들어왔다. 사내는 곧장 꽃다지에게 다가가 그녀의 치마를 잡아당겼다. 새파랗게 질린 꽃다지가 내려진 치마를 추어올리며 벽으로 가 붙자, 그는 한 손으로 그녀의 가슴을 누른 채 다시 치마를 내리려 했다. 손을 물려고 이리저리 얼굴을 돌려봐도 입이 닿지 않자, 꽃다지는 사내의 얼굴에다 침을 뱉었다. 사내는 눈에 불을 켜곤 주먹으로 꽃다지의 젖가슴을 쳤다. 숨이 막혀 헉헉거렸다. 다시 사내가 넓적하고도 큰 손으로 뺨을 후려치니 그녀의 얼굴, 거의 뒤꼭지까지 돌아갔다. 나, 꽃다지, 큰어울림가람의 큰어미! 맞으면서도 그녀는 소리쳤다. 사내는 치마를 벗겨 벽 쪽으로 집어 던진 뒤, 껄껄 웃으며 마음껏 팼다. 마침내 세모꼴 계집이 그만하라며 손을 들었다. 사내는 아랫도리가 벗겨진 꽃다지의 가랑이에 눈길을 둔 채, 꼴깍 침을 삼키며 뒷걸음질 쳤다.

계집들은 꽃다지의 아랫도리를 살폈다. 세모꼴 계집이 코를 가져가 냄새를 맡으며 말했다.

"달거리 한 지 한참 됐나 보다."

"그럼, 곧 하는 거 아닌가?"

마름모꼴 계집이 째진 눈을 치켜 올리며 꽃다지에게 물었다.

"새끼 가졌나?"

꽃다지의 눈에서 눈물이 내렸다.

세모꼴 계집은 다시 그곳에다 코를 가져갔다. 임신을 냄새로 알 수 있다는 듯 킁킁거렸다. 꽃다지는 늘어져버렸다. 온몸이 칡 줄기에 묶인 채 그 높은 재를 넘었으니, 거기에다 멧돼지 같은 사내에게 흠씬 두들겨 맞았으니, 그렇지 않다고 하면 이상할 것이었다.

"음, 됐어. 새끼도, 달거리도 없다."

세모꼴 계집은 꽃다지의 몸을 훑더니 벽 쪽으로 갔다. 옷을 꺼내 던져주며 입으라 했다. 칡베였으며 이음새가 촘촘하니 예사 바느질이 아니었다. 마름모꼴 계집은 화덕 옆구리 쪽에서 조개껍데기를 간 것인지, 곱돌을 간 것인지, 흰 분말이 든 바리를 꺼냈다. 꽃다지의 얼굴에다 허옇게 칠한 뒤 손가락 끝으로 부드럽게 문질렀다. 그때 밖에서 소리가 들렸다. 누군가 안으로 들어올 기세였지만, 보초를 서고 있는 두 사내가 고분고분한 걸 보면 움집의 주인일지도 몰랐다. 두 계집은 그가 누구라는 걸 안다는 양, 덧옷 매무새를 고치곤 머리를 조아렸다. 하지만 머리를 채 펴기도 전에 냄새로, 그녀들이 기다리고 있던 치가 아니란 걸 눈치챘다.

"다들 나가라."

올빼미눈은 두 계집에게 명령조로 말했다.

"안 들리나? 귓구멍 없나?"

올빼미눈은 충혈된 눈을 부라리며 그녀들을 향해 소리쳤다. 세모꼴 계집이 조심스럽게 말했다.

"으뜸어른께서 아시면……."

"내가 이 암컷을 어떻게 하겠다는 거냐. 잠시 물어볼 말이 있을 뿐이다. 나가 있어!"

올빼미눈은 화덕 옆에 세워둔 막대기를 들고 치는 시늉을 했다. 두 계집은 머리를 조아리며 빠져나갔다. 올빼미눈은 빙그레 웃으며 꽃다지를 살폈다. 머리에서부터 발끝까지 마치 사냥한 암사슴의 크기를 재듯, 그녀의 몸을 훑었다.

"재를 넘으며 내내 너를 봤다. 곱다. 곱다 하는 소리 못 들었나? 산새들이 하도 부리를 놀려서, 시끄러워서 못 들었나? 새 지저귐보다 내 가슴 뛰는 소리가 더 크게 들리지 않더냐?"

올빼미눈은 거친 호흡으로 말을 이었다.

"예쁘다. 여태 너 같은 암컷을 본 적이 없다. 난 이곳 다음이다. 넌 자랑스러운 이 큰벌터의 으뜸아낙이 될 수 있다."

다음이란 말이 꽃다지의 귀에 들어왔다. 그곳에서는 으뜸의 장자가 으뜸자리를 대물림받았다. 다음이란 으뜸을 이을 자를 일컫는 말로, 그 면에서 마냥 이인자에 불과한 버금과 달랐다.

올빼미눈은 꽃다지의 팔을 붙잡은 채 말했다.

"짬이 없다. 얼른 벗어라."

꽃다지가 그의 손을 뿌리치자, 그는 다짜고짜 옷을 벗기려 들었다. 꽃다지는 두 손을 세워 손톱으로 할퀴는 시늉을 했다. 올빼미눈은 그런 꽃다지가 귀여운지, 깔깔 웃었다. 올빼미눈은 다가가 꽃다지의 얼굴을 잡고선 이마, 볼, 입술을 깨물듯 빨았다. 꽃다지가 머리를 흔들며 버티자, 입을 닦으며 말했다.

"등걸처럼 가만있어! 이런 쌔가리를 씹을, 곱돌 가루는 왜 처발라 놓았나. 늙은이 입맛하고는……."

이번에는 웃옷을 잡고 찢을 듯 벗겼다. 꽃다지가 이리저리 몸을 비틀며 반항하자, 주먹으로 그녀의 아랫배를 쳤다.

"등걸처럼 가만있으라 했다! 이런 쌔가리를 씹을, 어차피 벗길 옷을 왜 입혀 놓았나. 늙은이 눈맛하고는……"

올빼미눈은 옷섶을 바투 잡은 그녀의 손가락을 두 손으로 벌렸다. 젖가슴을 주먹으로 잡았다. 꽃다지의 입이 벌어졌다. 올빼미눈은 한 손을 치마 속으로 집어넣으려 했다.

"내가 벗는다. 부끄럽다. 사람들을 물려라."

꽃다지는 아주 낮은 목소리를 냈다. 웃으며 밖으로 나간 올빼미눈은 뭐라고 소릴 질렀다.

꽃다지는 웃옷을 벗었다. 올빼미눈의 눈이 점점 커졌다. 두 계집이 입혀 놓은 칡베치마는 몸에 찰싹 붙는 만큼 벗기도 힘들었다. 올빼미눈은 자기가 벗겨주겠노라고 했다. 그녀는 그가 칡베치마를 벗기는 동안 게걸음 치듯 사슴가죽치마가 놓인 벽 쪽으로 갔다. 손이 닿을 때쯤, 올빼미눈은 치마를 그녀의 다리로부터 빼내고 있었다. 이제 그가 벗을 차례였다. 올빼미눈은 사슴 가죽을 찢듯 벗어던지곤 그녀의 몸 위로 올라탔다. 꽃다지는 한 손으로 사슴가죽치마 안쪽을 뒤져 쌈지 속 돌송곳을 꺼내려 했다. 올빼미눈이 몸을 비트는 바람에 공교롭게도 그의 한쪽 무릎에 치마가 깔려, 손을 집어넣을 수가 없었다. 올빼미눈은 침을 흘리며 그녀의 눈, 코, 입을 빨았다. 올빼미눈이 목덜미를 빨 때쯤 그녀는 치마 바깥쪽이긴 하지만 돌송곳을 잡을 수가 있었다. 치마를 찢어 꺼내야 하는 게 문

265

제였다. 사슴가죽치마는 호락호락하지 않았다. 올빼미눈은 서두르기 시작했다. 뜨거운 혓바닥이 젖가슴을 핥곤 배꼽 아래로 내려왔다. 그녀는 그리매를 떠올렸다. 안 돼, 힘내라 꽃다지! 있는 힘을 다해 사슴 가죽을 후벼 팠다. 올빼미눈은 본격적으로 시작하려 들었다. 돌송곳 못지않게 딱딱한 그것이 그녀의 가랑이를 스쳐 갈 때쯤, 뾰족한 돌송곳 끄트머리가 그녀의 손가락 지문 부위를 찔렀다. 있는 힘을 다해 돌송곳을 당겼지만 두툼한 돌송곳의 손잡이 부분은 빠져나올 줄을 몰랐다. 이리저리 몸을 비틀어 시간을 벌고자 했다. 올빼미눈은 그녀를 꼼짝 못 하게 하려고 다리를 모아서 허벅지에 힘을 줬다. 그때 그의 무릎으로부터 치맛자락이 빠져나왔다. 때를 놓치지 않고 손을 집어넣어 돌송곳을 꺼냈다. 찍고 또 찍었다. 아악, 아악, 비명이 터져 나오고, 아으, 아으, 그녀의 시늉 교성이 비명을 덮었다. 밖에서는 킥킥 소리가 났다. 숨어 엿듣던 사내들과 계집들은 쌍쌍이 샘터를 지나 콩밭으로, 느티나무 쪽으로 갔다. 밖으로 나와 보니 아무도 없었다. 뒤가 마려워 잠시 나왔노라, 거짓말할 필요도 없었다.

배가 고프고 목이 말랐지만 달아나야겠다는 생각뿐이었다. 어두웠지만 반쪽보다 큰 달이었기에 조심해야만 했다. 돌무지를 지나 콩밭을 우회한 뒤, 숨차게 달려 평원에 들어설 수 있었다. 살았다 싶었지만 시작일 뿐이었다. 멀리 험하고도 높은 메들이 시커멓게 웅크리고 있었다.

오르기 시작했다. 힘들어 쉬었다 가려는데, 씩씩거리는 소리가 들렸다. 멧돼지였다. 진흙탕에서 목욕 중인가 했지만 멧돼지는 제자리를 맴돌며 안절부절못했다. 퉁퉁 부은 젖통을 흔들고 있었으며, 곁에는 새끼 한 마리가 붙어 있었다. 꽃다지는 뒤로 물러났다. 물러나자, 보이지 않던 것들이 보였다. 양쪽으로 상수리나무 몇 그루와 그 아래 산토끼 두 배만 한 크기의 목이 노란 담비들이 눈에 들어왔다. 대여섯 마리 정도 됐으며 흩어져 있었지만 다들 머리만은 같은 방향에다 두고 있었다. 꽃다지는 나아갈 엄두가 나지 않아 상황을 지켜보기로 했다. 바람이 불어 나뭇잎 몇 개 떨어지자 담비한 마리 날다시피 해, 어미 멧돼지의 눈을 물어버렸다. 다른 방향에서 또 한 마리가 날아와 남은 눈마저 물어버렸다. 멧돼지는 꽥꽥거리며 상수리나무에다 머리를 박았다. 축 늘어질 때쯤, 담비들은 일제히 공격했다. 다리를 물고, 가슴을 물고, 목을 물고…… 더 많은 담비가 모여들었다. 그중에는 다람쥐만 한 새끼들도 있었다. 눈깜짝할 사이에 멧돼지는 허옇게 갈비뼈를 드러냈으며, 내장이 송두리째 파 먹혀버렸다. 담비들은 혓바닥을 돌려 입 주위를 닦더니 하나둘씩 자리를 떴다. 마지막 남은 놈이 새끼돼지의 머리통을 물고 갈 때까지, 하늘의 달과 구름은 손가락 길이만큼도 나아가질 않았다. 주위를 살핀 뒤 살금살금 다가갔다. 굶주렸기에 고기 몇 점이라도 뜯을 요량이었으며, 목이 말랐기에 피도 좀 빨 셈이었다.

배를 채우고 나니 잠이 왔다. 나무 아래서 잘까 생각했지만 피

냄새를 맡고 호랑이나 늑대 같은 맹수들이 찾아올 것 같았다. 다시 꿀꿀, 돼지 소리가 들렸다. 꽂다지는 소리가 나는 쪽으로 손나발을 만들어 귀에다 붙였다. 멧돼지들이 더 있구나. 빨리 떠나야겠다……. 돌아서 몇 발짝 나아가다, 그만 허방을 딛고 떨어졌다. 깊이는 사람 키 높이에 머리 하나 더 있는 정도였으며, 사다리나 받침목 없이는 오를 수 없을 깎아지른 구덩이었다. 속에는 놀랍게도 새끼 멧돼지들이 들어 있었다. 그제야 암퇘지가 담비에게 잡아먹히면서까지 자리를 뜨지 않던 이유를 알 것 같았다. 구덩이에 떨어지면서 가장 먼저 생각한 것은 배 속 아이였다. 그녀를 진정한 어미로 만들어 줄 유일한 존재였다. 얼굴도 익히지 못한 채 떠난 어미 마타리. 사람들은 그녀가 어미의 모습을 빼닮았다고 했다. 실로 오래간만에 얼굴도 모르는 어미가 그리웠다. 새끼돼지들 역시 지들 어미가 그리운지 꿀꿀거렸다.

수직으로 깎인 구덩이 벽에는 잡고 오를 만한 것이 없었다. 있다면 가운데 어디쯤 불룩 튀어나온 한 뼘 길이의 나무뿌리였다. 잡고 오를 수는 있었지만 다음이 문제였다. 구덩이 입구 땅을 짚기 위해서는 팔 하나가 모자랐다. 구덩이 벽에 발끝을 디딜 수 있게끔 홈을 파기로 했다.

손톱이 부러지고 손목이 마비될 정도로 벽을 후벼 팠다.

잠시 뒤, 호흡을 가다듬고 오르기 시작했다. 나무뿌리를 잡고 홈에다 발끝을 집어넣자, 다리가 후들거렸다.

조심조심, 한 발 두 발 옮겨 나갔다. 나무뿌리 바로 위의 홈에다 발을 옮겨 놓는 순간, 뚜둑 하고 나무뿌리가 부러졌다. 새끼돼지들 위로 떨어진 탓에 크게 다치지는 않았지만, 새끼돼지들은 다리를 절고 머리를 흔들며 죽는다고 비명을 질렀다.

밤이 깊어가자 추웠다. 새끼돼지들은 그녀의 가슴 속을 파고들었다. 파르르 떨던 그녀도 그들을 반겼다. 서로 부둥켜안고 잠이 들었다.

얼마나 지났을까. 새끼돼지들의 꼼지락거림에도 깰 줄 모르던 그녀, 구덩이 밖에서 들려오는 소리에 눈을 떴다. 뭣이 나타났다. 뭣은 남은 멧돼지 고기를 뜯고 있음이 분명했다. 우적우적 씹는 소리로 봐선 담비보다 큰놈일 듯했다. 뭣은 여럿이었으며, 그중 하나가 구덩이 입구에서 내려다봤다. 두 개의 눈알에 불이 들어왔다. 꽃다지는 새끼돼지들을 감싸 안았다. 눈알들은 한참 동안 구덩이 입구에서 머물렀다.

마신 물도 별로 없건만 긴장한 탓인지 오줌이 마려웠다. 구덩이 한쪽에서 오줌을 누는데 뭣이 꿈틀거렸다. 가만히 들여다보니 똬리를 틀고 있는 뱀이었다. 삼각형 머리에 흑갈색 몸통, 붉은 혀를 지닌 쇠살무사였으며, 어둠 속에서도 눈 옆의 흰 점 두 개가 선명했다. 꽃다지는 그 자리에 얼어붙었다. 그녀는 오줌을 누다 말고 아랫배에 힘을 주곤 멈췄다. 뱀은 따르르, 따르르, 꼬리를 떨면서 그녀에게 다가왔다. 제발, 제발……! 뱀은 그녀의 오른발 위에다 배를 깔고선 대가리를 쳐든 채 올라오려 했다. 숨을 멈췄다. 새끼돼지 한 마리가 그녀 쪽으로 다가왔다. 오지 마라, 죽는다. 쇠배암이다……! 그녀, 오히려 새끼돼지를 걱정했다. 뱀은 머리를 돌려 새끼돼지에게로 향했다. 그때였다. 또 다른 새끼 한 마리가 꿀꿀거리며 다가오더니 뱀을 덥석 물어버렸다. 뱀은 몸뚱어리를 뒤틀며 돼지의 등을 물려고 했지만, 또 다른 새끼돼지가 뱀의 머리를 물어버렸다. 넋을 잃은 그녀는 바라보기만 했다. 뭣이 약한 것이며, 뭣이 강한 것인가. 새끼돼지들은 게걸스레 뱀을 삼켰다.

　여전히 구덩이 밖에서는 고기 뜯는 소리가 들려왔다. 쩝쩝, 부드러운 부위를 뜯는 소리, 질겅질겅, 질긴 부위를 씹는 소리, 날름날름, 핥는 소리. 최소한 서넛은 될 성싶었다. 다 먹어치운 뒤엔? 그녀는 돌송곳을 꺼내서 손에 쥐었다. 고기 씹는 소리가 뼈를 분질러대는 소리로 바뀌더니, 구덩이 밖이 조용해졌다. 다시 구덩이 입구에 불 켜진 눈알들이 나타났다. 이쪽저쪽 합이 여섯이었다. 눈알들은 서로 자리를 바꾸며 부산스레 움직였다. 멧돼지 새끼들이 꿈틀거리면 꿈틀거릴수록 더 그랬다. 그중 두 개의 눈알이 고정되었다. 날 보고 있는 거야. 겁먹으면 안 돼……. 돌송곳을 꽉 쥐었다. 그때였다. 순식간에 눈알들이 불어났다. 열 개도 넘었다. 아, 죽었구나! 긴장한 탓에 현기증이 났다. 그리매가 떠올랐다. 그리매는 울고 있었다. 힘내라고 말하지만 그 역시 어쩔 줄 몰라 했다. 걱정하지 마. 아무 일 없을 테니……. 오히려 그녀가 그를 안심시켜야만 했다. 큰어미가 떠올랐다. 사랑의 어미, 영원한 어미 매발톱. 내 아가, 겁먹지 마라. 사슴들이다. 아주 순한…… 마음이 가라앉기 시작했다. 그래, 구덩이 밖에는 아주 착한 사슴들이 있는 거야. 그중에는 예쁜 꽃사슴도 있을 거야……. 그때, 한 마리 사슴이 머리를 치켜들곤 우우, 늑대로 변했다. 깜짝 놀란 그녀는 곧바로 돌송곳을 움켜쥐었다. 앞발을 쭉 뻗어 내려오는 걸 보면 분명 먹이를 겨냥해 덮치는 모양새였다. 늑대는 그녀의 몸 위로 떨어졌고 그녀는 돌송곳을 치켜 올렸고, 돌송곳은 늑대의 옆구리에 박혔다. 비틀거리던 늑대는 그녀의 허벅지를 물려고 했다. 돌송곳으로 늑대의 눈을 찔렀다. 아우우……, 늑대는 머리로 구덩이 벽을 박았다. 밖에는 또 다른 눈알들이 이리저리 튀는 불똥처럼 부산스레 오갔다. 나, 꽃다지. 큰어울림 가람의 큰어미. 이대로 죽을 순 없다! 그녀는 보란 듯 늑대 위로 올라가 돌송곳으로 가슴, 목, 얼굴 등 가리지 않고 마구 찔렀다. 늑대의 울부짖음, 새끼돼지들의 꽥꽥거림으로 구덩이는 아수라장이 되었다. 마침내 늑대는 꼬리를 배 아래에 깔고 바들바들 떨며 살려달라 애원했다.

　언제 눈알들이 더 떨어질지 몰랐다. 거기에다 눈알들은 심상치 않게 보였다. 더 밝게 빛났으며 하나같이 그녀에게 초점이 맞춰져 있었다. 아, 저 많은 눈알들이 떨어지면 송곳은 소용이 없겠네……. 돌송곳을 쥔 손에 힘이 빠졌다. 돌송곳은 그녀의 손에서 소리 없이 빠져나와 땅바닥에 떨어졌다. 그때였다. 퍽, 하고 바람 부는 소리 들리고 깨갱, 두 개의 불이 꺼졌다. 다시 바람 부는 소리 들리고, 두 개의 불 꺼지고……. 그렇게 불들은 깨갱깨갱, 차례로 꺼져갔다. 그녀는 구덩이 입구로부터 눈을 뗄 수가 없었다. 이번에는 또 뭔가. 이쪽 큰볕터 사람들만 아니었으면 좋겠한……. 마침내 나타났다. 또 다른 두 개의 눈, 늑대의 것보다 몇 배나 큰, 하지만 늑대의 눈알과는 달리 따스한. 어디서 많이 본 듯한 눈빛은 한참 동안 그녀와 눈을 맞춘 뒤 사위었다.

꼬박 밤을 새웠으며, 또 그렇게 구덩이 입구는 밝아왔다. 사람의 말소리란 게 그렇다. 짐승들 소리보다는 작았지만 알아들었기에 그만큼 크게 들렸다. 그녀는 손으로 땅바닥의 흙을 긁어서 얼굴에다 발랐다. 질펀한 흙 속에는 돼지 똥, 늑대 피가 섞여 있었다. 사람들은 놀랐다. 그중 하나가 다친 곳이 없냐고 물어왔다. 그녀는 얼굴을 숙인 채 괜찮다고 했다. 사람들은 돼지 새끼들을 꺼내 그물에다 넣은 뒤 둘러멨다. 그녀더러 함께 가자고 했다. 그녀는 괜찮으니, 혼자 가겠다고 말한 뒤 뒤돌아섰다. 그때 그녀의 치마를 유심히 살피던 사내가 저쪽 계집이다! 하고 소리쳤다.

그녀를 데려간 곳은 누리마루 움막이었으며, 거기에는 그쪽 알리미가 있었다. 더벅머리에 구레나룻이 대자 오 치나 되는 사내는 그녀의 얼굴에다 코를 갖다 대더니, 똥냄새가 난다며 뒤로 물러섰다. 그러고선 대뜸 마름에게 데려다주라고 했다. 샘터를 지나 느티나무 뒤 외딴 움집이었다. 보나 마나 마름이란 작자는 다시 버금에게 데려다주라 할 것이었지만, 그럴 필요가 없었다. 그 둘은 수하 몇몇과 함께 있었다.

들개코는 꽃다지를 보자마자 한눈에 알아봤다. 진흙 덩이로, 돼지 똥으로, 늑대 피로 환칠을 했어도 치올려진 속눈썹, 호수 같은 눈동자만은 덮을 수가 없었다. 무엇보다 목에서부터 어깨, 가슴, 허리, 다리, 들어가고 나오고, 부드럽게 굽어 나가다, 시원하게 뻗어 나가는 잘 빚은 물바리 같은 그녀의 몸매 때문이었다. 내 계집이다! 들개코는 주위 수하들에게 말하곤 자신의 움집으로 그녀를 데리고 갔다.

그녀는 여차하면 치마 속 돌송곳을 꺼낼 작정이었다. 하지만 들개코는 진정 그녀를 염려하는 눈빛으로 말했다.

"어찌 된 일이오?"

순간, 그녀는 들개코의 높임말에 당황했다.

"기다리시오. 나갔다 오리다."

들개코의 말투와 눈빛은 염려와 동정을 넘어 경애를 띠고 있었다. 잠시 뒤, 그는 청올치로 짠 치마와 조끼, 사슴 가죽 외투 하나를 들고 돌아왔다. 갈아입으라고 말한 뒤, 그 자신은 다시 밖으로 나갔다. 어디 멀리 갔는지, 옷을 갈아입은 지 한참 됐건만 그는 돌아올 줄 몰랐다. 달아나기로 마음먹고 움집을 나서려는데, 그가 돌아왔다. 손에는 또 뭔가가 들려져 있었다.

"아리따우오. 내 사람이라면 참 좋겠소만……."

깨끗한 옷으로 갈아입은 그녀를 본 그는 감탄했다. 그 말에 다시 그녀는 조끼에 끼워 둔 돌송곳을 염두에 두었다.

"드시오."

들개코는 들고 있던 것들을 내려놓으며 말했다. 노릇하게 구워진 멧돼지 고기와 곤드레, 나물취, 어수리 등 푸성귀였다. 그녀는 들개코의 눈치를 보며 망설이다가 빙그레 웃는 그를 보곤 고깃살을 뜯어 입으로 가져갔다. 하지만 눈길만은 그에게다 뒀다.

들개코는 그녀가 마음 놓고 먹을 수 있도록 애써 시선을 움집 밖으로 돌렸다. 그녀는 허겁지겁 정신없이 먹기 시작했으며, 먹다가 체했는지 숨이 막히는 듯했다. 그는 그녀에게 물바리를 건넸으며, 그녀는 빼앗다시피 물바리를 받아 들곤 들이켰다. 이어 그는 화덕 옆에서 또 뭔가를 꺼냈다.

"목도 마를 것이며, 배도 고플 것이오."

팔목 길이의 사슴 가죽 부대 안에는 콩들이 들어 있었으며, 멧돼지 오줌통 안에는 물이 들어 있었다.

"이곳엔 큰어미가 없소. 없는지 꽤 됐소. 다시 볼 날 있을 거요. 잘 가시오."

그녀는 고맙다는 말도 하지 않고, 그가 가리키는 움집 뒤 오솔길을 따라 마을을 빠져나왔다.

산길이란 본디 여러 갈래라. 애당초 만남 자체가 힘들다. 꽃다지
와 그리매 일행은 오가는 길에 조우하지 못했다. 그리매 일행이 큰
벌터 초입에 들어섰을 때, 그녀는 재 너머 큰 어울림 가람 경계에
가 닿아 있었다. 멧돼지 오줌통은 비웠지만 콩들은 입에도 대지 않
았다. 배고파 한입 털어 넣고 싶었지만 왠지 내 것이 아니라는 생각
에 그랬다.

제 어미 품이 이럴까. 보습, 괭이를 들고 땅을 갈며 그물을 던지
고 활을 쏘는 형제자매가 있는 곳. 메와 물이 섬인 양, 샘인 양, 잘
어우러진 쌈터. 그녀는 고개를 넘자마자 울컥한 심정에 눈물을 흘
렸다. 내려오는 길에 말로만 듣던 꼭지 샘물터를 찾아가 보기로 했
다. 예로부터 성스러운 터로 당골레와 그 수하 몇몇 외에는 출입이
금지된 곳이었다. 가는 길은 험했다. 길섶은 바로 날개 없이는 살아
남지 못할 천 길 낭떠러지였다. 그렇게 한참 가다가 도무지 힘이 들
어 돌아서려는데, 한여름 우레 같은 호랑이 울음이 들려왔다. 놀란
그녀는 숲속에다 몸을 숨겼다. 깊은 골짜기에 저리도 깊고 넓은 샘
이 있는가. 호랑이 몇 마리가 물을 빨아 당기고 있었다. 호랑이들
사이에 사람 하나가 끼어 있는 걸 본 그녀는 기겁했다. 희고도 흰
수염을 배꼽까지 늘어뜨린 노인네였으며, 먹을 감고 있는지 손바

닥으로 물을 퍼 등짝에다 바르니, 놀랍게도 호랑이들이 혀로 핥아 주는 것이었다. 눈을 비볐다. 갈력으로 헛것이 보이나 해서였다. 몇 번을 비벼도 같은 풍광이 펼쳐졌다. 호랑이 한 마리 포효하고, 그가 고개를 돌리는 순간 또 한 번 놀랐다. 지난밤, 구덩이 입구에 켜져 있던 따스한 불. 그 눈빛이었다.

깃털 하나

빠른 발(急足) 시늉을 하기로 했다. 사슴 가죽을 도려내 벙거지를 만들고 꿩을 잡아 꿩 털을 달았다.

누구를 보낼까 고민했다. 늑대귀를 보낼까 생각하다가, 낯선 곳에서 벌어질 일에 여인네 하나 정도 함께한다면 일이 부드럽게 풀릴 수도 있을 거라던 단의 말이 떠올랐다. 큰어미만 있고 으뜸이 없던 시절, 아니 큰어미가 으뜸 못지않던 시절만 해도 여자급족이 있었다. 결국 꽃다지의 행방을 보다 세세히 알려면, 얼레지가 제격일 거라는 결론이 내려졌다.

몇 사내가 돌도끼로 나무를 찍고 있었다. 지나가던 얼레지를 유심히 훑어보던 사내가 도끼를 둘러멘 채 그녀에게 다가왔다.

"못 보던 사내, 아니 계집이네…… 아니, 도대체 계집이냐, 사내냐?"

사내는 그녀의 벙거지를 당기며 말했다.

"빠른 발이오."

얼레지는 퉁명스럽게 동문서답했다.

"목소리는 계집인데, 생긴 건 사내네……."

사내는 얼레지의 말을 무시하곤 농을 이어나갔다.

"큰어울림가람에서 왔소."

얼레지 역시 사내가 무슨 말을 하든 내 목소리를 내리라, 그녀 특유의 본새를 띠었다.

"계집 가운데도 빠른 발이 있더냐?"

사내 역시 질세라, 껄껄 웃으며 주위 호응을 바랐다. 그러자 다른 사내들이 낄낄거려주었다.

"으뜸은 어디 있느냐?"

갑자기 얼레지가 말을 낮추며 눈에다 힘을 주니, 사내는 손가락을 눈꼬리에다 붙이며 그녀를 조롱했다.

"찢어진 눈 하고는……. 흘레붙다가 수놈 잡아먹을 버마재비 같구나."

사내는 얼레지의 벙거지를 벗기려 들었다. 얼레지가 그 손을 잡고 비틀자, 사내는 죽는다고 소릴 지르며 파닥거렸다. 또 다른 사내가 도끼를 휘두르며 그녀에게 다가왔다. 그때, 그중 나잇살 있어 보이는 사내가 말렸다. 얼레지를 본 그는 곧바로 예를 갖추었다.

"미안하오. 나 또한 두 사람 얼음을 살았어도 말로만 듣던 아낙네 빠른 발을 만나기는 처음이오. 그저 쉬 믿지 못한 까닭에 다들 가벼웠으니, 넓은 마음으로 풀었으면 하오."

그는 자신을 바위다듬이라 소개했다. 큰어울림가람의 바위새김이와 다른 점은 바위새김은 하지 않고 오로지 돌칼, 돌보습 등 사냥 도구와 농기구만을 만든다는 것이었다. 이어 밝힌 그의 이름은 사슴모가지. 얼레지는 웃음을 참느라 혼났다. 이름과는 달리 짧고 굵은 목을 지녔으며, 거기에다 사슴이란 말까지 붙었기 때문이었다. 그렇게 재 하나를 사이에 두고 사슴은 정반대로 다뤄졌다. 저곳에서의 사슴은 가느다란 다리, 겁먹은 눈동자로써 연약과 비겁을 상징했지만, 이곳에서의 사슴은 허공을 찌르는 단단한 뿔로써 충직과 강직을 의미했다. 사슴모가지는 얼레지를 마름에게 데려갔으며, 마름은 버금에게 데려갔다. 얼레지를 본 들개코는 깜짝 놀랐다. 급족이 그렇게 빨리 올 것이라고, 급족이 여인네라고 예상 못해서가 아니었다. 그녀에게서 갈을 느꼈기 때문이었다. 온 누리에 갈이로구나…… 혼잣말로 중얼거렸다. 얼레지는 얼레지대로 들개코를 보며 입속말을 했다. 생각했던 것보다는 쨉실해 보이진 않네. 하지만, 겨레붙이가 저리도 멀게 느껴지는가…….

"멧돼지로는 한 배, 사슴으로는 두 배, 마련됐나?"

들개코는 그럴 리가 없다는 표정으로 물었다. 얼레지는 무심결에 고개를 끄떡였다. 그러자 들개코는 아무래도 못 믿겠다는 표정으로 되물었다.

"멧돼지냐, 사슴이냐?"

"멧돼지든 사슴이든 입이 살았는지, 죽었는지 봐야지……."

얼레지는 심드렁하게 답했다.

"뒤따르라."

한참 갔다. 소나무와 상수리나무가 뒤섞여 우거진 야산 초입이었다. 멀리 밤톨 같은 움집들이 보였다. 그 사이에 보통의 움집보다 배나 커 보이는, 통나무를 이중 삼중으로 덧댄 사각 움집이 있었다.

얼레지를 본 작과 가람돼지는 볼과 눈이 쏙 들어간 얼굴로 기뻐했다. 팔다리가 마른 칡 줄기에 묶여 있었으며, 변을 제 자리에서 보는지 가까이 다가가자 오물 냄새가 진동했다. 멧돼지와 사슴을 빨리 마련하라고만 했다. 불쌍해 보이도록 갖은 애를 썼지만, 얼레지는 그들에게 차가운 시선을 보냈다.

"살아 있지?"

들개코의 물음에 얼레지는 또 다른 물음으로 답했다.

"꽃다지는 어디에 있느냐?"

꽃다지란 이름에 들개코는 아찔해했다. 그래, 큰어미가 아닌 아리따운 한 아낙이었구나……. 그는 망설이다 입을 열었다.

"없다……."

들개코의 말에 얼레지 또한 야릇한 기분에 휩싸였다. 그리매가 떠올랐다. 꽃다지 없는 그리매. 그녀는 들개코더러 다시 말해보라 했다.

"달아났다……."

달아나다니? 얼레지는 혼란스러웠다.

"지금쯤 내가 꿈에도 그리던 쌈터에 있을 거다."

그제야 얼레지는 정신이 드는지 들개코를 보며 목청을 높였다.

"이런 얼음을 묻을 사슴 새끼! 생긴 것과는 딴판이네. 어떻게, 어디로 달아났단 말이냐?"

들개코는 손가락으로 멀리 메들을 가리키며, 그녀 못지않게 높은 소리로 대척했다.

"이런 쌔가리를 씹을……. 버마재비처럼 생겨 갖고는……. 없는 것도 있다 해야 멧돼지든 사슴이든 받아먹을 판에, 미쳤다고 있는 걸 없다고 거짓부렁 하겠나."

"뭐라 했나, 버마재비? 쌈터를 저버린 사슴 새끼가 이제 말까지 이곳 얼음 묻을 소리로 하네."

마침내 들개코는 빙그레 웃었다. 제 아비하고는 다르구나. 비루치가 않아…….

"못 믿겠다. 너희 으뜸과 이야기해야겠다."

얼레지는 성난 멧돼지처럼 씩씩거렸지만, 들개코는 목소리를 낮췄다.

"언제 고깃살 가져오나?"

들개코의 물음에 얼레지는 또 다른 물음으로 답했다.

"으뜸은 어디 있느냐?"

"으뜸은 너처럼 못 긴 계집은 안 만난다. 고깃살은 큰어미 몫도

282

가져와야 한다. 달아났으니까⋯⋯."

"꽃다지가 너네 으뜸 새끼와 함께 있구나. 그렇지? 이 사슴 새끼⋯⋯."

"멧돼지보다는 사슴으로 가져오너라. 혀와 꼬리가 맛있다."

그렇게 둘은 마을 안으로 걸어 나오면서 연신 다투었다. 하늘을 찌를 듯한 느티나무를 지나 샘터를 끼고 오른편으로 돌자, 갈대, 대나무, 청올치를 교묘히 섞어 만든 그 움집이 나타났다.

"저것이냐?"

들개코는 답이 없었다.

"있느냐?"

"⋯⋯."

"언제 오느냐?"

"밤에."

얼레지는 움집으로 향하다가 멈췄다. 들개코가 말리려 들었더라면 확인했을 것이었다.

"알았다. 돌아가겠다."

"어이, 버마재비. 다시 말하지만, 고깃살은 사슴 것이었으면 좋겠다!"

들개코는 빙그레 웃으며 저만치 가는 얼레지를 향해 소리쳤다. 얼레지는 돌아서서 벙거지를 팽개치며 고함을 질렀다.

"두고 보자, 이 얼음을 묻을 사슴 새끼!"

들개코는 벙거지에서 떨어져 나온 깃털 하나를 집어선 쓰다듬으며 중얼거렸다. 부드럽고도 가지런한 것이, 화살 맞은 지 반나절이 안 됐어……

⊛

얼레지가 눈앞에 나타나기도 전에 삽이 짖었다. 잘 먹지도 잘 마시지도 못한 채 조마조마하게 기다린 탓에, 큰주먹까지 초췌해 보였다. 꽃다지를 보지 못했다는 말에 둘은 당황했다. 그쪽 으뜸이 여자를 밝힌다는 말에, 그리매의 얼굴은 납빛이 되었으며, 큰주먹의 얼굴은 불잉걸처럼 보였다. 꽃다지가 도망쳐 나왔을 수도 있다는 말에 그리매는 주먹을 불끈 쥐었다.

"쳐들어가자!"

큰주먹이 소리쳤다.

"도망쳐 나왔을 수도 있다지 않나."

늑대귀였다.

"그럼, 돌아가자고? 작과 가람돼지는 어떡하고……"

얼레지였다.

"뒈져도 괜찮다."

늑대귀였다.

"두 놈은 뒈져도 괜찮지만 꽃다지만은 안 된다."

큰주먹이었다.

"쳐들어간다!"

들고 있던 나뭇가지를 휙 던지며 그리매가 소리쳤다.

해가 지고 밤이 왔건만, 달이 좋아 어둠이 짙지가 않았다. 그리매는 꽃다지의 체취가 묻은 사슴 가죽 쪼가리를 삽의 코에다 가져갔다. 개는 꼬리를 살랑살랑 흔들며 마을을 향해 나아갔다. 가던 중 몇몇 자리에선 다리를 들고 오줌을 눴다. 붕어, 잉어, 피라미, 가물치가 노니는 웅덩이, 낯선 알곡들이 솟아 있는 고랑들, 수북한 돌무지, 움집만 한 고인돌, 그리고 샘터 앞 느티나무까지. 모두 꽃다지의 시선과 발길이 머물렀던 곳이었다.

마침내 그 사각 움집 앞에까지 왔다. 그리매는 손을 들어 느티나무 뒤쪽을 가리켰다. 늑대귀가 나무 뒤로 가 숨고, 얼레지와 큰주먹이 뒤따랐다.

그날처럼 움집 앞에는 사내 둘이 보초를 서고 있었다. 문이 위로 들려져 있어 화덕에서 새 나오는 불빛 아래 몇몇 그림자를 볼 수가 있었다. 삽이 으르렁거렸다. 그리매가 개를 진정시키기 위해 머리를 쓰다듬고 목덜미를 긁어 줬지만 소용이 없었다. 사내 하나가 고개를 까닥거리곤 돌창을 세워 그들 쪽으로 다가왔다. 멧돼지 덩치에 늑대 눈매를 지닌 사내였다. 그리매는 삽의 주둥이를 손으로 콱 틀어쥐었다. 사내는 느티나무 뒤를 기웃거렸지만, 이내 큰주먹이 날리는 주먹에 쓰러져버렸다. 다시 뱀 눈매의 사내가 고개를 갸우뚱거리며 다가왔다. 만만치 않다고 생각했는지 일단 움집 안으로 들어가려고 했다. 얼레지가 돌 표창을 날리려 하자, 그리매가 말렸다. 잠시 뒤, 움집 안에서 바리 깨지는 소리 들려오고 노인네 고함이 터져 나왔다. 사내는 머리를 움켜쥔 채 움집 밖으로 뛰쳐나왔다. 그렇게 한참 문 앞에서 크지 않은 눈을 치켜뜬 채 두리번거리더니, 다시 그들 쪽으로 다가왔다. 다가오다가 겁을 집어먹었는지 멈춰 섰다. 결국 얼레지는 돌 표창을 날렸다. 사내는 어깻죽지에 돌 표창을 꽂은 채 콩밭 뒤편으로 줄행랑을 쳤다.

움집 벽에 바싹 붙었다. 여자 둘, 남자 둘의 목소리가 겹쳐서 들려왔다. 큰주먹은 자리를 박차고 움집 안으로 뛰어들었다. 그리매는 늑대귀에게 큰주먹의 뒤를 따르라고 했다.

굶주린 멧돼지처럼 뛰어든 큰주먹을 본 그들은 기겁하고 뒷걸음질 쳤다. 큰주먹은 눈을 치켜뜬 채 두리번거렸다.

"꽃다지, 어디 있나!"

그는 마치 방금 있던 사람이 눈앞에서 사라졌다는 듯 말했다. 올빼미눈은 저 저돌적인 짐승이 누구인지 알 것 같았다. 그리매란 놈이로구나. 생각과는 딴판이네…….

올빼미눈은 허리춤에서 돌칼을 빼냈다. 큰주먹은 태연히 그에게 다가갔다. 올빼미눈은 돌칼을 곧추세워 다가오면 죽이겠노라, 소리쳤다.

"꽃다지, 어디 있나?"

올빼미눈은 돌칼로 허공을 그어 댔다. 화덕의 장작불이 사위어져 주위가 어둑했다. 큰주먹은 아랑곳하지 않고 다가가 그의 손을 잡고 비틀었다. 돌칼이 소리를 내며 땅바닥에 떨어졌다. 큰주먹은 육손 바닥으로 그의 얼굴을 갈겼다. 올빼미눈이 바닥에 쓰러지자, 두 여인네 중 하나가 비명을 질렀다. 비명에 그리매가 움집 안으로 뛰어들었다.

"꽃다지, 어디 있나?"

그리매는 부릅뜬 눈으로 여인네들을 살펴본 뒤, 수리부리의 멱살을 잡았다.

"아니, 꽃다지가 뉘기에 들어오는 사내 족족 그년을 찾는가?"

영문을 모르는 수리부리는 고개를 절레절레 흔들었다.

"이런 쌔가리를 씹을……. 난, 온 누리의 으뜸 수리……."

퍽, 소리와 함께 수리부리는 쓰러졌다. 큰주먹은 그의 멱살을 잡고 일으킨 뒤 소릴 질렀다.

"얼음을 묻을 사슴 새끼, 꽃다지는 어디 있느냐!"

와중에도 수리부리는 웃음이 나오는지 낄낄거렸다.

"이런 쌔가리를 씹을 새끼들, 아는 말이라고는 계집 이름밖에 없구나."

수리부리는 말끝에 그의 아들을 흘겨봤다. 올빼미눈은 제 아비의 눈을 피하려고 애써 화덕 쪽으로 고개를 돌렸다. 큰주먹은 수리

부리의 목을 잡고 공중으로 올렸다. 혓바닥이 나오고 신음이 작아지자, 두 여인 중 하나가 소리쳤다.

"잠깐만……! 잠깐만 기다려주시오!"

그리매와 큰주먹, 늑대귀까지 깜짝 놀랐다. 꽃다지의 목소리를 닮아서였다. 큰주먹은 화덕 쪽으로 그녀를 데려갔다. 장작 몇 개를 던져 넣곤 그녀의 얼굴을 살폈다. 눈물에 젖은 입술을 떨며 그녀는 말했다.

"시키는 대로 할 테니, 아비만은 살려주시오."

열댓 얼음의 소녀였다. 아비란 말에 큰주먹은 그녀와 수리부리, 올빼미눈을 번갈아 봤다. 작고 동그란 얼굴에 포도알 같은 눈, 마늘쪽 코……. 제 어미를 닮았을지는 몰라도 매부리코에 부리부리한 눈을 지닌 그녀의 아비, 오라비와는 딴판이었다. 그녀는 큰주먹의 다리를 붙잡고 매달렸다. 그때 또 다른 여인이 다가와 말했다.

"여기 없소. 달아난 줄 아오."

한눈에 수리부리의 핏줄이란 걸 알았지만, 그에게서는 마냥 과장돼 보이는 이목구비가 그녀에게선 산뜻하고도 선명한 얼굴 윤곽을 이루고 있었다.

"나머지 살아 있는 입들을 드릴 테니, 아비를 놓아주시오."

여인은 표정 없이 말했다. 늑대귀는 안 된다고 했지만 큰주먹과 그리매는 고개를 끄떡였다. 그리매는 몰라도 큰주먹은 왜 그랬을까? 마치 여우들에게 홀린 듯했다. 초롱꽃, 각시붓꽃이라고 각자

288

이름들을 밝혔다.

⚛

　가람돼지는 흠씬 두들겨 맞아서인지 앞니가 죄다 빠져 있었다. 그는 큰주먹과 그리매를 부둥켜안고선 은혜를 잊지 않겠노라, 눈물을 흘렸다. 작 또한 죽도록 기뻤건만 버릇처럼 헛기침으로 기쁨을 감추려 했다. 큰주먹은 작의 얼굴에 주먹을 날렸다. 피범벅이 된 얼굴을 땅에다 묻으며 잘못했다, 용서해달라고 빌었다.

　콩밭을 지날 때였다. 뭣이 몰려오는 소리가 들렸다. 쪽수가 스물은 돼 보였으며 다들 손에 돌창, 돌칼을 쥐고 있었다. 얼레지가 돌 표창을 날렸지만 역부족이었다. 그리매가 작을 부축한 채, 느티나무 뒤로 발을 옮기려 들자 사내 하나가 활을 당기려 했다. 얼레지의 돌 표창이 날아들었다. 또 다른 사내가 활을 당기려 했지만, 돌 표창이 바닥나 그저 던지는 시늉만 할 뿐이었다. 와, 하는 소리와 함께 무리는 일행을 덮쳤다.

　놀라운 일이 벌어졌다. 하나, 둘, 사내들이 튕겨 나와 곤두박질쳤다. 삽이 몇 번 짖는 동안, 스무 명이 넘는 사내들은 다리를 절뚝거리거나, 허리를 잡고선 줄행랑치기 바빴다. 큰주먹이었다. 그는 별일 없었다는 듯 두 손을 털고 일어났다.

마을을 벗어나 메를 오르려던 참이었다. 사슴 가죽을 도려내 벙 거지를 만들고 꿩을 잡아 꽁지 털을 매달던 곳이었다. 아름드리 소 나무 뒤에서 누군가가 나왔다.

"네가 큰주먹이로구나."

들개코는 밝지 않은 달빛 아래서도 큰주먹을 알아봤다. 큰주먹 은 씩씩거리며 당장이라도 주먹을 날릴 기세였다. 그리매는 들개코 의 손에 쥐어진 두 개의 창을 주시했다.

"네가 그 잘난 그리매냐?"

들개코는 그리매를 보며 일갈하더니, 나무 뒤에서 한 줌의 꿩 털 을 쥐고 나와선 공중에다 흩뿌렸다.

"저 미련스러운 멧돼지 새끼 머리에서는 이런 게 안 나오지. 넌 꽤 똘똘하구나……. 하지만 깃털을 좀 더 식혔어야지. 따스하니, 피가 흐르는 듯했잖아."

들개코의 말에 큰주먹은 진흙 목욕하는 멧돼지처럼 온몸을 뒤 척이며 씩씩거렸다. 가만있어. 그렇지 않아도 싸우게 될 테니……. 그리매는 돌창에서 눈을 떼지 않고 큰주먹에게 말했다. 창은 정교 해 보였다. 희미한 달빛 아래서도 창날이 사나웠다.

들개코는 들고 있던 창들을 땅에다 꽂으며 말했다.

"내 쌈터 으뜸이 되려면 나를 이겨야 할 것이다. 마음에 드는 걸 로 골라라."

큰주먹은 둘 중 아무거나 잡았다. 잡자마자 대뜸 들개코에게로 달려갔다.

부딪고 부딪히고, 창끝에서 불이 일었다. 다들 큰주먹을 응원했다. 삽까지 그랬다. 큰주먹이 몰릴 때면 으르렁거리며 들개코에게 대들려 했다.

겨룸은 오래가지 않았다. 큰주먹의 목에 창이 멎었다. 큰주먹은 뒷걸음질 쳤지만, 아름드리 소나무에 등을 부딪곤, 들개코의 처분만을 기다렸다. 다들 숨을 죽였다. 늑대귀가 칼을 뽑으려는 걸, 그리매가 막았다.

"별것 아니네."

들개코는 껄껄거리며 창을 던지곤 주먹을 말아 쥐었다. 갑자기 큰주먹의 눈에 불이 들어왔다. 주먹들이 오갔지만 주로 큰주먹의 것이었다. 들개코는 잘도 피했으며, 멧돼지 목을 급습하는 담비처럼 순식간에 큰주먹의 얼굴에 주먹을 날렸다. 큰주먹은 웃통을 벗어던졌다. 온몸에서 땀이 흘러내렸다. 머리통으로 들개코의 가슴을 박으려 했다. 눈은 뜨고 저러는지, 큰주먹이 멧돼지처럼 밀고 들어오자, 들개코는 소나무 옆으로 살짝 피했다. 나무에다 머리를 박은 큰주먹은 벌러덩 자빠졌다. 들개코는 얼굴, 목, 가슴, 할 것 없이 마구 갈겼다. 이번에는 가람돼지가 창을 들고 나섰지만, 다시 한번 그리매가 막았다.

"보잘것없는 걸 보니, 참으로 내가 으뜸이 될까 봐 두려웠겠구나."

291

들개코는 큰주먹의 얼굴에다 마지막 한 방을 주려고 주먹을 높이 들었다. 그때였다. 들개코의 몸이 붕 뜨더니, 나가떨어졌다. 큰주먹은 허리를 감싸고 신음하는 그에게 더 이상 주먹을 날리지 않았다.

재를 넘으면서 작은 힘들어했다. 늙은 몸에 생구로 갇혀 제대로 먹지도 못하고 두들겨 맞기까지 했으니, 기진맥진했을 터였다. 번갈아 부축해오다 다들 지쳐 결국 큰주먹이 그를 업고선 재를 넘었다. 늙은 사슴 놈을 왜 데리고 가자는지……. 큰주먹은 산길 내내 그리매를 탓했다.

빚진 눈물

탁은 그사이에 다른 치들과 공모하여 으뜸의 자리에 앉았으며, 굳게 버티던 여우주둥이를 밧줄로 묶어 그 옛날 얼이 갇혔던 움막에 가둬버렸다.

❤

움막에 들어서자 으뜸자리에 앉은 탁을, 지난날 얼음장 밑으로 큰주먹을 밀어 넣던 노루궁둥이, 뱀대가리, 매기주둥이가 에워싸고 있었다. 큰주먹을 본 그들은 깜짝 놀랐지만, 자리를 지켰다. 이어 들어온 작을 보곤 곧바로 반응했다. 앉아 있던 치들은 일어섰으며, 서 있던 치들은 그에게로 달려갔다. 하지만 큰주먹이 흠흠, 헛기침을 하자 작은 송장 된 목소리로 '나, 으뜸 아니다'라고 했다. 탁은 이리저리 눈치를 보다가 그리매 앞에서 머리를 조아렸다. 그리매가 어쩔 줄 몰라 하자, 가람돼지가 탁의 머리채를 붙잡곤 큰주먹

앞에다 꿇어 앉혔다. 감금 후유증으로 다리를 절게 된 여우주둥이는 탁의 얼굴을 갈기며 말했다.

"네 차례다. 칡 줄기에 꽁꽁 묶여 발목을 타고 내리는 똥오줌 맛을 봐라."

그제야 돌아가는 사태가 파악됐는지, 모두 큰주먹 앞에 무릎을 꿇었다. 즉석에서 누리마루가 열렸다. 으뜸의 자리에 잠시 앉아 회의를 주재하던 작이 큰주먹을 그 자리에 앉히자 '큰주먹으뜸 하늘 얼음' 소리가 움막에 울렸다. 큰주먹은 그제야 그리매가 양지터에서 작을 빼내 온 이유를 알 것 같았다. 가람돼지는 버금자리를 여우주둥이에게 양보하려 했지만, 큰주먹이 만류했다. 여우주둥이는 알리미가 되었으며, 마름 자리에는 늑대귀가 올랐다.

❦

그리매는 물론이고 큰주먹까지 고개를 떨어뜨린 채, 비애에 젖은 일면을 비쳤다.

매발톱은 첫 번째 바리를 만지며 말을 이어나갔다.

"큰어미는…… 마을의 어미다……. 큰어미도 계집이지만…… 사내들을 위한…… 더더욱 한 사내만을 위한…… 계집은 아니다."

더 이상 첫 번째 바리는 큰주먹이 아니었다. 꽃다지였다. 조용히 그리매가 일어나 움집을 나갔다.

"그리매야······, 가슴 아프겠지만······그렇게 받아들여야 한다. 마을을 위해서······ 말이다."

매발톱은 세 번째 바리를 만지며 말했다. 이어 큰주먹이 그답지 않게 조용히 일어났다. 그는 담담해하는 꽃다지를 한 번 흘겨보곤 움집을 빠져나갔다.

"큰주먹아······, 예로부터 으뜸은······ 온 마을의 여인을 가질 수······ 있었다. 하지만 큰어미만은······."

매발톱의 말 중간에 꽃다지가 그녀의 왼손을 잡았다. 그리곤 두 번째, 세 번째 바리 위에다 그 손을 가져갔다.

"다들······ 갔구나······."

꽃다지는 매발톱의 오른손등을 한참 쓰다듬었다. 장작 불똥 튀는 소리가 유난히 크게 들렸다.

꽃다지의 생각에, 큰볕터 사람들이 가만있지 않을 것 같았다. 그리매 또한 같은 생각을 했다. 아무래도 들개코의 창끝이 예리했다. 차돌로 만든 것이라 해도 밝지 않은 달빛 아래 그토록 번뜩이긴 힘들 터, 저리도 부딪혔건만 부러지거나 부서지지 않은 게 수상했다.

예사롭지 않은 창날이다. 들고 쳐들어온다면?

꽃다지는 여우주둥이를 불렀다. 이만큼 저만큼, 큰주먹과 그리

매에게 전하라고 했다. 으뜸의 자리가 본시 그런가. 여우주둥이로
부터 전해 들은 큰주먹은 그답지 않게 심란해했다. 거기에다 그리
매의 이만큼 저만큼이 보태져, 더욱 그랬다. 큰주먹은 당장 큰별터
의 침략에 대비하라고 지시했다.

대공사가 시작됐다. 큰별터와 큰어울림가람 경계 부근이었다. 두
갈래 길을 하나로 만드는 일이었다. 왼쪽 길은 마을로 통하는 참된
길이었으며, 오른쪽 길은 막다른 것으로, 그 끝 지점엔 꼭지 샘물터
가 있었다. 왼쪽 길을 막았다. 나무를 옮겨 심고 사이사이 바윗돌
을 들여다 놓으니 감쪽같았다.

갈수록 매발톱의 말이 어눌해지더니 끝내는 그녀의 입이 열리
지 않았다. 듣지도 보지도 못하는데, 말까지 못 하게 되니 세상과
의 소통은 요원해졌다.

개미취는 죽고 싶어도 죽을 수가 없었다. 범 소리 들리고 얼이
나타났다. 그것도 대낮이었으며, 꿈이 아니었다. '죽고 싶으냐? 죽
고 싶으면 죽어도 좋으냐고 큰어미에게 물어보아라.'

개미취는 실로 오랜만에 매발톱을 찾았다. 그 짝 되는 바리조차
없었기에 솔나리는 매발톱에게 누구라고 알려줄 방도를 찾느라 진
땀을 뺐다. 하지만 개미취가 들어서자 매발톱의 표정이 바뀌었으
며, 그녀의 입이 씰룩거리기 시작했다.

"큰어미 나 죽게 해주소. 턱뼈부터 발목까지 온몸의 뼈마디가 저

리고도 시려 못 살겠소"

개미취는 매발톱을 난생처음 큰어미라 불렀다. 매발톱은 그녀의 말을 귀로 듣는 듯, 고개를 끄떡였다.

"땅 밑에서 큰어미를 보살펴야 하오."

개미취는 얼이 시킨 대로 말했다. 매발톱은 다시 한번 고개를 끄떡였다. 개미취의 눈에서 눈물이 흘러내렸다. 그때, 놀랍게도 매발톱의 입이 열렸다.

"그래…… 저 시커먼 땅 밑에선…… 더욱 외롭겠다……. 함께 가자."

얼의 목소리였다.

들개코는 두 배(舟) 넘는 사내들을 이끌고 재를 넘었다. 쌈터를 위한 눈물샘은 따로 있는가. 더 이상 눈시울 적실 일 없을 줄 알았는데, 이렇듯 차가운 뺨을 타고 흐르다니…….

멀리 물줄기가 보였다. 돌가래로 재첩을 긁고 사슴 뼈를 갈아 붕어, 잉어는 물론 곤들매기, 우레기를 낚았으며, 후릿그물을 쳐 숭어, 연어 등 두물회돌이고기까지 걷어 올렸었다. 학과 갈매기가 어우러진 쪽빛 하늘과 그 아래 옥빛 물 따라 부드럽게 뻗은 들판을 바라보며 상념에 빠졌다. 핏줄들이 보고 싶었다. 어미, 아비는 조개무지에 깔렸거나, 곱은 손으로 움집 벽에 똥칠하고 있을지도 몰랐다. 소라를 줍던 누이도 어언 두 사람 얼음(마흔 살)이 될 터, 만난다 해도 알아볼 수 있을까?

쌈터를 향한 그리움이 가슴 미어지는 일이라면, 마냥 가슴을 설레게 하는 무엇도 있었다. 몇 날 며칠을 잠 못 이루게 만들던 사람…… 그 오디 빛 눈동자, 곱돌 같은 살결. 그녀가 있을 법한 곳에다 두 눈을 고정했다.

꼭지 샘물터로 향하는 길임을 안 건 호랑이들의 포효를 들은 뒤였으며, 이미 대열의 반 이상이 발을 들여놓은 상태였다. 워낙 비좁은 데다가 길섶은 마냥 천 길 낭떠러지와 붙어 있었기에, 달아나는 일 역시 죽음을 뜻했다. 호랑이들은 앞발을 치든 채 덮쳐 왔다. 목이 부러지고 팔다리가 뜯겨 나가고 창자가 튀어나왔다. 한 배의 사람들이 낭떠러지로 떨어지고, 그 반의반도 못 되는 사람들이 재를 넘으려 들었지만, 거기엔 호랑이만큼이나 무서운 큰어울림가람 용사들이 길목을 지키고 있었다. 들개코를 비롯해 그의 수하 몇몇이 최후의 발악을 했지만 역부족이었다. 그렇게 얼의 뜻대로 매발톱의 말대로 그쪽 사람들은 꼭지 샘물터로 보내졌으며, 그곳에서 최후를 맞았다.

"가라."

큰주먹은 마을로 내려오던 중, 들개코를 풀어주었다.

들개코는 말했다.

"나, 들개코, 온 힘으로 싸웠다, 맞나?"

들개코는 자신을 쌈터 사람 이상으로 대해준 큰볕터 사람들, 무엇보다 버금자리까지 오르게 해준 수리부리의 은혜를 잊을 수가 없었다.

"그래, 목숨 걸고 싸웠다."

큰주먹의 말에 들개코는 고맙다 말하곤 물 한 모금 마시기를 원했다. 여우주둥이가 물바리를 건네자, 들개코는 단숨에 기울였다. 바리가 반 이상 기울도록 그는 손을 놓질 않았다. 턱수염에 묻은 물방울을 손바닥으로 훔치며 말했다.

"돌아갈 수 없다. 돌아가고 싶지 않다. 가두어다오."

큰주먹은 들개코가 바라는 게 뭔지 알았다. 밧줄로 묶어 움막에 가둔 뒤 다음 날 풀어주었다. 그리고 며칠 뒤, 해 질 녘이면 물고기들이 수면 위로 풀쩍 튀어 오르는 천변 위에, 움집 하나 들어섰다.

﹡

늑대귀와 여우주둥이는 내친김에 쳐들어가자고 했지만 들개코는 반대했다. 큰볕터만 있는 게 아니라 했다. 실제 그랬다. 그들에겐 신불, 삽량 등 이웃 혈맹들이 있었다. 오히려 지금은 보복 침략에 대비해야 할 것이라고 했으며, 생구로 잡혀 있었던 가람돼지의 생각 역시 같았다. 큰주먹은 작을 찾았다. 그는 그리매만 아니었어도 이 세상 사람이 아니든지, 칡 줄기에 묶인 채 움막 안에 웅크리고 있을 것이었다. 그는 더 이상 헛기침을 하지 않았다. 그 옛날 하처럼 녹색 가래를 뱉었으며, 말 또한 어눌하게 했다. 큰주먹의 말에 그는 아직은 일러…… 라고만 했다.

꽃다지와 솔나리는 매발톱의 당부로 바리를 만들었다. 합이 열일곱이었으며, 그 바리들은 구름송이, 마타리 등 하의 여인들을 표했다.

매발톱은 자꾸만 줄어들었다. 더 이상 팔다리가 펴지지 않았다. 큰주먹과 그리매가 달려왔다. 큰주먹은 꼿꼿이 앉은 자세로 굳어버린 그녀를 내려놓을 줄 몰랐다. 그리매는 부릅떠진 그녀의 눈을 감겨주었다. 그녀는 자신과 세 사내, 그 마음속 세 번째 사내의 오른손 검지까지 세고 갔다. 그들 중 얼은 있었지만 하는 없었다. 큰주먹은 어미, 어미, 울었다. 도무지 울 것 같지 않은 그가 저리도 슬피 우니, 멧짐승들도 따라 울었다. 땅이 파이고 정중앙에 매발톱이 놓였으며, 양옆으로 바리들이 들어찼다. 그녀의 유언대로 돌무지는 하의 무덤 정반대 편에 놓였다.

마침내 개미취는 죽을 수가 있었다. 그리매는 지독한 슬픔을 하루걸러 맞았다. 사람들의 발길이 끊이질 않았다. 다들 큰 돌무지 앞에서 열 번 울고 작은 돌무지 앞에서 한 번 울까 말까 했다. 하지만, 그 옛날 하의 무덤 앞에서 밤새 슬피 울던 사내는 큰 돌무지 앞에서 큰어미, 큰어미, 열 번 울고 작은 돌무지 앞에서도 어미, 어미, 열 번 울었다.

꽃다지는 슬퍼할 겨를도 없었다. 이제 큰어미로구나 생각하니 눈물도 제대로 못 흘릴 것 같았다. 배까지 눈에 띄게 불러왔건만, 사내들은 여전히 그녀를 계집으로 봤다. 몇몇은 이유 없이 밤낮 움집 부근에서 서성댔다. 그들 중에는 들개코도 있었다. 그녀는 빈틈을 보이지 않았다. 사슴가죽치마는 발목까지 덮었으며, 칡베 저고리 소매는 손바닥까지 내려왔다. 그리매도 예외는 아니었다. 얼마나 섭섭해할까? 그녀는 마을의 예쁜이들을 거북뜸으로 보냈다. 하지만 하나 같이 퇴짜 맞고 돌아왔다.

꽃다지의 움집 주위를 서성대기만 하던 들개코는 어느 날 네댓 얼음 아이만 한 잉어 한 마리를 들고 와선 내놓았다.

"많이 안 돼보이오. 배 속 아이에게도 좋을 거요."

"지난 날 큰볕터에선 참으로 고마웠소."

꽃다지는 동문서답했다.

"배 속 아이의 아비가 부럽소."

"이제 그만 나가보시오."

꽃다지의 얼굴에 찬바람이 불었다. 들개코는 앉아보지도 못하고 나가야 했다. 움집을 빠져나오다, 뭘 잊고 나온 사람처럼 돌아서서 말했다.

"나, 들개코, 꽃다지를 아끼오. 사랑하오."

꽃다지는 큰소리로 답했다.

"나, 꽃다지, 큰어울림가람의 큰어미요. 그런 말 마시오!"

＠

솔나리는 바닥에 흩어진 머리카락들을 보곤 깜짝 놀랐다. 마치 긴 갈기를 지닌 짐승 한 마리를 잡아 놓은 것 같았다.

"큰어미, 어찌 된 일이오."

솔나리는 달려가 꽃다지에게서 돌칼을 뺏었다. 입을 다물지 못하는 솔나리를 보며 꽃다지는 미소를 띠며 말했다.

"아직도 예쁘냐?"

꽃다지의 머리에는 머리카락이 없었다. 아니, 있었지만 이른 봄 아무렇게나 솟아오른 무더기 들풀 같았다. 솔나리는 하하, 웃었다. 둘은 실컷 웃었으며, 울었다. 죽은 매발톱에게 빚진 눈물을 그제야 갚을 수가 있었다.

살자, 살자구나!

짐승을 잡기 위한 큰볕터 사람들의 구덩이를 떠올리곤 구덩이를 파라 했다. 사슴이 좋아하는 노루발풀과 말린 도토리를 흩어 놓았다. 사슴들이 생으로 잡혔다. 토끼 울타리 옆에 사슴 울타리를 세웠다. 큰볕터 사람들의 물고기 가두리를 떠올리곤 돌살(개매기)을 쳐라 했다. 바닷가에 돌로써 담 모양의 울타리(석방렴)를 치면 밀물에 딸려 온 고기들이 썰물에 빠져나가지 못했다. 온 마을이 큰어미의 지혜에 탄복했다.

천변에 심어둔 콩들이 싹을 틔우기 시작했다. 자른 머리카락보다 더 빨리 자랐다. 하지만 지난겨울 눈이 인색하게 내린다 싶더니, 늦봄 가뭄이 심했다. 바리로 물을 길어 콩에다 줘야만 했다. 그녀의 배가 불룩해지도록 비는 내리지 않았다. 강물이 반으로 줄고 땅이 갈라졌다. 장마철이건만 다음 날에도, 그다음 날에도 해는 뜨겁게 타올랐다. 세 사람 얼음(예순 살)의 늙은이조차 그런 가뭄은 없었노라 했다.

망을 보던 사내는 깜짝 놀랐다. 재 너머 큰별터 치들이 몰려오고 있었다. 각자 갈대나 청올치로 엮은 망태를 들고 왔다. 속에는 바리와 옷가지들이 들어 있었다. 넘어와선 곧장 강으로 갔다. 돌칼, 돌창을 휘두르고, 화살을 쏴도 소용없었다. 물에 가닿자, 미친 듯이 뛰어들었다. 모가지를 길게 뽑아서 담갔다.

큰주먹은 누리마루를 열었다. 버금, 마름, 알리미, 모두 그들을 돌칼, 돌창으로 쫓아버리자고 했다. 큰주먹은 그리매를 찾아갔다. 이런 얼음을 묻을……, 그걸 물음이라고 하나? 그리매는 큰주먹을 호되게 야단쳤다. 큰주먹은 꽃다지를 찾아갔다. 그녀 또한 같은 말을 했다.

❦

마침내 물을 찾아 큰별터에서 넘어온 사람들의 수가 수천에 이르렀다. 큰별터에는 사람들이 없을 듯했다. 큰주먹은 이때다 싶었다. 그리매의 생각 또한 같았으며, 꽃다지 역시 별말 하지 않았다. 그쪽 사정을 잘 아는 들개코를 앞세웠다.

텅 빈 움집에는 마른 열기만이 훅, 끼쳤다. 들판은 밝다 못해 눈이 부셨으며, 갈라진 땅에서 불이 솟는 듯했다. 끝까지 창을 놓지 않던 올빼미눈이 죽임을 당하자, 수리부리는 항복했다. 초롱꽃과 각시붓꽃 또한 그를 따라 재를 넘었다. 큰주먹은 움집 하나씩을 마련해줬다.

물은 그렇게 나누어 마시면 됐지만, 먹거리는 그렇지가 않았다. 사냥감마저 가뭄으로 팩팩 쓰러져 그 수가 현저히 줄었다. 물속의 것들도 그랬다. 해 질 녘, 수면 위로 튀어 오르거나 뽀글뽀글 물방울을 뱉던 것들이 어디론가 사라지고 없었다. 다만 바닷고기들은 여전할 것이지만, 배도 그렇고 그물도 그렇고, 예로부터 잡아 올리는 데는 한계가 있었다. 남녀노소 할 것 없이 먹거리를 구하기 위해 눈에 핏줄을 세웠다. 말라비틀어진 이름 모를 들풀까지도 씹어 먹었기에 큰볕터에서 넘어온 사람들이 독풀로 죽어 나가자, 꽃다지는 아낙들에게 그 옛날 매발톱이 만든 독풀 본보기를 가르쳤다. 으뜸으로서의 큰주먹에게, 첫 번째 위기는 그렇게 찾아왔다. 누리마루가 열렸다. 의견이 분분했다. 내친김에 또 다른 마을을 쳐들어가 먹거리를 빼앗아 오자는 의견, 참고 기다리면 언젠가는 비가 내릴 것이고, 비가 내리면 조, 피도 거둘 것이라는 의견. 하지만 그 누구도 고래를 잡자고 하진 않았다. 무시무시한 청상아리들을 반 토막 낸 범고래 때문에 고래는 다시 영물이 되어 있었다. 다들 '오메, 세오디 서노바살'을 외치며 바다 한가운데서 머리를 조아린 채 죽음과 마주했던 순간들을 떠올렸다.

큰주먹은 그리매를 찾았다. 지난번과 달리 다른 이들이 찾아보라 하기 전에 스스로 나섰다.

그리매는 암벽에다 그림을 그리고 있었다. 지난날 구덩이를 파서 산 채로 잡은 사슴 몇 마리가 새겨질 참이었다. 족제비눈은 개구리나 뱀이라도 잡겠다며 어디론가 가고 없었고. 단은 숫제 동굴밖으로 나오질 않았다. 삽이 짖자 그리매는 새김칼을 내려놓고 이마에다 손차양을 만들어 붙였다. 큰주먹이 수하들과 함께 오는 게 보였다. 손에는 망태가 들려져 있었다. 삽이 망태 가까이 다가가 꼬리를 흔드는 걸 보면, 먹거리임이 틀림없었다. 노루궁둥이와 뱀대가리는 그리매를 보자 대뜸 당골레 어른이라고 불렀다.

"내가 왜 당골레냐. 누가 그러더냐?"

그리매의 말에 큰주먹이 헛기침을 했다.

"당골레는 예와 같이 얼 어른이시다. 난 그저 바위새김이일 뿐. 근데…… 무슨 일이냐."

큰주먹의 이야기를 들은 그리매는 귀가 많다고 했다. 큰주먹은 노루궁둥이와 뱀대가리를 향해 머리를 치켜올렸다. 둘은 망태를 내려놓은 뒤 눈치를 보며 돌아섰다. 둘이 멀어지자, 그리매는 입을 열었다.

"배를 만들자."

그리매의 말에 큰주먹은 예상했다는 듯 주저 없이 답했다.

"만들면 뭐 하나. 물 줄어 고기도 없는 걸…… 큰 물도 그렇다. 어쩌다 그물에 걸리는 고기로는 턱도 없다. 사람들이 곱으로 늘었다. 모조리 굶어 죽게 생겼다. 조개무지에 송장 썩는 냄새가 솟구친다."

이런 얼음을 묻을……. 큰주먹의 말에 그리매는 혀를 찼다.

"이래도 죽고 저래도 죽는다. 덜 죽는 쪽을 고르는 거다."

"그래서……?"

큰주먹은 여전히 건성으로 대척했다.

"고래."

화들짝 놀란 큰주먹은 고개를 들었다. 놀란 까닭은 기가 막히게 좋은 생각이라서가 아니라, 갈이나 작이 아닌 그리매의 입에서 고래 잡자는 말이 튀어나왔기 때문이다.

"배라면 지금도 있지 않나?"

갈 시대에 만든 배들만 해도 열댓 척이 남아 있었다. 그리매는 큰주먹을 물가로 데리고 갔다. 갓 만들어진, 그러니 나무의 나이 테가 아직도 선명한, 그리 작지 않은 배 한 척이 떠 있었다. 그리매는 배의 고물을 손으로 흔들어 보였다. 놀랍게도 배의 이물이 좌우로 흔들렸다. 반면 종전의 것들은 더 작았건만 온 힘을 다해도 흔들기조차 힘들었다. 그리매는 큰주먹에게 배 위로 올라타라고 했다. 보통의 배가 열 번 노를 저어야 닿는 거리를 서너 번만 저어도 갔다. 선수가 들려 있어 물의 저항을 적게 받았으며, 그만큼 방향 또한 쉽게 틀 수 있었다. 큰주먹은 이물 밑을 들여다봤다. 그저 통나무 앞부분을 가파르게 잘랐을 뿐이었다. 지난날, 이런 배를 몰고 갔더라면 청상아리들에게 그렇게 많은 사람이 당하지 않았을 텐데……. 그래, 고래 한 마리가 여러 배의 멧돼지, 여러 땅의 사슴보다도 낫지……. 큰주먹은 불끈 쥔 육손을 흔들어 보였다.

그리매는 그들이 갖고 온 망태를 들여다봤다. 망태 속에는 빨갛게 피멍 든 고깃살과 조그마한 갈비뼈가 들어 있었다.

"이런 얼음을 묻을……, 이렇게 어린 걸 잡다니!"

그리매가 야단을 치자, 큰주먹은 머리를 긁으며 중얼거렸다.

"한 모타리 먹다가 반 모타리도 못 먹게 됐다. 이제 울타리 안에는 새끼 밴 암컷 하나 남아 있다. 꽃다지, 아니, 큰어미가 보낸 것이다. 맛있게 먹어라."

그리매는 암벽에다 꽃다지와 그녀가 보내온 새끼 사슴을 새겼다. 꽃다지도, 새끼 사슴도, 우리 속에 갇혀 있었다.

고래잡이

큰볕터에서 넘어온 이들 중에는 신불메 산골 출신들이 있었다. 그들은 송진이 엉긴 소나무 가지나 관솔에다 불을 붙여 골짜기의 밤을 밝히곤 했다. 관솔에서 솔기름 짜내는 법까지 알고 있었는바, 땅을 파서 가마를 만든 뒤 관솔과 솔가지를 덮히면 기름이 새 나왔다. 그리매는 그들의 나무바리를 들여다보곤 회심의 미소를 지었다. 나무토막을 마냥 돌칼로만 파내지 않았을 터, 물어본 즉, 그의 생각은 틀리지 않았다.

배를 만들기 시작했다. 통나무에다 군데군데 구멍을 내고 솔기름을 부은 뒤 불을 지폈다. 어느 정도 태운 다음, 돌자귀로 긁어냈다. 긁어낸 뒤 갈돌로 표면을 매끄럽게 갈았다. 작업 시간이 몇 배 단축되었다. 게다가 보기에도 좋았다. 그을린 초흔은 자연스러운 무늬로 나타나, 배는 마치 예술 작품처럼 느껴졌다. 통나무를 유자형으로 파낸 환목주였으며, 선수가 좁고 선미가 넓은 두협미광형이었다. 길이는 두 사람의 키가 좀 넘었으며, 폭은 한 사람 키 정도,

깊이는 반 사람 키가 조금 덜 되었다. 두께는 가운뎃손가락 길이였지만 물살을 헤치고 나갈 선수부는 두 배나 두꺼웠다. 두 번째, 세 번째…… 갈수록 공정은 간소화되었으며 공기도 단축되었다. 그렇게 마상* 열 척은 여섯 달 만에 완성되었다.

나름대로 고래의 급소를 분기공으로 파악하고 있던 그리매는 창잡이, 활잡이들을 가르쳤다. 각자 세 개의 말뚝과 청올치를 엮어 만든 오랏줄을 허리춤에 차게 했다. 사슴의 다리뼈를 깎아 만든 작살에 썩은 멧돼지 기름을 발랐으며, 그 끝에 기다란 나무 부표를 달았다.

배 한 척에 열 사람이 타고 나갔으니 백 명이 정행한 셈이며, 꽃다지의 의견에 따라 큰어울림가람 사람 반과 큰벌터 사람 반, 그렇게 반반씩 태웠다. 알리미인 여우주둥이만 빼고 누리마루 사람 죄다 나갔으며, 여인네로는 얼레지가 유일했다. 그녀를 말릴 수 있는 사람은 아무도 없었으며, 그녀의 힘이 웬만한 사내보다 세다는 걸 모르는 사람 또한 없었다.

강구를 벗어나 바다로 접어들었다. 바람 없고 파도 없어, 배는 순조로이 나아갔다. 열 중 넷만 노를 저었건만, 종전 열 저을 때보

---

* 통나무 쪽배. 구유처럼 생겼다고 구유배라고도 함.

다도 빨랐다. 노랫소리가 들렸다. 혹등고래 수컷이 암컷에게 구애하는 소리. 때로는 낮게 때로는 높게, 그 소리는 마치 바람에 댓잎이는 소리, 양 볼을 불룩하게 만들어 소라고둥 부는 소리, 까마귀 소리, 멧돼지 소리, 갓난아이 소리, 오늘 당장 죽을 것 같은 늙은이 가래 뱉는 소리 같았다. 열이 넘는 그 소리는 절묘하게 어우러져 수평선에 번졌다. 고래들은 보이지 않았지만, 그들의 노래만은 파도를 타고 넘실넘실 넘어왔다.

마침내 눈앞에 장관이 펼쳐졌다. 혹등고래 수십 마리가 바다를 메우고 있었다. 고래들은 다닥다닥 붙어 있어 멀리서 보면 하나 둥근 섬처럼 보였다. 저마다 등에 커다란 혹을 달고 있었으며, 몸통은 그들의 배보다 네다섯 배나 길었다. 엄두가 나질 않았다. 손에 쥔 돌창, 돌칼들이 너무나 하찮게 보였다. 와중에도 그리매는 출산 중인 어미 고래와 그 새끼에다 눈과 귀를 뒀다. 어미는 방금 나온 새끼를 수면 위로 올렸다. 숨을 쉬게 해주기 위해서였다. 이내 젖을 먹이곤 등에 업으니, 새끼는 그 위에서 재롱을 부렸다. 다른 곳에서는 또 다른 장관이 연출되었다. 스무 마리 정도의 혹등고래가 거대한 몸집으로 가뿐히 수면을 뚫고 오르더니, 동시에 원을 그리며 물거품을 뿜었다. 순식간에 수면은 물방울 천지가 돼버렸다. 물방울 안에는 놀랍게도 청어 떼가 득실거렸다. 그물에 걸려 빠져나가지 못하는 양, 포말 주위만 맴돌았다. 혹등고래들은 청어 떼를 마구 들이켰다. 이어 배들 사이로 달아나는 몇 줄기 청어 무리가 보이고, 또 다른 고래들이 나타났다. 쇠정어리고래였으며, 혹등고래들이 일으킨 물거품으로 인해 바다가 뒤집혀 그들의 먹잇감인 새우 등 갑각류들이 떠올랐기 때문이었다. 쇠정어리고래들은 배 가까이 다가왔다.

배 뒤에서 먹이가 풀어진다고 생각했는지, 고래들은 고물 쪽에다 주둥이를 갖다 붙였다. 혹등고래 반도 안 되는 크기는 그들을 정신 차리게 했으며, 비로소 먹잇감이라는 생각이 들게 했다. 그리매는 그중 한 마리를 향해 활을 겨눴다. 화살은 고래의 등 한쪽에 꽂혔다. 그것을 신호로 다들 시위를 당겼다. 고래가 잠수해도 화살 끝에 매달린 나무 부표가 수면 위로 떠올랐기에, 그 위치가 파악됐다. 고래가 숨을 쉬기 위해 몸통을 올리자, 던져라! 큰주먹이 외쳤다. 돌창들이 날았다. 튕겨 나가고, 거꾸로 꽂혀 떨어지곤 했지만, 시간이 갈수록 바로 꽂혔다. 마침내 바다는 붉게 물들기 시작했다. 고래의 몸부림은 여전히 역동적이었다. 그리매가 손을 높이 들었다가 내리자, 쑤셔라! 큰주먹이 외쳤다. 열 척의 배에서 두 사람씩, 합 스물이 창을 들고 바다로 뛰어들었다. 죽음의 조였으며, 조장은 들개코였다.

고래 등은 미역 깔린 갯바위처럼 미끄러웠다. 뛰어올라 마구 찌르고 싶었지만 쉽지가 않았다. 어쩌다 타고 오른다 해도 이내 미끄러져 물속으로 처박혔다. 그리매는 잠수를 주문했으며, 큰주먹은 물속으로! 하고 외쳤다. 동실동실 떠다니던 두상들이 하나둘 수면에서 사라졌다.

창잡이 하나가 고래의 아랫배 부분을 창으로 쑤셨다. 또 다른 하나가 가슴 부위에 창을 박았다. 요동을 치던 고래는 꼬리지느러미로 그 둘을 튕겼다. 고래의 난동은 멈출 줄 몰랐다. 몇몇이 가슴지느러미에 당했다. 수면 위로 시체들이 떠오르고 고래의 피, 사람의 피로 바다는 붉어졌다. 숨 고르기가 필요했다. 그리매의 손짓과 큰주먹의 외침이 있고 하나둘, 뱃전에 팔을 건 채 매달렸다.

갑자기 고래가 방향을 틀었다. 막아라! 그리매의 외침과 함께 다들 필사적으로 노를 저었다. 다행히 고래는 멀리 나아가지 못한 채 맴돌고 있었다. 사내들은 다시 한번 뛰어들었다. 그중 하나가 고래 등에 꽂힌 창을 잡고 오르는 데 성공했다. 그리매가 목이 쉬도록 숨구멍, 말뚝을 외쳤음에도 사내는 돌칼로 고래의 등만을 찔러 댔다. 고래가 잠수하자 사내는 퍼덕이는 가슴지느러미에 머리를 맞곤 한없이 가라앉았다. 의기소침해진 창잡이들은 다투어 배 위로 기어올랐으며, 물속에는 들개코만이 남아 있었다. 큰주먹이 창을 들고 물속으로 들어갔다. 고래의 아랫배 부분에 바싹 붙었다. 창 하나를 꽂는 데 성공했다. 꽂힌 창을 빼야만 피가 나오기에, 피가 빠져야만 고래의 힘이 빠지기에, 큰주먹은 창을 뽑으려 다가갔다. 고래가 지느러미를 파닥이기 시작했다. 눈치를 채고 수면 위로 오르던 큰주먹은 꼬리지느러미에 허리를 두들겨 맞곤 한없이 가라앉았다. 들개코는 망설였다. 으뜸을 구할 것인가, 굶주린 마을의 배를 채울 것인가. 그는 후자를 택했다. 순간 그리매의 눈이 번뜩였다.

밧줄 뭉텅이를 높이 든 채 물속으로 뛰어들었다. 그리매를 본 큰주먹은 손으로 아랫도리를 가리켰다. 발 하나가 돌 사이에 끼어 있었다. 그리매는 있는 힘을 다해 큰주먹을 비틀었지만 역부족이었다. 밧줄로 큰주먹의 허리를 감았다. 수면 위로 오른 뒤 손짓으로 가장 가까이 있는 배를 불렀다. 사내들에게 밧줄 끝을 건넨 뒤 다시 물속으로 잠겼다. 오만상 찡그리는 큰주먹의 입에서 마지막 물방울이 풀어졌다. 그리매는 사력을 다해 큰주먹의 발을 비틀고 당겼다. 마침내 발이 빠지고 밧줄이 쑥쑥, 올라갔다. 그리매는 곧장 고래 쪽으로 헤엄쳤다. 고래의 아랫배에서 붉은 피가 실연기처럼 새 나왔다. 돌창으로 고래의 배를 열심히 찔러 대는 들개코가 보였다. 안타깝게도 그는 더 이상 고래의 몸통에 그럴듯한 생채기를 못 내고 있었다. 그리매는 암벽에 새겨진 고래의 해부도를 떠올렸다. 들개코로부터 돌창을 건네받은 그리매는 곧장 가슴지느러미 쪽으로 갔다. 들개코의 눈이 휘둥그레졌다. 안 된다고, 위험하다고, 그리매를 향해 손사래를 쳤다. 고래가 가슴지느러미를 올리자, 그리매는 창을 들이댔다. 창을 뺄 것도 없었다. 고래는 큰 울음을 뱉더니 축 처져버렸다. 하지만 고래만 처진 게 아니었다. 내려오던 가슴지느러미에 그리매가 맞았다. 순간 들개코는 또 한 번 망설였다. 그는 그리매를 구하는 대신 으뜸창잡이 역할에 충실하기로 했다. 창잡이들에게 죽을힘을 다해 찌르라고 명령했다.

그 옛날 꽃다지 손을 잡고 그렇게 한없이 가라앉았었다. 울긋불긋 해초들로 아름다운 바다 정원, 그날처럼 뱃전에서 웅성대는 소리 또한 멀어져 갔다. 마침내 그리매는 숨을 못 참고 물을 들이켰다. 그때였다. 뭔가, 아니 누군가, 그리매의 발목을 당겼다. 얼레지였다. 얼레지는 자신도 참기 힘들 것이건만 그리매의 입을 그녀의 입술로 막고선, 자신의 폐 속 공기를 불어 넣었다. 그리매의 눈이 떠졌다. 그 순간 그는 꽃다지였으면…… 했다. 얼레지는 있는 힘을 다해 그리매를 물 밖으로 밀어내곤 가라앉았다.

정신을 차린 그리매가 제일 먼저 한 일은 사내들에게 뺨을 얻어맞고 있는 얼레지의 안부를 묻는 일이 아니었다. 여전히 정신을 못차리고 있는 큰주먹을 살폈다. 동태눈을 하고 있는 그의 불룩한 뱃살 너머로 그만큼이나 둥근 고래의 등이 보이고, 분기공에다 말뚝을 박는 들개코가 보였다. 들개코는 말뚝을 빼낸 뒤 두 구멍 사이로 연결 통로를 만들곤 오랏줄을 끼웠다. 와! 함성이 터져 나왔다. 그들 중 하나가 으뜸창잡이 하늘얼음! 외치자, 이내 으뜸창잡이 하늘얼음! 소리가 울려 퍼졌다. 들개코는 겸연쩍어하며 손사래를 치곤 '당골레어른 하늘얼음'을 외치며 그리매의 팔을 높이 들었다. 큰주먹이 비틀거리며 일어나자, 그리매는 큰주먹의 손을 높이 올리며 소리쳤다. 으뜸어른 하늘얼음! 이어 큰주먹은 '큰어울림가람 하늘얼음'을 외치곤 그리매와 들개코를 부둥켜안았다.

함성 때문인지, 얼레지가 눈을 떴다. 정신을 차린 그녀가 제일먼저 한 일은 그리매 쪽으로 기어가는 일이었다. 그의 무사를 확인

한 뒤, 벌러덩 뻗어버렸다.

　머리, 분기공, 가슴지느러미, 꼬리지느러미를 밧줄로 묶어 네 척의 배에다 연결했다. 쉽게 끌려오지 않자 여덟 척에다 연결했다. 강구에 닿자, 물이 얕아 더 이상 끌기가 힘들었다. 그리매는 해체를 지시했다. 창은 정확히 고래의 왼쪽 가슴지느러미 아랫부분에 박혀 있었으며, 거기엔 심장이 있었다.

　그리 크지 않은 쇠정어리고래 한 마리로 온 마을이 배를 불릴 수 있었다. 버릴 게 하나도 없었다. 뼈는 농기구로, 수염은 고기잡이 그물로, 열두 가지 맛이 나는 고기, 기름, 창자…… 이것이 아니다 싶으면 저것을 먹으면 됐고, 저것을 먹다가 싫증 나면 이것을 먹으면 됐다. 그보다 몇 배나 더 큰 귀신고래, 혹등고래, 그것들보다 또 몇 배 더 큰 대왕고래를 잡는다면, 정말 온 마을이 겨우내 먹고도 남을 것 같았다. 더 이상 마을은 고래 고기를 먹으며 '오메, 세오디 서노바살'을 읊지 않았다.

　그리매는 암벽에다 심장에 창을 맞은 쇠정어리고래 한 마리, 새끼를 업은 혹등고래 한 마리를 그 옛날 매발톱에게서 받은 참돌 화살촉으로 새겼다. 비록 그림이지만, 고래의 심장에 꽂힌 창날 끝이 예리해 보였다.

또 하나의 육손

하늘 높고 바람 없던 초가을 어느 날, 꽃다지는 아이를 낳았다. 육손이었다. 옆에 솔나리가 없었다면 그녀는 사내아이의 엄지손가락 중 하나를 잘라버렸을지도 몰랐다. 꽃다지는 솔나리에게 함구령을 내렸다.

솔나리는 꽃다지의 아이를 한 여인네에게 건넸고, 그 여인네는 또 다른 여인네에게 건넸다. 마침내 어느 움집에서 육손이가 태어났다고 했다. 어느 여인네는 갓난아이를 또 다른 여인네에게 건넸고, 그 여인네는 그 아이를 솔나리에게 건넸다. 다시 솔나리는 그 아이를 꽃다지에게 건넸지만, 꽃다지는 아이의 오손을 확인하곤 다시 솔나리에게 건넸다. 그날 밤, 솔나리는 아이를 데리고 온 이유를 여우주둥이에게 설명하느라 진땀을 뺐다.

꽃다지는 억새를 꺾어 하늘거리도록 치댄 뒤, 둘둘 말아 아랫배에다 붙였다. 옷을 입으니 그런대로 배가 불러 보였다. 며칠 뒤, 큰어미가 사산했다는 소문이 돌기 시작했다. 그리매가 숨차게 달려왔지만, 움집에는 아무도 없었다.

작은 죽기 전 작화증에 걸려 마구 이야기를 지어냈다. 매발톱이 자신의 아들을 낳았는바, 그는 지금 신불메 저편에서 유명한 창잡이로 이름을 떨치고 있다는 이야기였다. 그리고 개미취가 갈의 이복동생이라고 했다. 갈의 아비 달이 개미취 어미를 건드려 개미취를 낳았다는 것이다. 그가 지어낸 말 중에는 그럴듯한 것도 있어, 듣는 이에 따라 고개를 끄덕이게도 만들었다.

헛기침도 하지 않고 작이 죽었건만, 탁은 그를 따랐다. 암상괭이가 유혹해 바다로 끌고 갔다는 말은 다들 하지 않았다. 그 전날 밤, 범 소리가 크게 들렸다고만 했다. 떠나기 전, 그는 그리매를 찾았다. 딩각과 범 탈, 고래 탈을 건네며 말했다. 나, 이제 당골레 아니다. 아무도 내 말을 믿지 않는다……. 한사코 돌려주려 했지만 탁은 막무가내였다.

❀

"들리는 바처럼 에엿브오."
각시붓꽃은 선물이라며 바닥에 뭔가를 내려놓으며 입을 열었다.
"낯선 곳에서 힘들겠다."
꽃다지는 웃으며 동문서답했다. 각시붓꽃은 꽃다지의 말끝에 깜

짝 놀랐다. 어디서 많이 들어본 듯한 목소리였기 때문이다. 이내 꽃
다지의 목소리가 옆에 있는 초롱꽃의 것과 닮았음을 알았다. 하지
만 당사자들은 전혀 못 느끼는 듯했다.

동그라니, 얼굴 크기만 한 얇은 돌이었다. 꽃다지는 한 손으로
집어 올리며 나직이 말했다.

"참돌이구나."

"그동안 보살펴주신 데 대한 조그마한 손시시*입니다. 받아주십
시오."

초롱꽃 역시 미소를 띠며 조용히 답했다. 그녀의 말끝에 꽃다지
보다는 각시붓꽃이 더 고개를 끄떡였다.

"아무튼 몸조섭 잘하시길요."

그것이 뭣에 쓰이는 것인지 꽃다지가 알고 있을 거라 믿는 듯,
두 여인은 더 이상 말을 보태지 않았다. 꽃다지 역시 참돌이니 그
저 그리매에게 전해주리라고만 생각했다.

"고맙네."

꽃다지는 그녀들을 문밖까지 배웅했다.

동글납작한 참돌을 들었다. 깜짝 놀랐다. 샘물이 들어 있었다.
샘물에서처럼 자신의 얼굴이 비쳤다. 아니, 샘물에 비친 모습과는

* 손씻이(선물膳物)의 옛말.

322

또 달리 보였다. 도톰한 입술, 둥근 귓불, 왼쪽 눈꼬리 아래에 찍힌 점까지 또렷이 보였다. 만감이 일었다. 예쁘면 기뻐야 했건만 슬펐다. 슬프기에 화가 났다. 그래, 모든 것이 이 얼굴 때문이야! 치마를 들쳐 돌송곳을 움켜쥐곤 얼굴로 가져갔다. 눈 아래에 대고 확 그으려는데, 솔나리가 들어왔다.

더 큰 고래를 잡기 위해선 당도리가 필요했다. 그를 위해선 그만큼 큰 나무가 필요했지만, 주변에는 그렇다 할 나무들이 없었다. 아무리 머리를 싸매고 생각해도 묘안이 떠오르지 않았다. 어느 날, 큰볕터에서 넘어온 사슴모가지가 인사차 찾아왔다. 바위다듬이인 그는 돌만큼이나 나무를 잘 다루었다. 그리매가 그 문제에 관해 조언을 구하자, 그는 빙그레 웃으며 왼손 주먹에 오른손 인지를 넣어 보였다. 그래도 고개를 갸우뚱거리는 그리매를 보곤 한마디 보탰다. '흘레.'

이물과 고물, 선체 중간 부분, 그렇게 배의 세 부분이 만들어졌다. 선체 중간 부분 양편에다 구멍을 팠으니 암컷 둘이 되는 셈이며, 이물과 고물 부분의 각각 한 편을 돌출시켰으니 각각 수컷이 되는 셈이었다. 민어를 잡아 부레를 떼어낸 뒤, 기름 부분을 제거하고 팔팔 끓는 물에 삶아 응달에다 말려 접합 부분에다 밀어 넣으니,

사슴모가지 말대로 하나 통나무를 깎아서 만든 배처럼 보였다. 배의 방향을 틀기 위해 많은 시간을 허비했으니, 앞뒤 구분을 없애기 위해 이물, 고물 양쪽 모두 가파르게 도려냈다. 그 또한 환목주였지만 선수, 선미가 모두 좁은 두협미협형이었다. 다만 형식적으로나마 앞뒤를 구별할 수 있도록 이물에다 묘시를 두어 돌출시켰다. 오르내리게 편하도록 덕판을 깔았으며, 밀물, 썰물에 밀리지 않도록 몽깃돌을 달았다. 안전한 정박을 위해 버릿줄을 준비했으며, 뱃바닥에 물이 스며들 것을 대비해 물 퍼내는 파개와 뱃밥을 준비했다. 그렇게 남녀노소 온 마을이 힘을 합쳐 종전의 것보다 서너 배나 더 큰, 열 척의 배를 석 달 만에 완성할 수 있었다.

스물이 탔다. 열 척이니 합 이백이 떠난 셈이다. 얼마나 갔을까. 멀리 두른 메들이 따개비처럼 보이고 저만치 고래가 나타났다. 초대형 긴수염고래(참고래)였으며 열다섯 사람의 키 길이였다. 가슴지느러미와 꼬리 끝부분에 검은색 귀얄 자국이 있었으며, 수염은 주로 회색을 띠었지만 가운데로부터 오른쪽 끝 삼분의 일쯤은 붉은빛이 도는 흰색이었다. 다들 입을 다물지 못했다. 지난번 잡은 쇠정어리고래보다 열 배나 커 보였다. 고래는 뱅글뱅글 한 자리를 맴돌았다.

왜일까? 얼핏 수평선 위에 흰색과 검은색 띠들이 교차했다. 멈춰! 그리매가 외쳤다. 범고래 떼였다. 열 마리 정도가 참고래를 에워싼 채 공격하고 있었다. 무시무시한 이빨로 한입씩 물어뜯곤 다시 대열로 돌아갔다. 참고래가 지닌 유일한 무기는 꼬리지느러미였건만, 들었다가 내려놓는 사이 범고래 떼는 이미 다른 부위를 공략하고 있었다. 범고래들의 위력을 익히 알고 있던 터라, 가까이 다가갈 엄두가 나지 않았다. 잠시 뒤, 비교적 수면이 조용해지고 범고래 떼가 원형에서 이열 횡대로 대열 형태를 바꾸었다. 먹잇감을 길이로 뜯기 위해서였다. 범고래들이 참고래 등짝을 한입씩 물자, 피와 함께 기름이 터져 나와 수면에 둥글게 풀어졌다. 참고래의 몸통은 너덜너덜하니 반 가까이 뜯겨 나갔지만, 여전히 범고래보다 몇 배나 커 보였다. 범고래들은 배를 채웠는지 한 마리씩 떨어져 나갔다. 그리매는 묶어라! 외쳤다. 다들 다가가 참고래의 몸통 어디든 묶을 수 있는 모든 부위에 밧줄을 걸었다. 열 척의 배로 당기니 당겨졌지만 당기면 당길수록 고래의 몸통은 빗금으로 가라앉았다. 해가 서쪽으로 기울기 시작했다. 청상아리 떼가 몰려올지도 몰랐다. 그리매와 큰주먹은 머리를 맞대곤 수군거렸다. 이어 끊어라! 울분 섞인 큰주먹의 고함이 터져 나왔다. 바로 코앞에 먹이를 두고, 그것도 멧돼지 한 마리, 사슴 한 마리가 아니지 않은가. 몇몇은 머리를 뜯으며 엉엉 울었다.

다들 초췌한 모습으로 강구에 닿았다. 갑자기 뭔가 눈앞에 나타났다가, 사라졌다. 귀신고래였다. 그리매는 좌우로 팔을 몇 번 저은 뒤 사슴 가죽을 벗어던지곤 물속으로 뛰어들었다. 고래는 흔적을 남겼다. 바다 밑바닥에 제법 넓은 길을 내며 지나갔다. 주변에는

325

조개, 새우, 작은 게 등 패류와 갑각류들이 뒹굴고 있었다. 그리매는 길을 따라 헤엄쳐 나갔다. 숨을 쉬기 위해 수면을 오르내리기를 몇 차례, 마침내 고래의 동태를 살필 수가 있었다. 입을 밑바닥에 대고 훑으며 지나가거나, 몸통을 눕혀 바닥을 휘저은 뒤 수염으로 여과시켜 먹이를 취했다. 귀신고래는 거의 강구 초입에까지 다가갔다. 얕은 곳에서 노닐기에 잡기도, 잡은 뒤 운반하기도 쉬울 듯 보였다. 문제는 워낙 귀신처럼 나타났다가 귀신처럼 사라지니 과연 창 던질 기회를 줄까 하는 것이었다.

❦

꽃다지는 언제 수리부리를 찾아봐야지 생각했지만, 그럴 필요가 없었다. 그가 찾아왔다. 꽃다지를 본 수리부리는 그 전날, 그의 딸 각시붓꽃이 그녀의 목소릴 듣고 놀란 것보다 더 놀랐다.

"너무나 닮았소."

그가 꽃다지를 보자마자 다짜고짜 뱉은 말이었다. 둘은 큰어미로서, 왕년의 한 마을의 으뜸으로서, 극히 형식적인 인사도 못 나눈 채였다. 누구와 그렇게 닮았다는 건가. 영문을 알 턱이 없는 꽃다지는 당황했다.

"한 계집이, 아니, 한 아낙이 있었소."

수리부리는 곧장 한 여인에 관한 이야기를 늘어놓았다. 어여쁜

326

얼굴, 육감적인 몸매로 온갖 잡놈들이 들끓어 아이를 배고 있어도 그 짓을 멈추지 않아, 배면 떨어지고 배면 떨어지고……. 그녀가 바로 초롱꽃의 어미였으며, 늘 그랬듯이 그와 상봉 전 이미 그녀는 임신 중이었노라 했다.

"그때…… 그녀 또한 큰어미 또래 얼음이었소. 그녀를 처음 본 아낙 말에 의하면 큰어울림가람 재 쪽에서 그녀가 죽을 듯 살 듯 엉금엉금 기어 왔다고 했소……. 목은 칡 줄기 같은 것에 조였는지 피멍 줄을 두르고 있었고, 뱃가죽은 막 애를 낳았는지 처져 있었고……. 초롱꽃을 낳고 얼마 안 가, 발가벗은 채 머리에 돌을 맞고 들판에서 죽었지요……. 내가 봤을 땐 이미 까마귀들이 얼굴의 반을 뜯어먹은 뒤였소."

꽃다지는 그 여인네가 어미 마타리라는 걸 직감했다. 수리부리가 나가자 그녀는 이를 깨물었다. 사내들을 하나씩 불러들였다. 모두 그녀에게 음심을 품고 있던, 그녀의 움집 주위를 배회하던 자들이었다. 그중에는 들개코도 있었던바, 그는 그녀의 얼굴을 보는 순간 깜짝 놀랐다. 얼굴에 깊게 파인 상처 때문이었으며, 이미 넷이나 있었다.

"내가 누구인가?"

그녀의 목소리가 근엄하게 들렸다. 들개코는 태연히 답했다.

"아낙이다."

그녀는 돌송곳을 꺼내, 손에다 쥐고 다시 물었다.

"내가 누구인가?"

그제야 들개코는 그녀가 원하는 답이 뭔지 알았다. 하지만 그의 표정엔 변함이 없었다.

"아낙이다."

그녀는 돌송곳을 얼굴에다 올리고 마구 내리려 했다. 그제야 들개코는 황급히 그녀의 손목을 잡으며 말했다.

"큰어미요. 큰어울림가람의 큰어미……!"

그녀의 눈에서 하염없이 눈물이 흘러내렸다. 들개코는 침울한 표정으로 말했다.

"내가 잘못했소. 부디 잘못을 덮어주시오……."

그는 목걸이 하나, 방울 두 개를 웃옷에서 꺼냈다.

"소라 목걸이가 너무 낡아 보이오. 내 아끼던 창날들을 이것들과 바꾸었소. 품었으면 하오……."

들개코가 움막을 빠져나가자 목걸이와 방울들이 두두둑, 벽에 던져졌다.

큰주먹은 부를 것도 없었다. 이미 각시붓꽃이 그의 움집에 들락날락거린다는 소문이 돌았다. 그리매가 문제였다. 그만은 그런 식으로 부르지 못할 것 같았다. 또다시 여인네들을 거북뜸에 보냈다. 하나 같이 퇴짜를 맞고 돌아왔다. 자신과 목소리까지 닮은 초롱꽃을 보냈다. 그녀는 의미도 모른 채 사슴 고기를 심부름하는 셈이었다. 돌아온 그녀는 별말 하지 않았다. 단지 그리매가 착하고 잘생긴 사내라고만 했다.

⊛

그리매가 들어서자 큰주먹은 흠흠, 헛기침을 했으며, 각시붓꽃은 붉은 뺨으로 슬며시 빠져나갔다. 그리매는 그녀의 뒤를 힐끔 살핀 뒤 망태 속의 것들을 꺼냈다.

"네 것이다."

딩각, 고래탈, 범탈이었다. 눈이 휘둥그레진 큰주먹은 소리쳤다.

"나, 당골레 아니다!"

그리매는 반 이상 비웃었다.

"그럼 난, 당골레냐? 나, 당골레다 말한 적 없다."

"춤도 못 추고 소리도 못한다."

"가르쳐준다."

큰주먹이 머뭇거리자, 그리매는 혼잣말하듯 중얼거렸다.

"사슴 새끼, 계집들하고 그 짓 할 때나 좋겠지……."

"이런 얼음을 묻을……. 그럼 네놈은 뭐할 때가 좋나?"

큰주먹이 씩씩거리며 대척했다.

"바위 새길 때다."

그리매는 차분히 답했다.

"난 마을을 넓힐 거다. 더 많은 사람이, 더 넓은 땅에서 더 잘사는 걸 보고 싶다."

큰주먹은 여전히 씩씩거렸다.

"여태까지 마을이 어지러웠던 건 서로 으뜸이 되겠다고 다투었기 때문이다. 다음을 둬라. 네 새끼 중 큰놈의 이마에만 검댕을 먹여라. 마을의 사내 계집들은 다른 마을의 사내 계집과 붙어야 한다. 그래야 튼실한 새끼들이 나온다. 모두 얼 어른의 뜻이다."

"어쨌든 난, 으뜸이지, 당골레가 아니다."

그 말에 그리매는 큰주먹을 노려봤다. 큰주먹이 눈을 아래로 깔자, 곧장 그리매의 입에서 고함이 터져 나왔다.

"당골레 따로 없다! 으뜸이 당골레요, 당골레가 으뜸이다. 냉큼 발가벗고 딩각 불며 춤춰라!"

참돌바늘

단이 죽었다. 여윈 팔다리가 돌괭이, 돌보습, 돌창만큼이나 가늘고도 딱딱했다. 평생 돌을 갈고 닦았기에 기침을 하면 서걱서걱 돌가루가 섞여 나왔었다. 반신불수 상태로 죽기 바로 전날까지 돌을 다듬었으며, 송장으로 아침을 맞을 걸 예감한 듯 그리매에게 유언 아닌 유언을 남겼다. '네 어미…… 개미취 말이다. 죽기 전 작이 한 말…… 그릇되지 않는다…….' 단이 남긴 이승에서의 마지막 말이었건만 그리매에게는 달갑게 다가오지 않았다. 그 말은 큰주먹처럼 그의 몸에서도 석대메 저쪽의 피가 흐르고 있다는 것 아닌가. 그렇다면 왜 단은 쉼 없이 기침을 하면서까지 그 말을 남겼을까?

단을 묻었다. 그가 만들다 만 석기들을 함께 넣어주었다. 그렇게 먹고파 하던 멧돼지 가브리살과 사슴 혓바닥도 돌무지에 올려 주었다. 돌아서자, 수리 한 마리가 하늘에서 내려와 낚아채 갔다. 그리매는 수리를 향해 손을 흔들었다. 그의 눈에 한참 동안 마르지

331

않을 눈물이 스미었다.

⬥

황급히 화덕 쪽으로 갔다. 참돌은 고기를 굽듯 돌려가며 구워도 변화를 보이지 않았기에 참나무 장작을 한껏 부린 뒤, 강한 불길 속에다 던져 넣곤 잠들었던 것이다. 장작은 벌건 숯이 되어 있었으며, 참돌은 정중앙에 놓여 있었다. 벌겋게 단 참돌을 가까스로 돌창으로 굴려서 끌어냈다. 참돌에 난 돌창 자국을 본 그리매의 눈에 광채가 휘돌았다. 돌칼을 거머쥔 채 힘껏 눌렀다. 칼자국이 났다. 돌도끼로 내리찍었다. 찍히는 만큼 생채기를 입었다. 곧장 가마터로 가 불을 지폈다.

참돌은 원하는 대로 모양을 바꿔주었다. 두말할 것도 없이 새김칼이 만들어졌다. 차돌 새김칼과는 비교가 안 되었다. 물고기 한 마리를 그려낼 시간에 고래 한 마리를, 다람쥐 한 마리를 그려낼 시간에 호랑이 한 마리를 그려내고도 손목이 저리지 않았다. 바위새김새에 일대 변혁이 일어났다. 돌을 쪼거나 떼어내지 않고 선을 긋는 것만으로도 충분히 그림을 완성할 수 있었다. 대상의 윤곽은 굵게, 대상의 특징들은 가늘지만 깊게……. 그렇게 멧돼지나 호랑이 털 무늬까지 세세히 그려낼 수가 있었다.

곱돌로 쇠정어리고래의 밑그림을 그려낸 뒤 테두리를 파냈다. 멀리서 봐도 고래로 보였건만 애써 몸통의 아랫부분은 모두 떼어내기(면각)로, 윗부분 특히 아래턱과 가슴까지 이어지는 가는 주름들은 줄을 새겨(선각) 처리했다.

그림 속 고래는 마치 살아 움직이는 듯 보였다. 손을 펴 왼쪽 가슴에다 붙였다. 심장 고동이 손바닥을 두드렸다. 꽃다지를 처음 안던 그날 같았다.

※

"마을이 너무 크다. 아니, 마을은 크지 않은데 사람들이 너무 많다. 새끼 짐승들까지 잡아먹으면 곧 들메는……."

언제부턴가 큰주먹은 고래를 잡자는 말 앞에 이유랍시고 구실을 붙였다. 하지만 그것은 구실이기 이전에 사실이었다. 이상 기온으로 조피가 흉작에다, 들메 사냥과 물고기잡이가 시원찮아 굶어 죽는 자들이 속출했다.

"마을이 크다고? 사람들이 너무 많다고? 네 놈이 바라던바 아니더냐!"

그리매의 호통에 큰주먹은 더 이상 말을 잇지 못했다. 평소와 달리 그의 얼굴은 수심으로 가득 차 있었다. 하지만, 진정 으뜸의 얼굴로 보였다. 그리매는 돌아서는 그를 부르려다 말았다.

333

어느 날, 낚시하는 사내를 물끄러미 바라보던 그리매는 뭔가를 떠올렸다. 부싯돌로써 거대한 낚싯바늘을 만드는 일이었다. 돌낫보다 더 둥글게 만들었으며 끝부분은 미늘에 버금가도록 날카롭게, 안으로 구부러지게 깎았다. 밧줄을 매어 길게 이은 뒤 끝에는 커다란 부표를 달았다. 잡은 고래를 끌고 오기 위해서도 뭔가를 만들어야만 했다. 움집 몇 채 크기의 고래의 몸통을 수면 위로 띄워야 했기에, 웬만한 부력으로는 어림없을 것이었다. 멧돼지 오줌통에 바람을 넣었다. 바람은 얼마 가지 않아 빠져버렸다. 바람 대신 억새나 갈대 같은 걸 말아서 넣었다. 바람만큼은 아니었지만 떠올리는 힘이 꽤 괜찮았다. 고래의 몸통을 생각하면, 골짜기의 멧돼지를 다 잡아도 모자랄 성싶었다. 머리를 싸매고 고민하던 중 샘터에 놓인 물 부대 생각이 났다. 강치였다. 그 통가죽에 억새를 넣고 기웠다. 성공이었다. 한 마리 강치의 가죽은 수십 마리의 멧돼지 오줌통보다 나았다. 이내 강치 사냥에 나섰으며 마침내 수십 개의 부구가 만들어졌다.

다시 한번 지난날 바다 밑바닥에서 주운 소라와 조개, 따개비들을 살폈다. 흔히 강구나 갯벌 등, 얕은 물에서도 만날 수 있는 것들이었다. 캐냈다. 어느 정도 양이 되자, 귀신고래들이 지나가는 길목에다 뿌렸다. 어느 중간쯤 바늘을 묻었으며, 밧줄과 부표가 쉬 뜨지 않게 납작한 돌을 올려놓았다.

조망할만한 멧부리에 후루를 두곤 족제비눈과 번갈아 고래의 동정을 살피기로 했다. 마침내 귀신고래는 출현했고, 그리매는 큰 주먹으로 하여금 딩각을 불어 출동을 명하게 했다. 멀리 나아갈 필요도 없었다. 고래는 강구 가까이에 있었다. 자칫 눈 깜짝할 사이에 모습을 감추었기에 눈을 부릅뜨고 지켜봐야 했지만, 그중 한 마리만은 그렇지가 않았다. 수면 위로 나무 부표가 떠다니고 긴 밧줄이 구불텅하니, 물속에서 따라 움직였다. 그리매는 주먹을 불끈 쥐었다. 고래는 배 바닥 부근에 있었다. 밧줄이 수평으로 팽팽해지더니, 마침내 고래의 모습이 드러났다. 여덟 사람 키 길이에 몸통은 회백색이었다. 고래는 머리를 내밀곤 수평선 위로 길게 물 자루를 뿜었다. 머리와 등에는 각종 따개비가 붙어 있었으며, 그것들이 떨어져 나간 자리에는 흉터처럼 얼룩덜룩 자국들이 남아 있었다. 등 지느러미가 뚜렷이 없었으며, 꼬리자루까지 열댓의 작은 융기들이 돋아나 있었다. 고래는 사람 걸음 속도로 느리게 유영했다. 입에 밧줄을 매단 채 머리를 수면에다 세우곤 주위를 둘러보기도, 별안간 몸통을 날려 수면을 때리기도 했다. 그리매가 창을 던져라, 활을 쏘아라, 외치는 순간, 고래는 물속으로 들어갔다. 고래가 몇 번 몸부림치자 수염판에 꽂혀 있던 돌바늘이 깨져버렸다. 매달고 있던 밧줄이 풀어져 물 위에 떠다니는 게 보이고, 귀신고래는 이름처럼 사라졌다. 그 후 몇 번 더 시도했지만 결정적인 순간에 바늘은 부러졌다.

⊛

그리매는 마지막 새김이라는 생각에 온갖 것들을 그려냈다. 발가벗고 남성을 곧추세운 채 딩각을 부는 사내. 분수처럼 물줄기를 뿜어내는 고래. 배 부분에 얼기설기 주름이 잡힌 고래. 잡은 고래를 묶어서 끌고 오는 배. 배는 반달처럼 앞뒤가 들려지게 그렸으며, 배와 고래를 연결하는 밧줄은 가늘고도 얕게 새겼다. 그 사이 작은 사각형을 집어넣어 부구를 나타냈으며, 다시 가늘고도 긴 선을 새겨 넣어 작살에 연결하는 밧줄을 나타냈다. 불과 며칠 만에 해냈으며, 참돌새김칼이 있었기에 가능한 일이었다.

⊛

큰주먹은 다시 그리매를 찾았다. 그리매는 더 이상 호통치지 않았다. 오히려 돌아서는 그의 어깨를 두들겨 주었다. 그리고 며칠 뒤, 그리매는 이빨을 물곤 가마터로 갔다.

⊛

그리매의 지시에 따라 창잡이들은 창을 날렸고 활잡이들은 화살을 쏘았다. 창과 화살을 몸에다 꽂은 고래는 물속으로 파고들었다. 이름처럼 고래는 신출귀몰하게 이곳저곳 머리를 내밀었지만, 수면 위에 떠다니는 부표와 밧줄만은 숨길 수가 없었다. 참돌바늘은 부싯돌바늘과는 확연히 달랐다. 잘 걸렸으며 잘 꽂혀 있기도 해, 밧줄을 잡고 오르기도 수월했다. 마침내 사내들은 고래 등 위로 올랐다. 대여섯 미끄러지고 서넛 꼬리지느러미에 튕겨 나가 부상을 입었지만 끝내 말뚝을 박는 데 성공했다. 인양에도 큰 문제가 없었다. 생각대로 부구는 작동했으며, 강구천변 얕은 물에 닿을 때까지 고래의 몸통은 수면 가까이서 떠다녔다.

잡은 고래를 강변으로 끌고 오기 위해선 온 마을이 힘을 써야만 했다. 굵은 밧줄로 꼬리지느러미를 묶어서 당겼다. 고래의 몸통 일부가 몽돌밭에 닿자 더 이상 움직이지 않았다. 큰주먹이 딩각을 불자 사람들이 그의 주변으로 몰려들기 시작했다. 오메, 모아디 도바살! 큰주먹의 선창에 온 마을은 땅에다 머리를 박고 복창했다.

해체가 시작됐다. 사내 하나가 고래의 몸통 중간쯤에다 돌낫으로 X표를 새겼다. 고래의 분기공에 말뚝을 박은 자에게 주어지는 포상 같은 것이었다. 이어 X표를 중심으로 몇몇 사내들이 돌낫으로 두 자 폭의 가로줄을 그었다. 다시 한 자 폭의 세로줄을 그으니 고래의 몸통이 바둑판의 네모난 눈금처럼 보였다. 긴 돌칼로 그 줄들을 따라 검은색 껍질을 자르고 붉은 지방층 끝까지 칼집을 낸

338

뒤, 가로세로와 깊이 두 자, 한 자 정도의 직육면체 조각들을 떼어 냈다. 그중 첫 번째 조각을 끓는 물에 삶아서 온 마을이 시식했다. 침을 흘리며 지켜보던 늑대, 들개, 여우, 모든 짐승에게도 주어졌다. 고래 한 마리와 수십, 수백의 목숨과 바꿀 때도 감사의 눈물을 흘렸건만, 죽은 자와 다친 자를 세는데 달랑 한 손이면 됐다. 모두 그들의 으뜸을 자랑스러워했다.

해체 작업은 밤새도록 진행됐다. 내장을 조속히 빼내는 게 관건이었다. 열이 많은 내장은 잡은 지 하루가 지나면 상해버렸으며, 상한 내장은 미처 파내지 못한 주위의 고깃살마저 상하게 했다. 서른의 사내가 번갈아 칼질, 도끼질을 해도 내장은 쉽게 드러나지 않았다. 그만큼 피하 지방층이 두꺼웠으며 속살이 깊었다. 밤새 작업을 하다가 내장을 빼내지 못한 채 해가 떠오르면 해체 작업은 끝이 났다. 아니, 포기하는 것이었다. 아니, 포기하는 것이 아니라, 또 다른 해체와 배분이 시작되었다. 들메에서, 하늘에서, 짐승들이 몰려와 남은 고깃살들을 뜯어 갔다. 개미들이 뼛속 고깃살 부스러기를 그들의 집으로 가져가도 해체와 배분은 끝나질 않았다. 사람들은 덩그러니 남은 뼈로써 움집을 지었으며, 가래와 보습을 만들어 밭을 일구었다. 그렇게 남김없이 해치움으로써 그 옛날 영물이었던 고래에 대한 예의를 갖추었다.

밤이 낮 같았다. 고래 기름으로 등잔은 물론, 집집이 횃불을 내다 거니 마을이 환해졌다. 큰주먹은 고래 탈을 쓰고 그리매가 새긴

암각화 속 사내처럼 발가벗은 채 딩각을 불었다. 그의 음경은 그 딩각 만큼이나 높이 발기되어 있었다.

한없이 양껏 먹었다. 먹고 남는 고깃살은 한여름에도 뼈가 시릴 정도로 찬바람이 새 나와 얼음굴이라 불리는 옛골에다 저장했다. 그래도 남는 고깃살로는 육포를 만들었다. 은현, 굴화 멀리 삽량에서까지 사람들이 몰려왔으며, 그냥 오지 않았다. 사슴, 멧돼지, 고라니 등 들메 짐승 고깃살, 각종 푸성귀와 버섯은 물론이고, 산삼, 자수정 등 귀중품까지 들고 와선 고래 고기와 바꾸기를 원했다. 그중에는 호랑이 가죽이 있었지만, 어느 날부터 반입이 금지되었다. 그 어느 날은 바로 그리매가 구덩이에 빠진 호랑이를 건져준 날이었다. 먼저 호랑이 몸통으로부터 그물을 벗겨냈다. 비스듬히 통나무를 밀어 넣은 뒤, 저만치 물러나서 지켜봤다. 호랑이는 통나무를 딛고서 조용히 구덩이를 빠져나왔다. 고맙다고 포효를 한 뒤 한참 동안 그리매와 눈을 맞췄다. 그 불빛이었다. 그 옛날 큰볕터 구덩이 속 꽃다지를 바라보던 눈빛.

살만한 곳이라 소문이 나서인지, 갈수록 이주자들이 늘었다. 이주는 해오지 않았지만, 그저 큰어울림가람의 각단이 되고 싶어 하는 마을들도 생겼다. 큰주먹은 웃었다. 마을이 넓어졌다. 더 많은 사람이, 더 넓은 땅에서 더 잘 먹고 더 잘 산다. 이제 온 누리의 으뜸이 된 느낌이다……. 이 모든 게 그리매 덕이란 걸 잘 아는 큰주먹은 어느 날 물었다. 왜, 애써 이룬 것들을 나에게 돌리나? 그리매가 답했다. '나더러 으뜸질 하라 하면 어떡하나, 그게 걱정이었다…….' 그럼에도 그리매는 가르치는 일만큼은 싫어하지 않았다. 팔황에서 모여든 새 사람들은 최소한 그리매에게 고래 사냥법만은 배워야 했다. 가르치는 그의 등 뒤에는 여섯 사람 키 너비에 두 사람 키 높이의 사각 암벽이 펼쳐져 있었으며, 거기엔 고래, 상어, 거북, 족제비, 사슴, 멧돼지 등 뭍뭍 짐승들과 울타리, 부구 등 각종 사냥 도구들이 새겨져 있었다. 그는 최근 들어 다시 새긴 고래 해부도를 손가락으로 찍어 가며 설명했다. 분기공과 심장의 위치, 말뚝을 박는 요령, 잡은 고래를 끌고 오는 방법 등. 잠을 자는 사내, 옆 치와 장난치는 사내, 잡담하는 사내도 있었지만, 많은 치들이 그의 말을 놓치지 않으려고 귀를 세웠다.

⁂

창을 던져도 도망치지 않는 한 마리 귀신고래와 마주쳤다. 쳐놓은 그물에 새끼가 걸린 것이다. 새끼 고래는 사력을 다해 몸부림쳤다. 칼로 그물을 찢곤 새끼를 빼냈다. 새끼는 곧바로 어미 등 위로 올라갔다. 조그마한 분기공을 통해 물을 뿜은 뒤, 어미젖을 빨기 위해 다시 가라앉았다. 다들 넋을 잃고 바라만 봤다. 새끼는 어미 등 위에서 미끄럼을 타며 재롱을 부렸다. 어미는 고마움의 표시로 사람들을 향해 꼬리지느러미로 수면을 쳐보였다. 그렇게 새끼를 태운 고래는 배 주위를 몇 바퀴 돈 뒤, 수평선 너머로 멀어져갔다. 그리매가 손을 흔들자, 백여 명의 사내들도 일제히 손을 흔들어주었다.

그날 밤, 그리매는 잠을 못 이뤘다. 자꾸만 철부지 새끼 고래의 귀여운 지느러미와 고마워할 줄 아는 어미 고래의 착한 눈빛이 어른거렸다. 참돌 바늘을 편 뒤 다시 새김칼을 만들었다.

무작정 하고 본 일이었지만 구태여 바늘을 쓸 필요가 없음을 느꼈다. 고래가 수면 위로 떠오르기 전, 온갖 물새 떼들이 떠돈다는 걸 눈치챘기 때문이다. 고래에게 고마워해야 할 일이 또 하나 생겼다. 도무지 먹거리라고 여기지 않던 미역을 먹게 된바, 암고래가 새끼를 낳은 뒤 삼키는 걸 본 것이다.

암각화 속 두 얼굴

커졌다고 하지만, 메 꼭지에서 내려다본 마을은 손바닥 안으로 쏙 들어왔다. 그만큼 비밀 또한 보장되기 힘들었다. 육손이가 꽃다지의 아이라는 소문이 파다해졌으며, 그 소리는 큰주먹과 그리매의 귀에까지 들어갔다. 큰주먹은 괜히 우쭐거렸지만, 그는 누구보다 아이의 이마에다 석묵을 먹일 수 없다는 걸 잘 알고 있었다. 그리매는 심히 우울해했다. 행여 큰주먹이 아이의 이마에다 석묵을 먹이려 들고, 꽃다지가 그걸 받아들일까 봐 그랬다.

이왕 그렇게 된바, 꽃다지는 솔나리를 시켜 아이를 거두기로 했다. 두 해 만에 아이들은 각자 생모들 품에 안겼다. 그 소리를 들은 얼레지는 이때다 하고는 거북뜸을 찾아왔다. 그녀는 지금까지의 여인네들과는 확실히 달랐다. 그리매가 아무리 쫓아도 나갈 줄 몰랐다.

첫얼음이 얼고, 고래의 심장 판막으로 만든 알리미의 북이 울렸다. 다들 악귀를 쫓기 위해 집마다 멧돼지 피를 뿌린 뒤, 알들을 묻기 위해 각자의 장소로 향했다.

알을 묻고 일어서던 꽃다지는 깜짝 놀랐다. 밤새 사슴이 새끼를 낳아서만이 아니었다. 그 새끼가 제 어미아비와 딴 판이었는바, 민무늬 사슴들 사이에서 꽃사슴이 나온 것이었다. 아무리 생각해도 꽃사슴을 잡아넣은 적이 없었다. 순간 꽃다지의 얼굴에 화색이 돌았다. 그래, 제 어미아비하고 다른 새끼도 나올 수 있는 거야……. 그녀는 곧장 거북뜸으로 발길을 옮겼다. 기쁨, 서러움, 안타까움, 애틋함, 슬픔으로 가슴이 터질 것만 같았다. 동굴이 가까워질수록 기쁨만은 옅어졌다. 뭐 하는 건가. 나, 어미 아니라 큰어민데……. 동굴 외벽에다 가슴을 묻곤 흐느꼈다. 하지만 오로지 하나뿐인 내 사랑 있는 곳 아닌가. 들닭 울고 아침 햇살 들 때까지 꼭 껴안고 잠들던 곳 아닌가……. 다시 용기를 내 동굴 안으로 들어가려는 순간, 얼레지의 목소리가 들려왔다. 그 시절 그녀만큼이나 행복에 겨워하는 어조였다.

돌아오는 길, 사내는 계집을 외롭게 만든다던 매발톱의 말이 떠올랐다. 하지만 사랑 없인 하루도 못 살 것 같았다. 큰어미, 더는 없다, 내가 마지막이다……. 채 딱지도 앉지 못한 돌송곳 상처 위로 눈물이 흘러내렸다.

세월이 흐르고 얼레지 또한 아이를 낳았다. 그리매는 아이의 손부터 펴 보았다. 육손이 아니었다. 불현듯 단이 남긴 마지막 말이 떠올랐다.

그리매는 그 옛날 꽃다지가 한 말을 되뇌며 새김칼을 들고 사다
리에 올랐다. 저 높이 작은 얼굴을 새겼다. 행여 비뚤게 새길세라.
손이 떨렸다. 가슴에 새기는 듯 가슴이 아려 왔다. 참돌 새김칼을
던지곤 차돌 새김칼을 들었다. 뜻대로 더디게 새겨졌다. 눈만 새기
면 됐건만 내려와 그 아래 또 하나의 얼굴을 새겼다. 그러곤 다시
사다리에 올랐다. 마침내 눈을 그려 넣었다. 그 눈은 아래 얼굴을
바라보는 듯했다. 새겨진 얼굴을 두 손으로 어루만졌다. 눈물이 목
덜미를 타고 가슴까지 흘러내렸다. 그랬다. 하나가 멀리 있는 하나
를 바라보는 형상이었다. 하지만 멀리 있는 하나는 가까이 있는 또
다른 하나의 가슴속에 영원히 남을 것이었다. 그리움이란 그처럼
멀리 있는 것을 가까이 두는 일임을 깨달았다. 어디서 그녀의 목소
리가 환청으로 들려왔다. '멀리 있으니, 작게 보일 뿐이야……'

꽃다지는 자신의 손가락 발가락과 그리매의 손가락 발가락, 아

비를 닮아 그림을 잘 그리던 아들 하늘가재*의 왼손 검지를 세다 말고 세상을 떴으며, 그리매는 자신의 손가락 발가락, 꽃다지의 손가락 발가락, 다시 돌아와 꽃다지의 왼손 엄지까지 세다가 갔다. 하지만 큰주먹은 자신의 손가락 발가락, 꽃다지의 손가락 발가락, 각시붓꽃의 손가락 발가락, 그리고 또 한 여인의 오른손 검지까지 세고서 세상을 떴다.

❀

그로부터 수천 년이 흐르고 밤이 가장 긴 날, 거북뜸 사람들은 멧돼지 피 대신 팥죽을 끓였으며, 새알 대신 자신의 나이만큼 찹쌀 알을 건져 먹었다.

1971년 12월 25일, 성탄절 오전 11시쯤이었다. 서울에서 내려온 D대학 M교수 일행은 마을 사람 몇몇과 그 옛날 그리매가 만든 통나무배보다 조금 더 큰 나룻배를 타고 기역 자로 꺾인 절벽 쪽으로 갔다. 어린아이들이 낙서한 듯 조그마하고도 유치한 그림들이 눈에 들어왔다. 그중에서도 벌거벗은 사내가 성기를 세운 채 나팔을 불고 있는 그림이 눈에 들어왔다. 찰랑거리는 수면 바로 윗부분이

* 사슴벌렛과의 딱정벌레.

었다.

　동행했던 노인 하나가 뜬금없이 무당과 귀신 이야기를 꺼냈다.

　"멀커디(머리카락)가 치렁치렁 엉듸(엉덩이)까지 내려진 가스나 하나가 빨가벗고 저 바우 위에 앉아 있었심더."

　살얼음이 낀 강 언저리를 바라보던 M교수는 웃기만 했다.

　"강 저쪽 뙤약볕에는 열 살쯤 무(먹어) 보이는 자스가가 땅바닥에다 짜다라 뭔가를 그리고 있었고예."

　M교수는 숫제 강 저편을 보지도 않았다.

　"갸들이 바로 저 위에 있는 아이들 아잉교."

　머리를 들자, 놀랍게도 우측 상단에 한 쌍의 바위 얼굴들이 나타났다. 암각화 속 두 얼굴과는 달리, 서로 가까이 있으니 크게 보였다.

작가의 말

　2007년 5월 어느 날, 반구대 암각화가 있는 울산 울주군 언양읍 대곡리를 찾았다. 망원경으로 강 건너 절벽을 봤지만 훼손이 심한 탓에 그림들은 쉽게 눈에 들어오지 않았다. 그러기를 몇 차례, 망원경의 초점을 위아래로 맞추다 보니 멧돼지와 고래 그림들이 눈에 들어왔다. 하지만 나머지 그림들을 식별하기엔 역부족이었다.

　소나기가 세차게 내린 뒤, 맑은 7월 어느 날 오후였다. 암벽 우측 하단부의 인면상까지 확인할 수 있었다. 아찔한 기분이 들었다. 누가? 언제? 어디서? 무엇을? 어떻게? 왜?…… 잠 못 이루는 밤들이 쌓여만 갔다.

　관련 자료들을 모으기 시작했다. 참고할 만한 것들은 많지 않았으며, 있는 것마저 암각화의 제작 연대, 새김 방법, 보존 대책 등 원론적인 이야기만 반복하고 있었다.

　다시 반구대를 찾았다. '누가?'부터 시작해보기 위해서였다. 그날은 인면상이 망원경에 출몰치 않았으며, 쉽게 보이던 멧돼지까지

350

흐릿흐릿 인색하게 모습을 드러냈다. 하지만 마음은 오히려 편했다. 곧장 집으로 돌아와 컴퓨터 앞에 앉았다. 소설의 첫 줄을 쓰기 위해서였다. 그 후 5년이 지난 뒤에야 소설 『반구대』를 세상에 내놓을 수 있었다.

그리고 7년이 지난 지금 『꽃다지』란 이름으로 이종봉 화백의 삽화를 곁들인 수정판을 도서출판 새움을 통해 내놓게 되었다. 소설의 시간적 배경인 선사시대 분위기 고조를 위해 사용된 아래 아(ㅇ) 등 고어들을 보다 수월한 가독성을 위해 현대어로 교체했으며, 지나치게 선정적인 내용들과 표현들을 빼버렸다.

이 책은 밝힌 바처럼 울산 반구대 암각화를 소재로 하고 있다. 반구대 암각화에는 7,000년 전 문명의 여명기에 살았던 우리 선조들의 삶이 고스란히 녹아 있다. 파리 국립 자연사 박물관장인 다니엘 로비노 박사는 반구대 암각화가 세계적인 문화 유산인 이유로

인류 최초의 포경에 관한 기록일 뿐 아니라, 그 연대까지 측정할 수 있기 때문이라고 했다. 그만큼 명확하고 분명한 고래사냥 장면은 세상 어느 곳에서도 찾아볼 수 없다는 이야기이다.

반구대 암각화는 결코 지울 수 없는 우리 문화의 원형Archetype을 되짚고 있는 민족의 대서사시이다. 그러니 종이가 없었기에, 연필이 없었기에 오히려 다행이지 않은가. 반구대 암각화는 그림이 아니다. 가슴에 새겼기에 순전히 그리움이다. 진정 그리움이란 그렇게 연필로 종이에 그리는 게 아니라, 원시의 돌로 가슴에 새김이다.

2021년 반구대 암각화 앞에서 구광렬 쓰다